JN203201

インディアス群書
17
カネック・サンチェス・ゲバラ
チェ・ゲバラの影の下で
孫・カネックのキューバ革命論
棚橋加奈江＝訳
現代企画室

チェ・ゲバラの影の下で／孫・カネックのキューバ革命論

photo credit
カバー表紙側・後袖　ハバナ市情景　© 佐竹隆子
カバー前袖　© Canek Sánchez Guevara
カバー裏表紙側　グランマ号のメキシコ出帆に先立つ1年半前、「7・26運動」がキューバ民衆に宛てて発表した革命宣言第1号。「叙事詩の時代」を象徴する先駆的な出来事だった。
化粧扉　街灯上のドン・キホーテ。革命後初めてのハバナでの集会　1959年7月26日（『コルダ写真集―エルネスト・チェ・ゲバラとその時代』現代企画室、1997年より）© Albert Korda
56頁　マレコン通りの一角　© 三須田紀子
269頁　ハバナ旧市街、海に近い建物に描かれたゲバラの壁画　© 三須田紀子

チェ・ゲバラの影の下で／目次

凡例

一　本書は、Canek Sánchez Guevara の著作 "33 REVOLUCIONES" と "LA GARONNE" の二作品の全訳である。著作権契約が結ばれたのは原著が刊行される以前の二〇一五年九月三〇日付けであり、その段階で権利者から送られてきたＰＤＦのテクストに基づいて翻訳した。

二　訳註は、本文中に＊印を付したうえで、下段のほぼ同じ位置に見出し語を置いて記した。註を付す語は、基本的に、キューバおよびラテンアメリカに関する事項に限定した。

33 レヴォリューションズ

1

窓の外では何もかもゆらゆらしている。紙きれのような木々も、おもちゃのような車も、棒切れでできているかのような家々も、藁人形のような犬も。通りという通りを泡立った水が流れている。水や海藻や壊れたものが置き去りにされるが、次の波が来るとまたすっかり様相が変わる。風が倒し損ねたものを、波が根こそぎさらっていく。アパートの建物はしけに耐えている。その中ではおびえた面々が廊下に出てきて、あれこれ指図したり、分かりきったことをぼやいたりしている。「落ち着こうよ、いずれは鎮まるんだから」皆が口々に何かを言っているので、傷ついたレコード盤を二〇枚もいっせいに鳴らしているかのようだ。行列や会合で交わされる会話と同じで、話している言葉はいろいろでも中身は似たり寄ったり、ただひたすら喋っていたいだけなのだ。傷ついた一二〇〇万枚のレコード盤が、止むことなく喋り続ける。この国全体が傷ついたレコード盤で、すべてがただの繰り返しだ。毎日がその前の日の、毎週がその前の週の、毎月がその前の月の、毎年がその前の年の反復に過ぎない。繰り返しているうちに音質が悪くなり、ついには元の音も判別できないほど、ぼんやりとかすんでしまう。音楽は消え失せ、何なのかよく分からない、ざあっという雑音にとって代わられる。遠くの変電所で爆発が起き、街は暗闇に包まれる。このアパートは宇宙の真ん中に開いたブラックホールで、轟を上げて倒壊しようとしている。手の打ちようがないが、それはたいしたことではない。どうなろうと同じだ。ひたすら繰り返すばかりの、壊れたレコード盤のように……。

2

すきま風が吹き込み、配管が口笛を吹く。このアパートは集合住宅調のパイプオルガンだ。サイクロンが奏でる音楽は類いまれなもので、独特で心地よい。小さなアパートの部屋には、これといった特徴のない色で塗られた装飾も絵もない壁、わずかな家具と木製のテレビ、ロシア製のレコードプレーヤー、古いラジオ、釘にひっかけたカメラ。電話の受話器は外れたままで、本が床に散らばっている。雨が窓から降り込み、壁を涙で濡らし、床に水たまりをつくる。ぬかるみ。そこかしこの染み。汚れて傷ついた無数のレコード盤。人生まるごとが傷ついて汚れたレコード盤だ。経年劣化と汚れで傷んだレコード盤の、終わりのない繰り返し。

キッチンにはコンデンスミルクの缶が二つ、タマルの缶がひとつ、ビスケットが一袋ある。その脇に卵がひとつ、パンがひとかたまり、ラム酒が一罎。腐ってカビの生えた食べ物がいくつか。流しの隅にはミキサー、コンロにはフライパン（壁には油汚れ）。五〇年代製の冷蔵庫はからっぽで電気が通っておらず、ドアは開け放たれている。部屋の真ん中にベッドが置かれている。狭くて暗いバスルームには、水が来ていない。シャワーはめったに使わず、バケツと手桶で代用している。練り歯磨きのチューブ、消臭剤、ひげそり用のかみそり。鏡が割れているので、顔を映すと傷跡があるように見える。

ベランダに出ると、風がさっと吹き付ける。こんなに大きな嵐のさなかでは宛名すら持たない彼は、運命に身を任せ、生と死の傷ついたレコード盤を繰り返し鳴らしながら、この世の果てからもたらされた便りを前に、煙草に火をつける。変化のひとつひとつは劇的なものなのに、何ひとつ変わらないように見えるのはなぜだろうと、傷ついたレコード盤のようにしつこく自らに問いかける。この建物は抗っている、それは確かだけれど、あとのものはみんな、波が残していった海藻と死んだものの中に沈んでいくのだ。しまいに彼は微笑みを浮かべる。何日かして海がこの熱帯病から回復すれば、平静が戻り、傷ついたレコード盤のような、決まりきったサイクルの繰り返しがまた始まるのだ。

3

仕事場の傷ついたレコード盤。オフィス、最高司令の写真、スチール製の机、詰めものが飛び出した椅子、大きくて古いタイプライター、脇のほうにはボールペン、黄ばんだ紙の束、印鑑、電話。上司がやって来る。二重あごを揺らし、白いジャケットのしわを伸ばして、話し始める前に咳払いする。命令を受けるときはフルートのような声を出すくせに、命令する側に立つとトロンボーンの声になる。ちょうど、今みたいに。上司が激しい音を立ててドアを閉め、オフィスを出て行くと、ひとり取り残された彼は普段よりいっそう黒く、痩せ細って神経質にみえる。それに、普段より少し従順にも。

電話が鳴り、痩せた神経質な黒人の彼は、どこか自信なさげに受話器を取る。電話線の先では、ずっと遠くのほうで傷ついたレコード盤のような雑音が聞こえるだけで、彼は電話を切ってしまう。窓に歩み寄り、煙草に火をつける。目の前で人生が停止するが、彼は驚かない。本当のところ、人生はこれまでいつもこんなふう、つまりデュナミスに見せかけて実は静止していたのだ。ソビエト製の自動巻きの時計をちらりと見やる。まだ午前一〇時だというのに、もう仕事に耐えられない。仕事が好きだと思ったことなどいちどもないが、今はもう我慢の限界だ（そう思ってからすぐに、この今というのはいつ始まったのだろうか、とついでに問うてみる）。毎日午後になると孤独なアパートに帰り、毎朝、孤独なアパートを後にする。アパートの隣人たち？　面白くもない傷だらけのレコード盤の集まりだ。革命防衛委員会（CDR）*？　黙って義務を果たし、万歳！　とでも叫んで誤魔化していれば、万事つつがなく過ごせる。

じっさい、他人に関心のあるやつなどいやしないのだ。

4

昼食の時間。食堂は専門職や役人であふれかえっていて、映画の公開初日並みの行列だ。食事は安くて少ないが、何にもありつけないよりはましなので、だれもがありがたがっている。「今日のメニューはなんだ？」待っている者が出てくる者にたずね、訊かれたほうは「昨日と同じだよ」と面倒くさそうに答える。ようやく自分の番が回ってくると、メラミ

*革命防衛委員会　CDR：Comité de Defensa de la Revolución　一九六一年から社会主義体制を維持するために地区ごとに設置された組織。革命体制への国民的な参加を促すことを主要な目的として発足したが、「反革命的な」言動を相互に監視する役割を担うようになった。他方、市民生活で起きるさまざまな問題に対処する役目も持ち、委員は日本でいう民生委員や非政府組織職員のような働きもする。一七歳以上の成人が加入資格を持ち、強制ではないがほぼ国民全員が加入する。

ン製のトレイを無気力に眺める。丸いくぼみに入っているスープ、正方形のくぼみに入っている米、長方形のくぼみに入っているサツマイモ、専用の丸いスペースに収まったコップ、溝にはスプーンやフォーク。一〇分で食べ終え、煙草を買いに行く。正午のわずかな日陰では暑さはとてもしのげないし、ましてや、この衰退しつつある社会構造と世俗の美しさというジャングルの湿気など、なおさらしのげやしない。遠くのほうに海がかすんで見えるが、今日はまったく潮風が吹いてこない。天に向かって恨みごとを呻いてから、角の売店の前で立ち止まる。手書きの立て札には「煙草もコーヒーも切らしてます」とある。

傷ついたレコード盤のように、もういちど呻く。

5

義務と願望。自分の抱えるジレンマを、ピリオドとカンマで紙に穴を開けるほど、怒りを込めて叩きつける。オフィスで、この街で、この国で、だれにも邪魔されずひとりきりになりたい。じつに多様な姿で、いろいろなところに単調さがはびこっている。仕事、ラジオ、テレビのニュース、食事、余暇。俺は傷ついたレコード盤のように生きている、そして毎日少しずつ傷が増えている。繰り返しのせいで眠気を催すし、眠気そのものもまた繰り返される。ときどき針が飛ぶと、ぴしっという音をたてて拍子が狂い、またもやうまく進まなくなる。うまく進まなくなるのを繰り返すのもいつものことだ。

ドアの向こうに強い足音が聞こえ、彼にはその主がだれだか分かる。報告書？ もう間もなく提出しますよ、と返事をする。上司は憎たらしいしかめ面で睨み付け、髪の毛一本乱さず彼を叱りつける。――ジェルを塗りたくり、コロンは振りすぎで、首はタルカムパウダーまみれ。馬鹿野郎のくそったれが、とやつの人生まるごとを呪ってやりたい衝動に駆られるものの、どうにかこうにか、意味もなく頭を左右に振ることができただけで、いったいなぜ自分がここまで責められねばならないのか、理解できない。

「聞きたまえ！」と上司が怒鳴る。「きみは私の話を聞いているのか？」

6

仕事の終わり。書類を点検し、回覧に署名し、印を押し、報告書をしたため、コピーを取り、上司に耐え、ほかにもいくらか仕事をした八時間。夏もしくは孤独と同じぐらい果てしなく続くように感じられる八時間。無に没頭する八時間。だが今日は給料日で、毎日の虚無感と、献身という名の茶番、奉仕という名の妄想に意味が与えられるかのように思える。

自分の名前が手書きされている、黄色い厚紙でできた封筒の匂いを嗅いで、紙幣の枚数を数えるが、その価値がこの国の現実と同じぐらい相対的なものでしかないことぐらい、よく分かっている。家に帰る気にもなれず、アイスクリームでも食べるか、と考える。月末らしい笑顔を浮かべて、給料をもらって意気揚々と胸を張って行き交う傷ついたレコード盤たちを見ながら、彼はゆっくりと歩く。街なかには静けさというものがない。だれもが一斉に喋るのは、そういう習慣だからということもあるが、雄蜂のブンブンという羽音の真似でもある。女たちの場合は、女王蜂の羽音だが。それにここじゃ、女たちはみんな自分のことを女王だと思っている。ようやくアイスクリーム屋まで来たが、行列を見ると食欲が失せてしまい、そのまま通り過ぎる。——映画にでも行くか？ まさかな。サン・ラサロに向かい、通りの流れに身を任せて角のバーに漂着する。薄暗くて、男どもの小便の匂いがする。あるのは長いカウンター、薄汚いテーブル、安物のラム酒、それだけだ。笑いかける者も、挨拶する者もない。それぞれが自分の世界に引きこもっている。

隅のほうでは、四人の男がドミノをしている。年がら年じゅう、えんえんと。けっして変わることのない、白い牌と黒い点の行列、ダブルナイン、大声、そしてブーイング。ゲームをしているひとりひとりの脇には、いつものラム酒のグラス。中央には、吸い殻でいっぱいの灰皿。あれが、この国の文化という傷ついたレコード盤なのだな、と彼は思う。もういっぽうの隅には、けばけばしい色の化繊の服を着た陰気な女がいて、昨日の新聞をめくりながら独り言を言っている。四ページしかない新聞はどのページも似たような内容のことが同じ調子で書かれており、口が巧いのも、取るに足らない話なのも、悪態も苛立ちもまったく同じだ。

女がぶつぶつと不平を言う。

彼はカウンターの前に腰を下ろし、ラム酒を一杯注文して、煙草に火をつけてから、物思いにふける。この宇宙は傷ついたレコード盤で、なんらの相対性も量子も持たず、溝がたくさん刻まれていて、そこにこの人生が、工業用油にまみれ日ごと重油に汚された、宇宙の塵みたいなこの人生があるのだ。時間をかけて飲み干すと、げっぷをひとつして、うんざりしながらも感謝して頭を垂れる。
ラム酒はキューバ国民の希望さ、と彼は思う。

7

バーから出ると満月が昇っている。建物の隙間から、月の光が細く差している。裏路地や物陰を避けて歩く。大通りではコンサートが開かれている。トゥンバドーラとコルネットのリズムに乗って、（国民であり、波である）人びとの間に紛れ込む。喧噪の孤独の中で踊る。喧騒は彼を取り囲むと同時に孤立させる。帰属意識や一体感は、どういうものから成り立っているのだろう。他人どうしの集まりとは、たんに共有するものが無関係であるということでしかないのか？　いずれにせよそれは、官能と平等と衝動の塊が結集したこの大通りでの、偶発的で名前すら知ることのない、将来性もなんの利点もない、完全に夜だけの無関心な出会いとすれ違いという、傷ついたレコード盤なのだと彼は思う。ここで機能しているものといえば、お祭り騒ぎ、乱痴気騒ぎ、男性優位主義、性への執念（すなわちエロチックな物質主義）だけ。あとのものは、大衆の目を曇らせる言説でしかない。性は始まりであり終わりだ。先祖代々受け継がれた行為だからな、と彼は考える。

音楽と汗ばんだ体と安ビールに囲まれて、ずっと不感症を患っていた前妻のことを思い出す。結婚生活は長続きしなかった。傷ついたレコード盤のように、口論とののしり合いが繰り返され、日を追うごとにそれが酷くなり、最後ににっちもさっちもいかなくなった。性に関心のない彼女のせいで、彼自身も不能となり、機嫌が悪くなって、もとよりほとんど持ち合わせていなかった楽観主義までが損なわれてしまった。はじめのうちは、きっと恥ずかしいか怖がっているのだろう、時を重ねるごとに信頼関係が築ければ、こんな問題は片が付くだろうと信じていた。だが、問題の根はずっと深かった。状況は良くなるどころか、どんどん悪化した。食事をふたりで取る以上の親密さもなく何週間も過ぎ、ついにはふたりの生活から体の関係は完全に消えた（そして、触れ合いも、微笑みも、言葉も）。不吉な夢を見てからは、彼女と別れることを心に決めた。うんざりした彼が、部屋の壁に血が飛び散るほどナイフでめった刺しにして、ベッドの上で寝ている彼女を殺す夢だった。恐れおののいて目を覚まし、自分が夢精したことを知ると、彼は翌朝ごく早い時間に、二度と戻らないつもりで家を出た。何か月か、あるいは何年かのちに、ふたりの間から恨みが消えて、ののしり合いも落ち着いたころ、離婚の手続きをした。

　踊りながらマレコン通り*までやって来て、質の悪いラム酒を一壜買うと、波を前に腰を下ろして、打ち寄せる波と防波堤の人波を見比べながら考える。防波堤は、体をまさぐり合うカップル、大騒ぎしている集団、それに俺のようにひとりきりの者たちであふれかえっている。時が過ぎて行くのを眺めるのは、この国の人間の気に入りの余暇の過ごし方だ。時間を無駄にしなければ、それでもう時間は自分のものだといえるだろう。年月はその場に留まる、だが時間はいつも過ぎ去っていく……。

　ふたたび海に目をやり、ラム酒の壜に口を付けて飲む。背後には、汚れていて美しくて壊れた街がある。目の前には、敗北をほのめかす深みが広がる。それはジレンマでも、ましてや矛盾などでなく、その深みが、その孤独が、俺たちを定義し条件づけているのだ、という

マレコン通り　正式名称はマセオ大通りだが、マレコンの名前で市民や観光客に親しまれるハバナの海岸通り。カリブ海に面した海岸線に沿って防波堤が築かれ、五キロにわたって、時間帯によっては海岸沿いの建物にかぶるほどの大波に洗われる、風光明媚な通りが続く。

確信だ。孤立することで俺たちは勝利し、また俺たちを孤立させることでやつらも勝利しているのだ。海は壁であり、俺たちを守ると同時に閉じ込めるカーテンだ。国境なんてものはない。あの海の水は砦、鉄条網、塹壕、堀、バリケード、あるいは検問所だ。俺たちは孤立しながらも抵抗している。繰り返しの中で生き延びている。

8

マレコン通りからだんだん人がいなくなる。夜が明けてきたので、彼も家に戻ろうと考える。車も人影もない、側溝から生えているように見えるまばらな木々や建物があるだけの大通りを歩く。背後に公共バス（グアグア）のたてる騒音が聞こえたので、次の停留所まで走っていく。あと二〇〇メートルというところで、後ろから追いかけてきたパトカーからの怒鳴り声で立ち止まる。警官が降りてきて、彼を頭のてっぺんからつま先まで眺めまわすと、ラム酒の甕を見咎め、身分証を提示しろと言う。

「身分証を出せ！」

「グアグアに乗り遅れますんで……」と言い返す。

「そいつは後回しだ。まず身分証を出せ」

身分証と、もうひとつの証明書、つまり党員証も手渡す。警官たちの表情が緩む。証明書を調べ、自分たちの振る舞いを詫びる。

「ご無礼しました。黒人が暗闇を走っているとなると、どうもだいたい要注意なものでしてねえ……」

9

酔いは覚め、グアグアのライトは遠くのほうで瞬いており、彼の黒い肌は激しい怒りで青ざめて見える。党員証をもらった日のことを思い出す。誇らしさで輝いている間抜けな笑顔、新しく、活気に満ちた、救いのある未来の一員となったという無二の感慨。だが、明日というのは昨日の礎の上に、今日の労働によって築き上げられていくものだ。今彼は、想像上の未来はじっさいの未来ではないし、またけっして現実のものとはならないと悟ったのだ。

罵声のかずかずが頭の中でこだまし、それに突き動かされるようにして、彼はアパートの建物までたどり着く。一階に停まったままのエレベーターの前でため息をついて――けっして動くことのないこれも傷ついたレコード盤だ――、無気力なようすで七階まで上っていく。アパートの彼の部屋では孤独がありのままの姿で彼を迎え入れ、自分の隣へと誘う。傲然としてひとりソファに身を投げ出し、古いレコード盤をかけるが、真ん中あたりに傷がついていて、行き場を失ったパーカッションがどもるように鳴り続ける。プレーヤーを消して、海の暗闇を前に煙草を吸おうとベランダに出る。

明け方の時間が過ぎていく。彼の夢と、誇りとは呼べない、ましてや尊厳などとはとても呼べない何か、けれども間違いなく大切な何かを、警官が奪い去ったのだ。彼は、自分が救いようのない黒人だということを思い知らされるのが——思い出させられるというべきかな？ 微笑みながらそう自らに問う——、気に食わなかった。上半身裸にトランクス一枚という出で立ちでベランダに立ち、この街を、おそらくはこの国全体を指し示すしぐさをしながら、このどこにも、ほんのひとかけらも褒められるところなどないな、と考える。それでも彼は、この伝説にこれまでずっと熱心に関わってきた。あらゆる組織に、議論に、行進に、任務に、責務に。いつも監視の目を光らせながら。

彼が変わり始めたのは大学時代の終わりごろだったが、その変化が正確にはいつどのようにして起きたのか、またその変化とは具体的にどういうものだったのかは、時の経過とともに曖昧になってしまって、はっきりしない。

針が飛んだわけだ、と彼は思う。

10

父親は、社会学用語でいうなら、粗野な農民と定義されるような人だった。いっぽうの母親は気立てのよい街娘で、良き妻となるべく教育されており、そのほかにも少々——英語の基礎、ピアノの初歩、各国料理など、社交界入りに必要とされること——の教育を受けた人だった。革命の混乱の中では、こうした婚姻関係が生まれたのも理解に難くない。国は急速に変化しており、ある特定の境界はガラガラと崩れ落ち、かつてなら考えられなかったような、あり得ない関係が結ばれることを可能にした。父親は革命軍のハバナ入城*より数か月前にこれに加わっており、母親は自分の新車でM26債*を売っていた。ふたりは、怒りと熱狂が融合したあの大規模な集会のうちのひとつで知り合い——厳密にいえば居合わせただけだが——、その後もいろいろな集まりや会議で顔を合わせるうちに、ついには、自分たちは平等で同じ夢を抱いており、ふたりを分け隔てなく取り込み必要としてくれるプロジェクトの一員なのだ、という意識を強く持つようになった。その後、父親は農業改革、母親は軽工業に身を置いて働くようになった。

家に本はほとんどなく、読書向きというよりは矯正のための教養集があるのみで、音楽に関してはいつもラジオで事足りた。彼は勤勉な生徒だったが、目立って優秀というわけではなかった。数学以外の学問には興味がなかったし、科学も得意ではなかった。そのいっぽうでは秀でて模範的な生徒で、国家のための退屈極まりない活動にも進んで参加した。工学系の技術専攻に進んだが、文化的なことにも、スポーツにも、労働にも関心がなかった。迷いも抱かず「祖国第一」と言うばかりだった。一生懸命に参加して、いつも高い地位についた。教室でも、学校でも、さまざまな部門や連合でもその長を務め、政治的・思想的な決意の足りない仲間を彼が密告していたと記憶している人もいる。そう、いたってまじめだった。輝かしさはなかったが、熱心だったのは確かだ。だがそれも、ある日彼が本を読み始めるまでのことだった。はじめは恐る恐る、まるで何か禁じられたことのように、恐怖すら覚えながら、そしてやがては中毒にかかったように。ソファの上にだらしなく寝そべり、片手にはビスケット、もう片手には本を持って。

「何かしたらどうだ！」父親は理解なく怒鳴りつけたが、母親はやはり母親で、父親に向

革命軍のハバナ入城　フィデル・カストロらの七月二六日運動は、一九五六年のグランマ号でのキューバ上陸以降、前進と後退を繰り返しながら人びとの支持を取りつけ、一九五九年一月に首都ハバナに入り、以後この国を統治している。

M26債　一九五七年から一九五八年にかけて三回発行されたM26（七月二六日運動）の資金源となった債券。

かって、そんなに怒らないで、きっとこの子はインテリになるのよ、と言ったものだった。「インテリだと⁉」芸術家やその類は国家の面汚しだと信じて疑わない父親は、呻き声をあげた。父親にも一理あった。なぜならその数十年前に、敵の諜報員にすら見えるようないわゆるインテリたち——破壊活動家たち！——との議論に興味津々で加わっていた時期があったのだから。彼らは、革命思想を持ち合わせていないという原罪を背負っている。「やつらのようにはさせんぞ！　ばかげてる！」（父親のうしろでは、母親が「取りあわなくていいのよ、聞き流してなさい」という身振りをしていた。）

いつの間にか、無秩序かつ目的もなしに、たくさんの本を読んでいた。そして、自分を取り巻く世界よりもはるかに濃密な内面の世界を見つけたおかげで、学業も続けられた。最終的には、その世界が日常の窮屈さを際立たせ、自分に欠けている未知の広い世界を夢見るようになるのだが。その時から、あの傷ついたレコード盤の症状が始まったのだった。

11

針が溝の一か所でつっかかり、ウラル、ヴォルガ、モスコビッチ、ポルキなどのソビエト車やポーランド車だらけの、熱帯の大通りが現れる。中は、エアコンが効いていてしゃれたものを山ほど売っているディプロティエンダ。*外は、焼け付く舗道と、そよとも吹かない風と、渇き。中には、冷たいビール、日用品、それに食べ物。外には、飢えと沈黙。一か所に、ふ

ディプロティエンダ　基本的に、外交官と外国人観光客の出入りだけが許されていて、ドルを中心とする外国通貨での支払いを要求された店。

たつの世界、ふたつの次元、ふたつの宇宙があるのだ。ふたつの祖国とふたつの死、と彼は考える。針はキイッと音を立てて飛び、ここに落ちる、何もかも禁じられているのに、すべてが解決し成り立っているこの場所に。

「経済封鎖だと?」この国の経済状態にそぐわない値段がついた、外国製の品々がずらりと並んだ棚を見て、つぶやく。そして、ここにあるものではなく、この消費主義の殿堂の外にないものすべてを思って、驚きを覚えるのだ。

軽い二日酔いがあり、足がつっているかのようなゆっくりした動きで、腕を伸ばして冷たいコカコーラを掴む。その場で栓を抜いて「闘う人民の行進曲*」を口笛で吹きながら、その美しさに歓喜しながら——思想的にも歓喜しながら——コーラを夢中で飲む。そして、人の目を盗んでいたずらする子どものように、にやりとする。

12

ディプロティエンダへは、彼ひとりではなく九階のロシア女と行く。アパート内で闇商売を仕切っている女だ。パスポートを持っているのも、合法的に外貨を持っているのも、買い物をする権利があるのも彼女だ。店から出ると、彼らは親しげな態度で別れる。彼は、ディプロティエンダに入れてもらった手数料を彼女に支払う。親父はついにこれを見ることはなかったな、と彼は考える。何年も前、自分の管理していた農業会社で多額の不明金が出て、

闘う人民の行進曲 Marcha del pueblo combatiente 一九八〇年四月一九日にハバナのキンタ大通りで行われた大規模デモ行進(一〇〇万人以上の市民が参加したとされる)を記念した曲。この数日前から、在ハバナのペルー大使館に大勢の亡命希望者が駆け込んだ。キューバ政府は彼ら・彼女らを「裏切者」「蛆虫ども」と呼び、これに対抗するデモを組織したのである(本書四九頁「マリエル事件」も参照)。弱視者の音楽グループ5U4を率いる、当時の人気歌手オスバルド・ロドリゲスが作曲したこの曲は、八〇年代半ばから九〇年代前半にかけて、官製のデモや集会でよく歌われたが、オスバルドが一九九四年に亡命したために、それ以降は公式行事では歌われなくなった。

糾弾されたのだ。

「横領だ！」と裁判のときに言われ、いつも非常に純朴だった父親は、怒り狂って自分の無実を訴え、反論した。

「ちくしょうめ、だれにも俺のことを泥棒呼ばわりなんかさせねえぞ、くそったれどもが！」真っ赤になって声を限りにわめきちらし、ついには心臓が破裂してしまった。

「ひどい心臓発作です」と医者は言った。

埋葬の夜、友人たちと酒を飲みながら、親父は純粋さゆえに死んだのだと考えた。（それから別れの言葉として、父は頑固だが正直者で、粗野だが理想主義者でした、と述べた。白い歯をむき出しにして、酔っぱらった悲しげな笑みを浮かべながら。）母親は悲嘆に暮れて、家と職場を行ったり来たりするだけの数か月を過ごしたが、意を決して彼女の父方の国籍であるスペイン国籍を取得する手続きをし、マドリッドに移り住んだ。彼にときどき金と本を送ってくれるのはこの母親だ。

買い物袋を提げて道を歩きたくないので、彼はなんでもリュックに入れる。じっさい、大した買い物はしていない。肉を少しと、米、卵、食用油、パン、ビールを二、三本、ラム酒一本、煙草、練り歯磨き、消臭剤、シャンプーといった、必要最低限のものだ。配給手帳など、まったくあてにしていない。彼は少食だし、好みも限られている。おまけに、昼食は職場でとるのだ。この世の中で、これ以上何を望むというんだ？　彼は皮肉を込めて自分に問いかける。外見的には平凡な男だ。いやむしろ、身なりも悪いし、下卑た顔つきで、目には何の力もない。傷ついたレコード盤がもう一枚といったところだ、と独り言を言う。

中身は？

これについてはよく考える。本当は、自分の存在のみじめさに酔っているだけの、苦労人ぶったナルシストなのだということに気付くのが怖いのだ。くそったれの詩人みたいなやつだぜ、と考える。グアグアの停留所にいる人びとを観察し、彼らの眼差しも彼とそっくり同じで空虚なことに気付く、そして頭を垂れて笑みを浮かべ、キンタ大通り*のほうへ歩き出す。

もう一枚の傷ついたレコード盤として……。

13

若いころには専攻を変えたいと思った時期もあった。工学をやめて、文学、あるいは歴史学のような社会科学でもよかったが、父親の意見や価値観とことごとく衝突した。父親の存命中は、心労で死なせてしまうのではないかと心配したが、いざ死んでしまうと、その願いを尊重しようと思うようになった。だがそれは父親のせいではなく、彼自身に理由がある。いっぽう、文章はどうしても書けなかった。何のフレーズも浮かんでこないという自覚があるのだ。自分はあくまで分別ある熱心な読者なのだと考え、その立場に甘んじている。役所での仕事は退屈きわまりなかったが、おかげで本を読みたくなる。新聞で本を覆い、オフィスのだれかに何を読んでいるのかと聞かれたら、必ず「アガサ・クリスティですよ」と答えるようにしている（じっさいはクンデラを読んでいるのだが）。

だが、ここ数年でとくに大きな発見をしたのは、音楽についてだった。以前の彼は音楽に関しては門外漢で、ただ仲間と同じものを聴くばかりだった。ティンバ奏者といるときは

*キンタ大通り　ハバナのミラマール地区にある目抜き通り。

ティンバを、トロバドールといるときはトロバを、ジャズ演奏家といるときはジャズを、ロッカーといるときはロックを……という具合に。そして、どのジャンルにも特段の興味を示さなかった。とくに好きな音楽というのもなかった。あの音の爆発には何の意味も見出せなかった。ときには踊ったりもしたが、自分から本当に楽しんでというよりは、社交的な本能からというか、求愛の儀式を行っているようなものだった。つまり彼にとって、音楽は何も訴えかけてくるものがなかったのだ。

妻と別れたあとに、それは起きた。交響楽団の演奏を聴くために、劇場へ足を運ぶことにしたのだ。とはいえ、興味があったからではなく（あるいは、あったとしてもほんのわずかな興味だけだ）、むしろほかの選択肢よりはましに思えたからだった。スタジアムで野球を観戦するか、映画館でコメディーを観るか、ふたつしかチャンネルのないテレビを観るか――。そのどれもまっぴら御免だった。曲目にはロルダンやブラワーの作品が入っていた。彼は初めて、音楽を聴きながら夢の世界に入ることができた。あの音を、あの難解な和音を聴いたとき、心が落ち着くというよりは神経症に近いような、説明のつかない喜びを感じ、嬉しくて躍り上った。何週間もの間、彼はあの感覚を体の内に保ったまま過ごした。突然、自分に足りなかった音楽に出会ったのだと知った。少しずつ時間をかけて、前衛主義、セリエル音楽、偶然性の音楽、数学主義、モダニズム、ミニマリズムなど、ささやかながらよく整理されたコレクションを作り上げていった。そしてときどき、自分は何の因果でこんな目に遭っているのか――トロピカルとはかけ離れた好みを持ちながら、こんなところで暮らしているのか――と自問するのだった……。

14

ビールをついで、ごく低い音でテレビを点ける――別のだれかが部屋にいて、その声が聞こえてくるような感じで――。それからヴァレーズのカセットを大音量でかける。キッチンに戻って厚切り肉を焼く。油とニンニクを塗ったパンに肉をはさんで、キッチンカウンターの脇でかぶりつく。最後の一口がカセットの終わりとぴったりシンクロする。本を一冊手に取って、暑さと闘いながら集中しようと努める。だれかにそばに居て欲しい。離婚してからは、二度と女を家に入れるまいと思ってきた。少なくとも、一晩より長くは。自分ひとりでも健康的な性生活は送れているし、必要に迫られたときだけ――性欲の処理が必要になるたびにではなく、天井を見ながら煙草を吸って話をしたくなったときだけ――相手を探す。このほうが健全だ、と自分自身を納得させる。五〇がらみの、既婚または離婚したばかりの年かさの女に、特に魅力を感じる。独身の年増女には我慢ならない。母性愛が強すぎるからな、と彼は考える。

年かさの女が好きになり始めたのは二五歳ごろ、彼の結婚生活の危機も終盤にさしかかったころだった。もともとはマニアックともいえる好奇心からだったが、のちに確信となった。はじまりは隣家の女で、家庭よりも隊で過ごすことのほうが多い軍人の妻だった。ＣＤＲの見廻り活動で知り合い、肉の配給が遅れているとか、農産物販売所にある食べ物の種類が少ないとか、ごく親しい間柄で話すような話題で何時間も話し続けた。何かのはずみで、噂好きだらけのこのアパートの中で、秘密の関係を持つようになった（いずれにせよ、この件で噂が立つこと自体はたいした問題ではなく、唯一危険なのは彼女の夫であり、ためらいもなく彼の股間めがけて銃弾を一発お見舞いしかねないような男だった）。

のろのろと立ち上がり、ロシア女に会いに九階まで上っていく。女は彼の来訪を予期していたかのように、ドアを開けて枠にもたれかかる。よく分かり合っている者どうし、長い時間をかけて楽しむすべを心得ていて、最後の時に彼は荒く息を吐く。シーツも夢もめちゃくちゃにしてしまうような、力強い尻を持った女の裸の背中のそばで、暗闇に横たわったまま煙草を吸う。煙草の煙が、汗とセックスとトロピカリズムの芳香の中をゆらゆらと天井のほうへ消えていくこんな瞬間には、メタファーなど必要ないな、と彼は思う。

女は眠り、彼は女の体の匂いを嗅ぐことに専念する。毛深い脇の臭いが鼻を突き、彼の神経細胞を強烈に刺激する。彼女の胸の頂が天井に向くように、体の向きをそっと変えてやる。女の足の間に鼻をうずめ、金髪で豊満な、社会主義的現実に満ちた彼女独特の酸っぱい匂いを胸いっぱいに吸い込む。女は夢を見ながら微笑み、草原地帯に帰っているのだろうか、何ごとかをロシア語でつぶやく。彼はもういちど煙草を吸うために横になり、快楽と疲労という傷ついたレコード盤に身を任せる。

15

突然、警棒でめった打ちにされ、ブーツで蹴られて、彼の平安が打ち砕かれる。目を覚まそうとし、裸でぶるぶる震えながら哀願するような目つきで、俺はいったい何をしでかした、何を言ったんだ、と自問し、声を限りに叫ぶ。体は燃えるように熱く、焼け死んでしまいそうで、体中の筋肉が恐怖で萎縮する。階段から突き落とされ、大きな音を立てながら、不快な場所を手探りで降りていく。怒り狂って彼を罵る声に取り囲まれる。何度も何度も蹴られる。今、彼は泣いている。泣きたくなどないのに、泣くのをこらえきれない。歯が。歯が痛い。階下に着くと、叩きつけるようなリズムで轟音を響かせる真新しいメルセデスに押し込められる。

ビジャマリスタ。* 尋問室まで引きずっていかれる。ひとりの医師がぶるぶる震えながら、自分と同じぐらい震えているこの痩せて憔悴した男が受けた傷は、それほど深刻なものではないと保証する。役人がふたり入ってきて、すべて吐け、と脅迫的な態度で要求する。ひとりが彼の顔に強烈な平手打ちを浴びせる。もうひとりは口汚く彼を罵り、胸を殴りつける。

「吐かんか、この野郎！」ふたりそろって怒鳴る。

ビジャマリスタ　ハバナにある政治犯などを収容する刑務所。内務省の反諜報局の一部局として一九六三年に設置された。

16

がらの悪いふたりの男と同じ房に閉じ込められる。片隅にうずくまって、鼻水を垂らしながら痛みをこらえる。見上げると、男たちがにやにやしながら彼のことを観察している。

「お前口を割ったのか」ひとりがたずねる。

「口を割るって、何のことを?」

彼は絶望の淵にいる。なぜこんな場所に入れられているのか、どうやったらここから出られるのか、皆目見当がつかない。今は、ただもうすべてが恐ろしい。恐怖のあまり憔悴し、打ちひしがれ、それが殴られたことよりも、怒鳴り声や侮辱よりも、彼を痛めつける。彼が恐慌をきたしていて神経が麻痺しているということの証人など、いようがいまいがどうでもいい。やっと少し落ち着いて呼吸できるようになると、俺自身が証人なのだ、と猛々しい気持ちで考える。房の中は臭い。狭くて灰色で、おそらく乾いた血であろうと思われるしみがある。空気をやっと取り込めるだけの小窓が、中背の男では手が届かない天井すれすれのところに付いている。

墓石のように冷たくて硬い、コンクリートの寝台に横になる。目を閉じることができない。閉じるのが恐ろしいのだ。『時計仕掛けのオレンジ』を思わせる歪んだイメージが、止むことなく次々と天井に広がる。背の低い、がっしりとした体つきの三人の守衛に力づくで引きずり出され、えんえんと続く廊下を歩かされる。弱々しく光る電球がひとつぶら下がっているだけの、暗い部屋に着く。中では、見るからに階級の高そうな将校が待ち構えている。椅子に座らされ、口を開く前に、分厚い『資本論』で左の頭頂部を殴られる。

「話してもらおうか……!」将校が薄暗がりの中からささやく。

「何をでしょう?」

「自分で分かっているだろうが」

「何も分かりません。何のことだか……」

守衛は顔を見合わせ、ひとりがこのイカサマ野郎とか何とかつぶやき、もうひとりが今度は『資本論』の背表紙を使って顔の真ん中を殴りつける。鼻の骨が折れて鼻血が出る。堪えきれない痛みで、きつく閉じた瞼の中に涙があふれ出し、思わず呻き声を上げる。

そこで目が覚める。びっしょりと汗をかき、隣にはロシア女が寝ていて、スペイン語に訳せない何かを呟いている。

急いで服を着る。

現実へと逃げ出す……。

17

午前八時。すでに耐え難い暑さと湿気だ。大気の状態は、どんな計器で測れるレベルをも超えている。形容しがたい何かが、空気の中を漂っている。グアグアは、日々の営みの屠殺場へとひた走る――ドアというドア、窓という窓から人がぶら下がり、すし詰めの車内には痴漢までいる――。そして、ラッシュアワーで渋滞した二つの大通りの交差点でようやく停車する。すでに疲れ切って、無益なことだと確信しつつ職場まで歩く。日々繰り返される不満、萎縮、沈黙。オフィスは先週と変わらぬようすで彼を迎える。驚きも、変化も、新しいニュースもない。叙事詩*が終わってみれば、後に残ったのは退屈と、空虚と、怠惰だけだ。道義心などは変わりやすいものだ。常に見直しが行われなければ、傷ついて針が飛ぶようになり、わけの分からない、掴みどころのない、不可解なものに変わってしまう。あいまいなことが多すぎる。汚職が横行し、最も基本的なルールすら抹殺されてしまう――盗

叙事詩　本書二〇八頁の「解説」と註釈を参照。

みすら合法的な行為になっている。おまけにゆすりだ。退廃は進歩という仮面をかぶり、そうしてこんな状況下でもレコード盤は回り続ける（針がつっかかり、飛び、後ろに戻る）。つまり、ただひとつはっきりしているのは、無秩序だということだけだ。

　彼には分かっている。今日は何もうまくいかないだろう。今日みたいな日には、彼にとって人生はいわば、空虚な文学的営み、実験詩の創作、あるいは無駄なものと不要なものとの間に結ばれる協定と同じようなものだ。地面をじっと見つめてゆっくり歩きながら、いっそのこと側溝にでも落ちて、習慣に押しつぶされて死んでしまえたらいいのにと思う。煙草に火をつけ、煙を吐き、後ろを、はるか過去を振り返る。けっきょくのところ、現実というのは奇妙な場所だな、少なくともここでは。決心したように踵を返すと、反対の方角へ歩いていく。ガソリン臭い乗合自動車に乗り込み、見知らぬ六人の間に体を押し込む。

　フロントガラス越しに、レコード盤のように傷ついた世界が通り過ぎていくのが見える。あらゆることはそのレコード盤の上で営まれている――強い日差しのために白っぽく見える街、階段や玄関口やベランダから虚空を見つめる人びと、行列、そしてさまざまな欠陥。運転手はガソリンがどうの、タイヤがどうの、交換部品がどうのと愚痴をこぼし続ける（さすがは運送業、愚痴も次から次へと運ばれていく）。旧国会議事堂（カピトリオ）*の周りには、路上写真屋、観光客、家出青年たち、流行りのファッションに身を包んだ娘たち、見張りの警官、明らかに虚しい屁理屈ばかりこねている大人たち……。

　歩きながら、やりとりに耳を傾ける。

「おい！」とだれかが叫ぶ。

「ここじゃなんでも売り買いできるんだよ」

「くそったれが！」ともうひとりが応える。

旧国会議事堂（カピトリオ）　スペインからの独立戦争後、米国の支配下にあった一九二九年に建設されたハバナ旧市街の建造物。キューバ革命までの三〇年間は国会議事堂として使用された。

「くそったれはてめえのほうだ！」――おっと、揉めごとになるぞ――「このオカマ野郎が、くたばりやがれ！」

「失せろ！」――群衆が騒ぎ立てる（モラルの危機だ）。刺したり撃ったりの大混乱。

「ここから離れたほうがいい、厄介ごとになるぞ……」警察、パトカー。バス停にたどり着き、最後尾に並ぶ。どちらを見ても人だらけだ。彼らはだれにも耳を傾けてもらえない傷ついたレコード盤で、演説用の統計もしくは帳簿上の数字でしかない。ところが、疎外されているのは彼らのほうではないのだ、と彼は思う。あぶれているのは、俺のほうだ。

18

サンタマリーア*の海岸、焼け付く砂、タンガやバミューダを身に着けた傷ついたレコード盤たち。諦めと不安の入り混じった表情で海を眺めている、若者の一団を見つめる。ここから見ると、遠くのほうは本当にはるか遠く見える。この傷ついたレコード盤は、分裂病であることが普通の状態なのだ――A面とB面があるのだから。終点のないリミックス、二極化した現象学。ズボンの裾をまくり上げて裸足で歩く。肩を落とし、目を伏せて。潮の香りがこの上なく魅惑的なのに、砂浜に人影はなく、彼は骨ばった体を太鼓のように叩きながら、喧騒から離れて砂浜の外れのほうに腰を下ろす。

海を前に煙草を吸いながら、ここなら自分を束縛するものは何もない、と考える――そ

サンタマリーア　Santa María del Mar　ハバナの旧市街から三五キロほどのところにあるビーチ。

してそこで、砂の上に腰を下ろしたまま、それはなぜだろう？　と問いかける。（だがなんのために？）彼の人生は、タルコフスキーの映画並みに呆れるほどゆっくりと経過し、かつて抱いていた夢はすべて、容赦なく過ぎて行く現実に追われているうちに霞んでしまった。せめて仕事に満足していれば良いのだが、それすらもない。下っ端の役人で、救いようもないほど能無しの上司たちを耐え忍ぶ毎日だ。物質的な問題でもない。なにしろ欲求など最低限しかないし、地球上のどこにいたって、ほぼ変わらぬ暮らしぶりをするだろうから。問題は、現実と彼自身との衝突にある。つまりは、この行き詰った状態から抜け出す気力がないこと、偽のジレンマを抱えていて、自分は何かに束縛されていると思い込んでいることなのだ。

酷い暑さだ――神経まで溶かし、暴力に駆り立て、繁殖力を一〇倍ぐらいに高める。ここを中心に直径数キロの範囲内では、ビール一杯手に入らない。水も、マルタ*も、キューバペソで買えるものなど何もない。俺のものだと言えるものは何もない、と彼は思う。それに俺自身だって、何かに帰属していると言えるのか？（傷ついたレコード盤がしつこく鳴り続ける。）突然、レディメイドの作品と壊れた箪笥を足して二で割ったような、奇怪なオブジェを担いだ若者の集団が現れる。六、七人でそれを運んでいるのだ。その装置を水に投げ入れて、自分たちも乗り込んでいく。野次馬たちが見物に集まってくる。

「出て行くのか？」

「そうとも、ここから出てってやるのさ」

「アメリカまで、まっしぐらさ」

「気を付けてな」

「おい、俺も連れてってくれ、けちけちすんなよ……」

*マルタ　ビールの製造過程で作られる炭酸の飲み物。アルコールは含まれない。

そのウドの大木は、奇跡的に浮かんでいた。鬨の声を上げ、モップの柄を櫂にして海に漕ぎ出していく。すべてが野暮ったい。ボートも、櫂も、乗員も、この国も。野次馬たちは大騒ぎしていて、彼もついに、心配しつつ羨みつつ、近付いてみる。彼は、「虫けらどもめ！」「裏切り者！」などと非難したり、その類の罵詈雑言を浴びせたりする者がいないことに驚く。それどころか、人びとはこの大冒険に自分も参加しているかのようなのだ（熱狂というのは伝播しやすいものだ）。竜骨のつもりと思われる部分を波が撫でると、ボートが揺れ動き、六、七人の顔が新しいおもちゃをもらった子どもみたいな表情で笑っている。あいつらがたどり着くことはないだろうな、と遠ざかって波の向こうに消えていくボートを見ながら彼は思う。

19

野次馬たちは、おしゃべりしたり、寄ってくる人びとに今自分たちが目撃したことを話したりしながら、一時間ほどその場にとどまっていた。（傷ついたレコード盤という糞にたかるハエみたいだな。）静かだったからこの場所を選んだのに、突然、現実に攻め入られてしまった。とんでもないボートに乗って船出していく、気のふれた連中はいつだっていた。だが今とんでもないのは、そういうことが真っ昼間に起きたということだ。自分の周りで起きていることが目に入らなくなるほど、俺は考えごとに没頭しすぎていたのだろうか。それとも物事の展開があまりにも速すぎて、つまらない抽象的なことばかり考えている俺は、出来事を記憶にとどめられなくなっているのだろうか。人生を支配している傷ついた巨大なレコード盤に、記憶までが支配されてしまったかのようだ。選択された記憶、分別のある記憶、清廉潔白で不純物が取り除かれた記憶。

帰途につく。アパートの部屋に入って、シャツを脱ぎ、ムソルグスキーのカセットをかけ、オフィスに電話をかけて嘘の言い訳をする。上司が彼をなだめる。

「そんなことを気にする必要はない、だが必ず病院に行きたまえ」彼は仕事嫌いだったがいちども休んだことはなかったため、欠勤は心配の種となったのだ。「本当に病気ではないんだな？」

「ええ、ただ……ちょっと調子が悪いだけです」

電話を切る。ラム酒、煙草、ソファ。適当に本を手に取り、適当にページを開き、適当な段落の適当な行から読み始める、注意は払わずに。

日常生活の傷ついたレコード盤は、歴史も、そしてもちろん未来についてのどんな希望も打ち消してしまう。じっさいのところ、唯一重要なのは今日という日だけだ。それ以外は、知的な自慰行為だ。ロシア女を思い浮かべながら、浴室に閉じこもる。ちょうど水が来ていたので、ゆっくりとシャワーを浴びる。射精して壁を汚す。ひざの力が抜ける。古いほころびたタオルで体を拭き、それから排便する。これですっかり「新しい人間」*だ。

新しい人間　本書二三六頁の「解説」と註を参照。

20

　太陽の光に左目を容赦なく照らされて目を覚ます。両方の鼓膜には扇風機のうなる音がこびりつき、ねっとりした夏の暑さのせいで、シーツも枕も汗でびっしょりだ。ほとんど無意識に友人の医師に電話をかけて診断書を依頼し、児童公園で会う約束をする。カメラと古いフィルムを何本か手に取り、外に出る。マレコン沿いに歩き、キンタ大通りのトンネルを通ってプンタ要塞*まで行くと、腰を下ろして待つ。何を待つかって？　避けることのできない傷ついたレコード盤が鳴るのをだ。

　一時間後、若者の一団が板と縄と空の樽を持って海岸に近づく。四〇分もしないうちに、ちっぽけないかだを組み立てる。パイプをマストに、シーツを帆に見立てている。数ガロンの水と缶詰のビスケットを当面の食糧にするようだ。彼らが舟の準備をするようすを写真に撮っていると、そのうちのひとり（せいぜい一七ぐらいだろう）が近づいてきて、このうえなく横柄な態度で彼を問い詰める。

「おい、お前警官か？　何してやがる」

「まさか、警官なもんか、勘弁してくれよ」

「なら、なんで写真なんか撮ってやがる」

「自分の過ごしている時間の証人であろうとしているだけだよ……」

　少年は訳の分からない詩人を見るような目つきで彼を見て、「覚えてやがれ、このチクリ屋め」と言うと、踵を返して行ってしまう。カメラを手に突っ立ったままの彼に、罵りの言葉を返す隙もあたえずに。

プンタ要塞　一六世紀末に建設された、現在のハバナ旧市街にある軍事要塞。対岸にあるモロ要塞とともに、敵国の船や海賊船からハバナを守った。フエルサ要塞、カバーニャ要塞を合わせた四つの要塞と、ハバナ旧市街が、「ハバナ旧市街とその要塞群」の名前で、ユネスコの世界遺産に登録されている。

21

すべてに嫌気がさし、もはやここに残る理由など何もない若者たちを乗せたいかだが遠ざかっていくころ、一本目のフィルムが終わる。いかだが海峡のほうへと進んでいくのを背に、彼は足を引きずるようにして家路につく。将来の夢が過去に錨を下ろしてしまったのは、いつのことだったろう。俺たちが過去に置いてきたはずのものすべて（旧体制の、しかし今も健在のあらゆる悪習）が、また戻ってきたじゃないか。まるで空回りするねじか、ひとつところで回り続ける傷ついたレコード盤みたいに。

暴力に満ちている、と彼は思う。常にぎりぎりの精神状態なので、犯罪が勃発するにはごく些細なきっかけでもあれば十分だ。飢えで食いつなぎ、絶望を唯一の希望として生きている。劇場の正面にある公園まで行き、そこで古くからの友人と会う。ふたりは水の出ていない噴水の縁に腰かけ、医者のほうは病気の診断書を彼に手渡す。これで、彼は数日間仕事に行かずに済む。子どもたちが通り過ぎるのを眺めながら、そろって煙草を吸い、自分たちが子どものころスパイごっこをして遊んだことを思い出している。

「俺は出て行くよ」と医者のほうが言う。「これ以上はどうにもならん」

「分かってる」と彼が応える。「分かってるよ……」

これが最後の別れになることを、二度と会えないことを知っているふたりは、抱き合って別れる。

家に着いて、ソファに倒れ込む。疲れていて何も考えたくない。年老いて、やせ細って、薄汚れて、道に迷っている気分だ——昨日からいったい何が変わってしまったんだ？　俺は悩み苦しむ女々しいやつに過ぎないのか、とふたたび問うてみるが、答えは出ない。いっぽうで、この傷ついたレコード盤の上にいるすべての人間と同じように、彼もまた、小さくても誇らしい自尊心、生き方としての犠牲、自己の克服としての抵抗という、叙事詩の中にどっぷり浸かって生きている。だが他方では——苦悩しつつ——、なぜ、貧しさがひとつの芸術作品あるいは社会進化の最終段階であるといえるのか、それを理解できないでいる。

22

ゆっくりと暮れていく日の暑苦しさは、真夏のちょっとした地獄だ。海のように巨大で強い眠気が人生を支配している。まどろみの中に沈んでいくと、サメと死体だらけのイメージが浮かんでくる。いちかばちかで、死ぬか、大きな魚を釣り上げるか——つまり別世界に首尾よくたどり着くか、という夢をみる。びっしょり汗をかいて目を覚ます。九時だ。なぜなら、近所じゅうの家という家がチャンネルをテレビドラマに合わせ、大音量で観ているからだ。この時間帯は、街中が他人の愛憎劇にくぎ付けになって、動きを止める。暑さはたいして和らぎもしないのだが、少し水でも浴びようと、体を引きずるようにして浴室に行く。それからかんたんな冷たい食べ物を用意し、ＳＦ映画を観て夜を過ごす。テレビは点けたまま、ベランダのドアは開け放したままソファの上で眠り込み、夏のかすかなそよ風に心安らいで長い夢を見る。

23

六時半に目を覚ます。海を眺めながら、砂糖を入れていないエスプレッソをベランダで飲む。階下に下りてパン屋へ行くと、人びとは立ちつくして今日の配給を待ちつつ、ぶつぶつ不平を言っている。一時間してアパートの部屋に戻る。自分は、ほかの人間のように給料と配給手帳だけを頼りに生きているわけではない、特権階級なのだということを自覚している。母親が送ってくれるドルで、マーガリン、ヨーグルト、牛乳といった贅沢品も多少は買えるし、大多数の隣人たちからすれば考えられないような食生活を送れている。

朝食を急いで食べて、ラディオレロー*を聴きながら、今日一本目の煙草を吸う。ロシアの小説を読む。ソファの酷い寝心地にもかかわらずよく眠れたし、休暇に加えて数日の休みが取れているので、この上なく機嫌がいい。ニュースでは何も新しいことを話さず（昨日も、先週も、あるいは先月も聞いたようなことばかりだ）、次第にアナウンサーの単調な声に注意を向けなくなる。反対に小説は、一ページごとに彼を捕えて離さず、無名のありふれた主人公が語る悲劇――彼とはあまりにも隔たりがあり、あまりにも無関係であるからこそ、か

*ラディオレロー　国営ラジオ放送。

えって身近に感じられる――に没頭する。

正午近くにかんたんな昼食を用意して、小説を読みながらものの数分で掻き込む。皿とフライパンを洗っていると廊下で声がする。プライベートなことだろうと思い、はじめは気に留めなかったが、やがて何か尋常ではないことが起きていると分かってくる。新しく数人の声が加わり、だれにともなく発せられる問いかけに、だれかが詳しく答えている。「たくさんの死人」という表現が聞こえて、いよいよ間違いないと思う。

「何かあったのか?」廊下に首を出してたずねると、そこでは五、六人が集まってしきりに議論している。

「私の甥っ子がね」と八〇代の老女が話し始める。「港で働いてるんだが、ついさっき電話してきてね、船を盗んだ輩がいるんだってさ」

「船を?」驚いて聞き返す。

「そうさ、港で使うあの船だよ」――引き船のことさ、とだれかが説明する。「この国から出て行こうとして盗ったんだが、港を出るなり沈んだらしいよ」

「沈められたんだ!」と、突拍子もない意見を言うことで有名な住人が叫ぶ。

「沈められただと、勝手に沈んだんだよ!」別の男がその変わり者の目をのぞき込みながら反論すると、そこらで大きく弾けるような笑い声が響く。

「けど、そりゃいつのことだ?」

「さあね、昨日の夜だか、今日の明け方だか」

「俺は午前中ずっとラジオを聴いていたが、何も言ってなかったぞ」

「いったいぜんたい、何を言うってんだ⁉ 沈めたのはあいつらだってのに⁉」と変わり者が食い下がり、例の男がそれを睨みつける。

「それで、だれか死んだのか？」と彼がたずねる。

「大勢死んだって話だけど、何人なのかは甥っ子も知らないんだ。ほかに何か分かったらまた電話してくれるそうだよ」

「こりゃ、敵の仕業だ！」とあの男が愛国心に燃えて叫ぶ。

「そうとも！　敵は内部にいるんだから……！」

きっちりと軍服を着こんだ別の住人が、生真面目な表情で腰に銃を下げて現れ、一団の脇を急ぎ足で通り過ぎようとしたとき、議論は一瞬止んだ。

「てことは、やっぱりそうなんだな？」と皆がその住人にたずねる。

「俺が知ってるのは電話で言われたことだけだ。何やら深刻な問題が起きたから、できるだけ早く隊に顔を出すように、とのお達しだ」と言って少し口をつぐむ。「しかし嫌なことになったたな」と言い残して階段に姿を消す。

彼は自分の部屋に戻り、靴を履いてカメラのフィルムを取り換えると、すぐに通りに出る。太陽がいつもより厳しく照りつけているように思える。街角や行列やマレコン通りに集まっている人の輪を注意深く観察しながら――ただし無関心を装いながら――、ハバナ湾のほうへと歩いて行く。表面的には、日常生活の傷ついたレコード盤に変化はなく、いつも通り同じことを繰り返している。だがその裏では、ずっと深いところで、何かが動き、たがが外れ、弾け飛んだのだ。

市内の一番歴史の古い地区に着き、港に入っていく。公共の飾り物でしかない警備兵が大勢いて、近づくことができない。警官が彼の行く手を遮り、慇懃無礼な態度で、同志よ、ここから立ち去りなさい、と誘導する。何枚か写真を撮る。小さな集団が、モロ要塞*のほうを、続いて海の中を、さかんに身振りで示している。彼が近づいていくと、その中のひとりが言

*モロ要塞　一七世紀半ばに、ハバナ湾を挟んでプンタ要塞と向かい合う位置に建設された。カリブ海最強の砦と呼ばれた。

う。

「そうさ、昨日の晩俺はちょうどここにいて、彼女とよろしくやってるときに全部見ちまったんだ」

24

老女の部屋のドアの前に立ち止まり、しばらく逡巡する。呼び鈴を鳴らす前に、老女がドアを開ける。彼女は廊下での動きに常に注意を払っている（不当なことだが、近所では彼女のことを噂好きと陰口をたたいている）。

「なあ、甥っ子さんからは何か知らせがあったかい……ほら、例の港の件で」

老女は安っぽい犯罪映画さながらに周りを確認してから、共犯者に話すように低い声で言う。「中で話そうか」

家の中はまるで、ガラクタ博物館だ。マトリョーシカに聖人の像、彼が思うに美術品としての価値などほとんどない、中国の装飾品。透明のビニールのカバーが掛けられ、大量のクッションとプラスチックの人形が載った、赤いソファに腰掛ける。一九五〇年代風のキッチンには冷蔵庫といくつかの棚があり、どれも合成樹脂とほうろう製で角が丸く、こんな小さな空間に置いたのでは危なっかしいような大きさだ。老女は（たぶんにせものの）ポーセリンらしきカップにハーブティを注いで、しゃべり始める。

「甥が言うには、事故なんかなかったそうだ」彼は片方の眉を吊り上げた。「例の船が持ち去られるのを何が何でも阻止しろ、という上からの命令だったんだよ」彼は驚いたふりをする。老女がさらに言う。「最初は覆いを吹き飛ばすために高圧の水をぶっかけてさ、消防士みたいにね、それから船を襲撃して最後には沈んじまったってわけ」

「沈んじまったんだな?」彼がたずねる。

「まあね、あの子たちは船を沈めるんじゃなくて引きとめるのが任務だったってわけさ」と言ってから、老女はせいいっぱい色っぽく、片方の目で彼をじっと見つめたまま、もう片方の目でウィンクしてみせる。「七〇人ばかり乗ってたのかねえ、少なくとも三〇人は溺れ死んだそうだよ」

自分の部屋に戻るとラディオレローに周波数を合わせて、何か言っていないか確認する。いつもこうだ。情報がないせいで、憶測や噂だけが広まるのだ。口伝ての知らせは(うんざりする傷ついたレコード盤みたいに)途中でどんどん内容が変わって、最後にはまったく信憑性のない都市伝説に成り果てる。防御のすべを持たないこの組織の中でウィルスのように増殖し、現実と虚構、メタナラティブとフィクションとの区別がつかなくなる。検証できる情報源がないせいだ、と彼は思う。うさん臭い不確かなニュースと同じことだ(ラジオではお偉い先生方が、来年は生産が何パーセント増加するとか、中国との貿易協定でわれわれの消費能力は何パーセントアップするとかのたまっている)。食欲はないが米と目玉焼きを食べ、これからいったいどうなるのだろうと考え続ける。数分の間、何もせずただじっと壁を見つめる。先ほどの問いが強迫観念のようにまた頭に浮かぶが、壁は何も答えをくれない。

25

上の階のロシア女のところへ行く。彼女が毎日外国のラジオ放送を受信しているのを知っているからだ。果たして女はラジオのそばで外国の放送を聴いていた。女のちっぽけな部屋、アパート全体と同じく四角四面でソビエト的な部屋の居間に、海外から届く通告という傷ついたレコード盤が鳴り響く。女は心配そうに唇を噛みしめている。彼女には幼いころから政治的な性質が染みついている。少女のころから、両親からの手紙を受け取り、シベリアからの下宿人を受け入れてきたし、そして彼女自身も死刑に値する罪で、つまり闇商売をしたかどで、訴えられたことがある。

天国行きの切符を手に入れる最後のチャンスとして、彼女はこの荒んだ島に送られてきた。更生のために来たはずが、けっきょくは闇商売に手を染めたわけだ、と彼は思う。ひそかに女を観察する。冷ややかで厳格な感じの美しさだが、微笑みは優しい。とうとう俺は彼女を好きになっちまったなと思い、そして驚く。自分の人生でただひとつ、愛着を感じられる存在だったことに気付いたのだ。女がたずねる。

「あんたも出て行くんでしょう?」

ふたりは何分間も、おそらくは何年も見つめ合うが、彼は答えない。灯りの消えた街の物音と、ラジオがつまらなそうに吐き出すもの悲しいボレロを聴きながら、無言のうちに語り合う。

26

大学時代の友人に電話をかける。カメラの仕組みに関心を持ち、ひいては写真そのものの虜になった男だ。テレビドラマが終わるとすぐ、ラム酒一本、煙草、未現像のフィルム二本を持って彼を訪ねていく。

キッチンが小さな暗室に変身する。テーブルの上にはチェコ製の写真引き伸ばし機、それぞれ現像液と定着液と水を入れたバケツが置かれ、ふたりはその後一時間かけて現像したり何枚かを焼き付けたりして過ごす。

「事態は深刻化するだろう」と友人が芝居がかった口調で言う。「これは難破だ、そしてネズミたちは船を見捨てる。いいか、よく聞け。革命は失敗したんだ。俺は何も大げさなことを言ってるわけでも、挑発しようとしてるわけでもない」アンファンテリブルか、と彼は思う。以前、この男はパヴァロッティみたいな巨漢で、底なしの意欲の持ち主だった。ところが今では、痩せて退屈な人間に成り下がり、カリスマ性もない。貧血が本来の彼らしさまで奪ってしまった。太鼓腹と一緒に、彼の楽観主義的なところまで消えてしまったのだ、まるで、腹の大きさがそのまま希望と幸福の大きさを表していたかのように。

「失敗しただけじゃない」と友人は続ける。「それどころか、俺たちまで遭難に巻き込もうとしている。いったい、俺らはどうすりゃいいってんだ？　俺らは常にこいつの一部だったんだぞ？　今度はどうしたらいいんだ⁉」

友人は三杯目か四杯目のラムをあおりながら怒鳴る。

彼は煙草に火をつけて、稼ぎの減った老道化師のような笑顔をちょっと作ってみせてから、別の言葉に言い換えようとする。

「まずはこの島が海に沈むんだろ……」

「問題はそこだよ」と友人が口をはさむ。「島が沈むからって、俺たちはそれをだれのせいにもできないんだ。俺ら自身でだめにしちまったんだから。いいか、俺ら自身でだ」

「ところで」と彼のほうはこんな話はどうでもいいというふうに遮って言う。「沈没した例の引き船の件で何か知ってるか?」

「どの引き船だって?」と友人が話の矛先を変える。「おいおい、こういう事件がありましたとニュースで言ったことだけが、じっさいに起きたことなんだぜ。いいかげん学んだらどうだ? 公式の発表を何か聞いたのか?」彼が否定のしぐさをすると、友人が続ける。「ニュースで何も言ってないなら、つまり何も起きなかったのさ。そしてそれは議論の余地なしなんだ」

何時間もラムを飲み続ける。酒が入ったせいで、どうしても昔のことが懐かしくなってくる。遠い昔というあの傷ついたレコード盤……。

「で、俺の写真はどうだい? 意見を聞かせてくれないか」と彼がたずねる。

「うん」と友人が応える。「初心者が撮ったにしちゃあ、悪くない出来だね。どんなカメラを使ってる?」

「キエフさ」と彼が答える。*

友人が冷やかすように彼を見る。

「おいおい、そりゃカメラじゃないぜ、現代写真ごっこ用の役立たずの装置だ」

* キエフ　キューバによく出回っていたソ連製のカメラ。

「なんだって?」

「そんなクズは捨てちまえってことさ、使い物にならねえよ」友人は部品やらカメラやらがいっぱい詰まった黄色い棚のほうへ行き、古くて頑丈そうな黒のペンタックスと、レンズをふたつ(三五ミリと二〇〇ミリ)、それにストロボを持って戻ってくる。「こいつはベーシックだがなかなかのものだぞ。貸してやるよ」と付け加える。「いい写真を撮ってくれ、俺の頼みはそれだけだ。これはもう長くは続かない。俺たちは歴史を作ってるんだよ」

お互い別れを告げて、彼は帰途につく。夜の間じゅう、壁と疑念の間を行ったり来たりしながら、まんじりともしないで過ごす。俺たちは歴史なんか作っちゃいない、歴史に翻弄されているだけじゃないか。そう、潮流に身を任せるみたいに。岸からどんどん離れていくんだ。飢えながら漂流する俺たちを、歴史がさらっていく。何十年もかけて手なずけてきたのに、今やそいつに手を噛まれている。歴史を変えられなかったつけを、俺たちのほうに回してくる。

いつか傷がつく……。

27

ドアを叩く調子に非難がましさがある。彼は二日酔いで体が動かない。洋服を着たまま、靴も脱がずに寝てしまい、今ひどくふらふらと起き上がる。そんな彼を見ると老女の笑顔が歪んだが、慎み深い彼女は、下品な、あるいは言ってはいけない言葉をかけたりはしない。

彼に新聞を見せる。

「ほらね？　事故があったって言ったろう」一か所を指し示しながら言う。「『無責任な海賊行為……不幸な事故』」

「なるほどね、これでようやく俺たちも自分の良心をなだめることができるってわけだ」と彼がつぶやく。

老女はほほ笑む。

「たぶん良心だけはね。ほかは不安だらけさ」それからドアをそっと閉めて帰っていく。

電話の向こうは上司だ。

「聞いてくれ、きみが病気だってことは知ってるが、今日の午後は出てきてもらわねばならん。急な会議が入ってな。今日の新聞は読んだだろうね」

「はい、同志、近所の女性が持ってきてくれました。実は、噂を耳にしてからニュースには注意しておりました」

「よろしい」上司が恩着せがましく彼の肩を叩くのが目に見えるようだ。「承知していると思うが、麻薬中毒で犯罪者の売国奴たちが、財産を持ってこの国を出て行くのを見逃すわけにはいかん。行動を起こさねば。それに断固とした手を打たねば……」

「もちろんです、同志。祖国第一です」そう言って電話を切る。

28

国民に命を差し出すことを要求する、遠い存在の国家。四面楚歌の制度は、いつも偏執狂的に俺たちを召集する。俺たちはすべてを国に負っており、第一に国家に対して義務を果たさなければならない。国なくしては、俺たちは何者でもない。

コーヒーを淹れてアスピリンを飲み、そのあとオムレツを食べる。ラジオではもう事件のことが語られるようになっており、こういう出来事はほかにも似たような事案を誘発するだろう、と彼は直感する。マリエル事件*のときもそうだったな。まるで乾燥しきったサトウキビ畑みたいに、あっという間に国中に火が燃え広がった。三時半になると、オフィスに行くため家を出る。市内の閉塞感に満ちた空気を断ち切りながら。グアグアや車は惰性で前へ進み、人びとは寝ぼけているみたいで、建物はダリの絵のように溶けている。熱帯のシュールレアリズムだ。

29

会議の座長を務めているのは、口ひげをきちんと整え、二六日運動*のトレーナーと国産のジーンズを身に着けた、どちらかというと若くて痩せた男で、規範から外れる事案を警戒

マリエル事件　一九八〇年四月一五日から一〇月三一日にかけて、マリエル港から多数の人びとがボートで亡命した事件。在ハバナのペルー大使館に亡命希望のキューバ人が押しかけ、フィデル・カストロがマリエル港からの出国を認めると、一二万五〇〇〇人あまりの人びとがフロリダへと脱出した

二六日運動　七月二六日運動。一九五三年の七月二六日、バチスタ政権打倒を目指すフィデル・カストロらのグループがモンカダ兵営を襲撃するが失敗して捕えられる。その後、七月二六日運動を結成し、一九五九年にキューバ革命を成功させた。

し、予防（この言葉を強調して言う）しなければならない理由を、アジテーターらしい声音で説明している。

「予防する？」とだれかが冷ややかな声でたずねる。

「そして必要とあらば力づくで！」発言者は、ヒステリーの発作を起こす寸前、あるいは忘我の境で、金切り声をあげる。

「そうとも、同志よ！　必要とあらば力づくでも！」

その瞬間、どうしたわけか彼は手を挙げ、立ち上がって、ゆっくりと宣言する。

「私は、だれのことも、弾圧するつもりはありません」不穏な沈黙が広がる。何十という顔が、ぽかんと口をあけて彼のほうを向く。短焦点のスローモーションカメラで撮っているかのように、場面が移り変わる。

「なんだと⁉」ほとんどノーと言われた経験のない発言者は、驚きと怒りの入り混じった声で聞き返す。

「私はだれのことも弾圧するつもりはない、と言ったんです」彼は毅然として答える。そして、それ以上何も言わずにポケットから党員証を取り出すと、発言者に近づいて机の上にそれを放り出す。英雄ぶるでもなく、まるでそれが、この状況下でできるもっとも自然で明白な、ただひとつの行為であるかのように。「俺はだれも弾圧しない」

それから、向きを変えて出て行く。

30

疲れた。彼の世界が崩壊する。召喚を受け、尋問され、身辺を調査される。職はもちろん失い、わずかな蓄えと母親が送ってくれた金が少し、残っているだけだ。経歴に傷がついた今となっては、何もできることはない。自分がもうおしまいだということは分かっている。下着姿でベランダに出て、まるでひとごとのようにあの出来事を思い起こす――あの場面を思い描き、その影響を推し量る――。軽めの服装に着替え、マレコン通りへ出かけていく。肩にはカメラを提げて。

すべてはいきなり始まった。彼は街角で集まっている一団を写真に撮っていた。その後、別の集団が近づき、さらに後でまた別の集団が近づき、突然、芝居か何かのように――パフォーマンスか即興劇のように――、「くたばれ！」「反対！」と一斉に叫び始める。まるでこの世の終わりか、そうでなくともその前兆のようだ。そこからだ。彼は生まれて初めて、計画された集会という傷ついたレコード盤ではなく、自発的なデモという素晴らしい光景に立ち会っていた。ごく小規模ではあるものの、本物の反乱を目の当たりにしたことで、ほんの一瞬だが楽観的な気持ちを取り戻せた。

大きな石をぶつけられたショーウィンドウが割れ、鉄骨が露わになる。どこかの部隊の一団が、反逆者を鎮圧するために街角に姿を現す。中世の戦争のような熾烈な戦いだ。パイプや石を武器に、集団どうしでぶつかり合う――戦いの雄叫びを上げ、頭がい骨が割られ、目をつぶされ、命は……――。ほんのいっときではあるが、考えられないようなことが現実になる。数時間後、部下を引き連れた最高司令が、ジープに乗って姿を現す。さっきまで身を潜めていた最高司令の支持者たちが、通りを埋め尽くす。「万歳!」の声が響き渡る。火が消し止められてしまう……。

31

何週間も、カメラを手に市内の海岸をうろついては、逃げ出していく人びとを写真に収めている。若いころに家出したくなるのと同じ感覚で、逃避行を目前にしてほほ笑む面々を。警察が邪魔もせず見守っているという、異様な光景を見て驚く。殴りもしなければ逮捕もせず、ただ遠巻きに監視しているのだ。マレコン通りには、拍手したり、幸運を祈る言葉をかけたり、声援を送ったりして、出発する人びとを元気づける集団までいる。集団のお祭り騒ぎ、大量の別れ、陽気なミサ。これは礼拝式だ。日常生活の傷ついたレコード盤がこんな音を奏でるようになろうとは、思ってもみなかった。この街がここまで変貌するとは。社会が崩壊したのではない、今この時点で、社会集団など存在していないのだから。俺たちは搾取された人間だ、そして隣人を食い物にしようとつけ狙っている。飢えのせいで俺たちが結束できたのは確かだが、同時により力のある者に囚われる身となった。そして、ほかの人間より力の強い者というのは、必ずいるものだ。

たどり着くことができた者とそうでない者についての知らせが、毎日のように届く(あるいは噂かもしれないが、だれに判断できようか)。まるごと海に消えた一家もあるが、それも統計や話の種でしかない。幾週も幾週も、街が空っぽになっていくようすを見続ける。毎日のように、友人や知り合いのだれかが出発したことを知る。あの医者も、かつて太っていた友人も、前妻も、そのほかにも大勢が。九時のテレビドラマは生活番組に切り替わった。政治の傷ついたレコード盤は何度もリピートする。捨て駒に、狭いチェス盤。俺たちなんか、いてもいなくても同じで、使い物にならなくなったら海に投げ捨てられるんだ。

32

騒音――軋むような音――がして、またあの循環が始まる。眠れぬまま、時が迫ってくる。嵐が沿岸を叩きつけ、波がマレコンの防波堤をはい上り、風は壊れたファゴットのような音をたて、外は真っ暗闇で、計画停電も同時に行われている。半分残ったボトルを持ち、ろうそくの火を灯してキッチンに陣取る。この地区を黒い影が覆い、海との境目が分からなくなっている。時間がなかなか経たない――時が止まってしまったようだ。住民の声も聞こえてこない。ネガと現像していないフィルムが詰まったリュックサックを取り上げ、防水コートに身を包むと、カメラをビニール袋で覆う。家を出る。舟を準備し、最後の仕上げをしているほかの者たちと合流する。縦五メートル、横二メートルほどの、木でできた大きながらくたで、浮きの役目をする灯油タンクと、ロシア製の洗濯機のモーターが外側に取り付けてある。このがらくたを舟なんて呼べるのは俺たちぐらいのもんだな、と彼は思う。食料（水、フランスパン、どこからかくすねてきたコンポート）、備品（方位磁石、おもちゃの双眼鏡、ちゃんと動作するかだれも知らない信号弾、ナイロン糸と釣り針）を積み込みながら、ひっきりなしにしゃべっている。容赦なくしつこく降り続く雨のなか、その過程を記録する。彼はこの体験を、フォトルポルタージュとして味わっているのだ。向こうへ着いたら自分を有名にしてくれるはずの、自分自身のフォトルポルタージュ。無名時代とも凡庸さともおさらばだ、これこそ俺の天職だ。準備はすべて整った。船出していく。海は果てしなく続くかのようだ……。

33

風で雨が叩きつけられるなか、波に揺れながら運命に身を任せて舟が遠ざかっていくとき、夜が明けてくる。彼は生まれて初めて海の上から自分の街を見、身を持ち崩した、それでも完全には美しさを失っていない年老いた娼婦みたいだ、と思う。きっとこの街を恋しく思うだろう、とも考える。

一〇時ごろに沿岸警備隊に出会う。警備艇が近づいてきて、必要なものを持っているかと訊いてくる（国境警備隊と一緒にいる一〇人を超える写真家、ビデオカメラマン、新聞記者たちが、どうにかしてインタビューしようと声を張り上げている）。彼は彼で、警備隊の写真を撮る。海峡の真ん中でサイクロンに遭遇するぞ、戻って数日後に出直したほうがいい、と言っている。

「冗談じゃない！　俺たちは行くぞ！」

船酔いした彼は、沿岸警備隊の言う通りだと思う。だが、後戻りはできないことも分かっている。賽は投げられたのだ。

四時になると、海は雪を冠した黒い山々の連なる山脈のような様相を呈してくる。空はそれ自体がネガのようで、太陽は姿を隠し、サイクロンが本当にやってきたのだと、皆が感じ取り始めている。舟を浮かべるためのポリタンクのひとつを波がさらっていき、不安定になった舟はなんとか浮き続けようともがく。人びとが互いに責め合い、大惨事がすぐそこに迫っている。泣く者、祈る者、ヒステリックな笑い声を上げる者、そうではない者も、自分たちはしくじったのだということを等しく理解しつつある。彼は隅のほうで、落ち着きはらってこの場面を写真に収めている。煙草を吸いたいが、この状況下では嫌な臭いのするべたべたの代物になってしまっていて、もはや煙草とはいえない。カメラもびしょ濡れだ。今撮っている写真を現像する日は来ないだろう、と直感する。

巨大な波が押し寄せる。波の頂上まで持ち上げられると、深淵が口を開けているのが見える。永遠とも思えるような数秒間、海の牙を、ネプチューンの喉を、終末の鼻面を見つめ続け、それから、これですべてが終わりを迎えると知りつつ、下降を始める。別の波が彼らを横から襲う。舟は揺れ、ばらばらになる。

渦に到達すると、傷ついたレコード盤のように回りながら、彼らは沈んでいく。

三三回転(レヴォリューション)のレコード盤のように。

掌編集

ガロンヌ川　二〇〇五年八月一〇日

未来とは明日のこと……（匿名の落書きから）

錆びた青い自転車を漕いできた彼は、ガロンヌ川の東岸にある廃墟と化した消防署の前で止まる。リュックサックを肩に引っ掛け、携帯電話でだれかと言い争っているあいだ、このほとんど往来のない大通りを、わずかな車が猛スピードで朝もやの中へ走り去っていく。アンティーリャス諸島のちっぽけな故郷の島を出て、ここへ来てからというもの、海や情熱的なムラータ*たち、そして正真正銘の地の果てである祖国のことを、恋しく思わなかった日は一日たりともない。それに、自分と同じように腹を空かせた無数の人びとのなかで、どうにかこうにか生き延びていた日々のこともよく思い出す。ああした鍛錬は、今日の彼にとって少なからず役に立っている。ターコイズ色のカリブ海に行きたい。何も気に病むことなく陽気に、砂浜と太陽のはざまで、ピチャピチャと足を水に浸し、ラム酒のココナツジュース割りを飲めたら……。目を開け、灰色と茶色に濁ったガロンヌ川を見つめ、のんびりと、しかし強いあきらめの気持ちで、先を急ごうと決める。

向こうを発つ前は、あの島のことが何から何まで嫌いだった。他人の貧困をネタに楽しむ観光客も――やつらはそれを「民族色（フォルクローレ）」だと言った――、卑屈さも憎んでいた。卑屈さはかつて奴隷のものだったが、今では給料をもらって働く労働者のものだ。先の見通しが立たないのも腹立たしかった……。腰を振る女たちのことも思い出しては、不満げな表情をする。丸くて完璧で威厳すら感じる、トロピカルな動きをする上等な尻。それこそ俺がいちば

ムラータ　黒人と白人のカップルから生まれた女性。「（皮膚の色が）淡褐色の」を意味する。男性はムラート。

ん恋しいものだ、と思う。ここには落ち込んだ気分を紛らわしてくれるような体の触れ合いがない。大きな音を立てて頬にキスしたり、体がひとつになりそうなぐらいきつく抱き合ったり、力強く握手して挨拶したりすることがない。石橋まで自転車を漕いで、橋を渡り、街の古い城門のひとつをくぐって、人と車でごったがえす大通りに入る。かつてこの首府の自慢だった路面電車は、今日では荒れ果ててしまい、人間を家畜のごとく詰め込んで彼のすぐ脇を運んでいく古ぼけた装置でしかない。この街は神経がささくれ立っている。街じゅうどこにでもそれが見て取れるし、感じられる。まるで、最後の審判の前夜のようだ。

トンボーのかねてからの夢は詩人になることだったが、彼の祖国では、詩人になるというのはつまり、満足な食事にもありつけず、飢えに苦しむ運命に甘んじることを意味していた。日々、ただ生き延びるだけで精いっぱいで、頼れるのは自分ひとりという状況下で、なにもかもが、そしてだれもが消耗しきっていた。それから逃れるためにこの国にやってきたのに、彼の詩はここの人びとの口に合わず、彼にとってはどうにも我慢ならないフォルクローレのごみくず——善良な未開人の詩やら、インテリ旅行者のためのああいうまったくのごみくずのほうが好まれるのだった。トンボーの書く詩は露骨で下品で、ただ書き散らしただけのようなものだったし、あまりに悲観的なので、だれの目にもエキゾチックには映らなかった。彼の詩には、美しさも、豊かな色彩も、無邪気さもなかった。黒人の踊りもなければ、アフリカの祭りも出てこないし、太鼓の響きもなければ、花咲き乱れる景色もない。あるのは退廃と、無秩序と、醜悪さだけ……。編集者たちは揃いも揃って、彼の詩はよく書けているが、市場受けしないと言った。「カリブ人を呪われた詩人として売り出すなんてことはできないんだよ」と、会う人会う人、皆に言われた。「そうかよ、ならボードレールなんざくそくらえだ！」彼はめいっぱいトロピカルな罵声を浴びせてやった。それから下宿のちっぽけな部屋に戻って、まさに「ボードレールなんかくそくらえ」というタイトルをつけた詩に、長々と毒舌を垂れたのだった。

自分にふさわしいと信じていた世界の人びととは、一度だってまともにやりとりできたことがなかった。ここに来た当初、人びとは彼に温情と憐みをもって接したが、最後までその壁を越えることができなかった。どいつもこいつも似たり寄ったりだと思い、ますます殻に閉じこもっていった。書くことをやめてしまい、そのせいで落ち込んだ。落ち込んで、そのせいで書けなくなってしまった。けれども、これはずっと昔の話（ほとんど二〇年近く前だ）、この国がまだ広くて、だれにも居場所があったころのことだ。今、彼は自転車に乗ってメフディに会いに行く。メフディはいつも、強い香りのする太い葉巻を指の間に挟み、ソファに寝そべってサッカーを観ている。トンボーはその隣に座り、この街でいちばん上物のマリファナを吸って、ビールかワインか、アグワルディエンテ*はあるかと無頓着に訊ねる。「酒なんざあるわけねえだろ」とメフディがかみつくように答える。メフディはいいやつだが、しょせんはくだらねえムスリム野郎だな、とトンボーは思う。メフディはメフディで頭を振りながら、トンボーはそこらの異教徒の犬どもと同様、手の施しようのないアル中だ、と考えている。「まったくなんてこった」と大麻とテレビで神経がいかれてしまったメフディが言う。「俺ぁもう何か月もここに缶詰めなんだよ、もううんざりだ」いらいらと手を振り上げてぼやく。トンボーはソファで貧乏ゆすりしながら返事をする。「けど、あんたにとっちゃ万事うまくいってるだろ。ここにいてブツを受け取り、俺みてえな貧乏人どもがそれを引き取りに来て、町で売りさばく。マジで、何が気に食わねえのかわかんねえよ」「そうじゃねえ、俺はもう、一日じゅうスポーツ番組を観てるのにうんざりしてんだ」「チャンネルを替

アグワルディエンテ　蒸留酒。文字通り「火酒」を意味する言葉である。

えりゃいいだろ？」トンボーがもっともらしく訊く。「それができりゃあな」とメフディが答える。「いいかげん、俺もスポーツ番組の中毒になっちまっててさ」そんな状況だが、メフディは月の終わりごとにモロッコからいい商品(ブツ)を受け取っていて、トンボーは街なかで売りさばくために、自分の取り分を受け取りに寄る。それで生計を立てているのだ。詩じゃ飯も食えないし家賃も払えない。芸術なんて救いにゃならないんだ、ましてや貧乏な黒人にとってはな。

　トンボーはまもなく四〇になろうというのに、成熟するのを拒絶し、従順になるまいと抵抗している。いまだに奴隷制度という黒い重荷――あるいはむしろ、逃亡奴隷の夢というべきか――を背負っていて、黒人が白人の独裁者に対して蜂起し、*荘園(アシエンダ)やプランテーション、製糖工場を破壊した時代のことを、彼の遺伝子が覚えている。ものを壊し、男はすべて殺しその妻たちはすべて犯したが、そのうち狩りが始まったので山に逃げ込んだ。白人は相手が黒人なら男だろうが女だろうが好きにできたが、黒人が主人に向かって声や手を上げようものなら、白人どもの法による制裁が下った。それは、どれもこれも容赦ないものだった。ある日、白人どもは国を出ていき（俺たちが追い出してやったんだ、抵抗したやつらはもっとひどい目にあったがな）、島には俺らだけになった。俺らだけだ、とトンボーは考える。それからあとは、鞭で打たれなくなった代わりに、最低賃金（そんなものがあればの話だが）や施し、それか、ないよりゃましってだけのものを受け取るようになったってわけだ……。

　鏡を見るたび、トンボーは自分のことを醜い黒人だと思う。お前はみっともない黒人だな、トンボー、と鏡に向かって言う。汚い歯並び、もじゃもじゃの頭髪、痩せて貧相な体つき……。どこからどう見ても醜男だ。第三世界の若き詩人たちを対象とした奨学金を得てここにやって来たときは、さんざんだった。その当時は今のような状況ではなかったことを考

蜂起　トンボーは「アンティーリャス諸島のちっぽけな故郷の島」の出身とされている。奴隷制度・逃亡奴隷・黒人の蜂起という文脈で語られているので、それはハイチを指そう。一八世紀後半、フランス領サン＝ドマング植民地と呼ばれていた同島は世界の砂糖の半分近くを生産し、フランスの富の重要な部分を生み出していた。フランス人農園主の抑圧に耐えかねた黒人奴隷は逃亡して森の中に隠れ住んだりした者もいたが、一七八九年のフランス革命を大きな刺激として黒人反乱が起こり、それは遂に、一八〇四年、世界で初めての黒人共和国＝ハイチが誕生するに至った。詳しくは、乙骨淑子『八月の太陽を』（理論社、一九六六年、のち愛蔵版一九七八年）、C・R・L・ジェイムス『ブラック・ジャコバン――トゥサン＝ルヴェルチュールとハイチ革命』（大村書店、二〇〇二年）などを参照。

慮してもだ。なんといっても、彼の詩は受けなかった。「人びとから石からヤシの木から家から山々から血があふれ出し、天は山刀と飢えに一刀両断された魂でいっぱいだ。身体を梁から吊るし現在を糸で吊るし未来を宙吊りにする。膨れ上がって膿を持った裸の体と体のあいだには糞尿と汗と悪臭が……」おおいやだ、と同じワークショップに参加していた、観念だけで生きているようなお上品なパリジェンヌが叫んだ。トンボーは、汚くて醜い黄ばんだ歯をむき出して、神経質に微笑んでみせたが、彼女は顔をしかめ、敵意のこもった甲高い声で「本っ当にいやぁぁぁぁぁ」と「あ」を長々とのばして言った。トンボーは彼女に往復びんたを食らわせ、洋服を引き裂き、皮膚と肉と内臓を喰ってやりたい衝動に駆られたが、それでは彼女にはあまりにも詩的でないと映ったことだろう。

左に曲がって蜘蛛の巣状に張り巡らされた路地に入り、血の染みがついた黒い建物の前で立ち止まると、大声で名前を呼ぶ。上の方で笑顔がのぞき、手が鍵を投げてよこす。トンボーは自転車をくくりつけると、明かりのないごく狭い階段を上っていく。ガリバーは彼の訪問を喜び、ふたりで煙草を吸って、戦争中の逸話を話すとき限定の酒を開けた。ガリバーは六〇にはなっているだろうが、とてもそんな年には見えない（いつも可憐で心楽しくなるような小娘たちを何人も侍らせている）。彼は若いころ、「庭の小人解放戦線」なるものを創設し、地下ではちょっとした有名人になっていた。世界革命はこうやって始まるのだ、庭先に飾られた小人の置物を森の中に解放してやることは、世界転覆のクライマックスなのだと信じていた。いまでは自分の誤りを認め、庭先の小人の置物ではなく神聖な建物にくっつけられることを運命づけられたガーゴイルこそが、革命における真の主役であり目的なのだということに気が付いている（そしてまたガリバーは、墓石や著名人の像を解放するための奇妙な陰謀もここでせっせと企てている)。信じられるか？ マリファナを指の間に挟んでとんまな笑顔を浮かべながら、墓石なけりゃ、死人も平等、なんて叫んでんだぜ。

　もうしばらく酒を飲んでいると、解放戦線には一度も加わったことがないのか、としつこく訊いてくるので、俺が小人の置物を盗んでいるのを見咎めたら警官はどんな態度をとるだろう、と想像しただけで、トンボーは大笑いしてしまう。そういえば、ここに着いてまだ間もないある日、スプレーで「ポリ公はユーモアのセンスゼロ」と壁に落書きしているところをフランス共和国保安機動隊(CRS)に捕まった。その落書きを警官たちは面白がってくれなかった。彼を力いっぱい殴りつけると、一週間拘置したのだ。落書きだけでこれなのに、盗みなんか働いたらどうなることやら！ なあガリバーよ、見た目の悪い、文無しでまともな書類も持ってない黒人なんざ、法律がらみのトラブルばかりなんだよ。ガリバーのアパートを出て、いつからこんなふうなんだっけな、いつから俺たちみんな頭がいかれちまったんだっけな、と考える。大気汚染で黒ずんだ、手入れのされていない建物にぴったりくっつくようにして移動していると、携帯電話から電子音のカリプソの着信音が鳴った。「来られる？」と地球上でいちばんかわいい声が訊ねる。ああ、すぐ行くよ、といつものかすれ声で答える。このキューバの女は、この街でいちばん高級でいちばんきれいな娼婦だ……。前にも言ったわよね、あたしは娼婦じゃなくってお相手っていうの。とくべつな、つまり超お金持ちの男の相手しかしないの、だから娼婦じゃないのよ、いいこと？ 彼女はよく動く銅像、頭の上で（それから股の間で）ふわふわと動く黒い巻き毛、口のなかにすっぽり収まってしまいそうな胸――小さくて甘いマンゴー……。いやだ、そんなこと考えないでよ。あんた、私の相手をするには自分がどんだけ黒くてみっともないか、分かんないの？ おまけに文無しだし。まったく、身のほど知らずにもほどがあるわ。

知り合った頃は毎晩、彼女の夢を見た。トンボーはすっかり彼女の虜になり、頭に血が上って、冬だというのに冷たい水のシャワーを浴びたものだ。自分がいつ、そこらじゅうに肉と血と精液をまき散らして破裂してしまってもおかしくないと感じていた。破裂、そうさ、それこそが俺の望みだ。キューバの女のことを思い出しながら、彼女を買えるだけのお金を貯めることを夢見ながら、その頃はそんなことを思っていた。いつかきっと……。片方の耳から彼女の中に入り込んで、鼻の孔と目から脳みそを引きずり出してやりたい。トンボー、あんたってほんといかれてるわね！ じゃあ、あんたはいかれてないってのか、と彼が言い返す。なら今後いっさいあんたには関わらないよ。女のカラメル色の目の奥に小さな灯がともったが、すぐに居ずまいを正してプロらしい態度に戻り、「一晩四〇〇〇ユーロよ」と彼に告げた。「一時間なら五五〇」トンボーが信じようとしなかったので、彼女は写真と料金表が掲載されたインターネットのページを開いてみせた。どう？ これがあたしで、これがその値段。お金を払うか、さもなけりゃあっちに行って、あたしの写真でも見ながらひとりで慰めてきな……。トンボーはもうそのことを忘れてしまっているが、川沿いの広くてエレガントなアパートの戸口で、熱帯のマリリン・モンローよろしくガウンを引っ掛けただけの彼女が煙草片手に出迎えてくれるたび、いまだに彼は蕩けそうになり、ホルモンが咆哮を上げるのだ。最初のジョイント*を試してから、トンボー、あんたの持ってくるのはいつも上物ね、と彼女が言う。俺もあんたの売り物を試してみたいもんだ、と部屋のにおいを嗅ぎながら彼が答える。彼女の商売は、ここらのほかのみんなと同じく、このところ急激に振るわなくなった。今にあんたも、小銭で手を打たなきゃならなくなるだろうよ、と期待を込めてトンボーが言う。そうね、年を取ってだれもあたしにお金を払ってくれなくなったらね、と二〇代の彼女がやり返す。彼女は親友だ、手は届かないけれど、友だちだ。彼女の話では、

ジョイント　大麻を煙草状に紙に巻いたもの。

この一年で彼女の同業者が一〇〇〇人以上死んだそうだ、しかも自然死ではなく。いつまで我慢すりゃいいの、トンボー！　あたしはこんなことするためにここに来たんじゃない。知ってたら向こうに残ったわよ……。それはお気の毒に、とトンボーが不愉快そうに答える。消防士と娼婦は世の中でいちばんの英雄だってのに。あんただってそうよ、トンボー、あんたの商品がなかったら、あたしたちみんなとっくに自殺してるわよ。俺はでかい機械の歯車のひとつでしかないよ、とトンボーは謙遜して答える。

　これまで女運はまったくなかった。もちろん女はいたが、彼の望むような女ではなくて、ほかのだれもが願い下げというような残りものばかりだった。しかし、ここに来てからというもの、見通しはさらに悪くなった。なにせ、ここの女どもは尻の振り方も知らねえからな、とトンボーは自転車を漕ぎながらこき下ろす。やつらの尻は背中とモラルにがっちり固定されちまってる。ハイチじゃ性欲はごく自然なもので、どんな不細工だっていつもいい相手が見つけられる（性は外見も社会的慣習もすべてを超越したものだ）。それに引き替え、ここじゃ誤魔化しすぎてそれがどんなに重要なことか忘れちまったみたいだ。まあいいさ、やらなきゃ子どもは生まれないし、そしたらこの国はじきに俺たちのもんだ。年々子どもが減り、寿命は日に日に長くなり、やがてこの国は何の抵抗もできない年寄りばっかりになる。やつらはもうすぐマイノリティになって、自分たちから消えていくんだ……。彼はダウンタウンの道をよく知っていて、どこなら警察がいないか分かっている。リュックを背負い、靄がかかった頭で、のんびりとペダルを漕ぐ。広場に出てから、そこの出来事を見物しようと自転車を止める。図体のでかいふたりのセネガル人が乗った小さな車が、曲がり角に停まって道をふさいでいるのだ。音量を最大にして音楽を聴きながらビールを飲んでいる。そこから数メートルのところに（明らかに盗んだものと分かる）元清掃車が来ているが、車が邪魔で通れない。運転手が清掃車から降りてきて黒人たちを怒鳴りつける。ターザンのいるジャングルに帰りやがれ、と白人の男が顔を赤くして叫ぶ。黒人たちは顔色ひとつ変えずに音楽を聴き続け、白人は自分の車に戻る。バックしてから緑色の車にぶつける。黒人たちはシートから動こうとしない。白人は強気になり、脅し文句をわめきながら彼らのほうへ寄っていくという間違いを犯す。運転席にいた黒人が巨大なパイプを手に車を降り、もうひとりはこっそり清掃車のほうに回り込む。狩られるぞ。獲物をつけねらう豹のように、狩りをするつもりだ。ひとりがいきなり後ろから現れて耳のあたりを力いっぱい殴りつけ——鼓膜が破れてバランスを失う——、もうひとりが正面から襲いかかる。パイプを手に、憎悪の色を目に浮かべて。殺られるぞ、とトンボーは目を逸らした。この街はヒステリックだ。広場の反対側からピーサンローヴがこっちに来いと手招きする。サリュー、トンボー、とにこやかに言う。長髪、緑色のバン、ミリタリージャケット、カーキ色のズボン、丸の中に鶏の足のシンボルが描かれたペンダントと、そのいでたちはまるで退役軍人のヒッピーだ。だがなにより、劣化ウラン弾の後遺症に苦しんでいるようだ。「俺のもあるかい?」ピーサンローヴが不安そうに訊ねる。「とりあえずあんたの車へ行こうぜ、一杯やりたいんだ」ふたりはバンの後部座席に座り、ピーサンローヴがジャックダニエルのボトルを出してくる。「なんてこった、ピーサンローヴ、あんたは俺が知ってるフランス人の中でいちばんアメリカ人ぽいよ」トンボーは壜に口を付けて飲みながら言う。ピーサンローヴは煙草を吸いながら、「お前さんの同郷人たち、あの野郎を殺しちまうぜ」と言う。「なんだと、あんたも、黒人はみんな同じところの出身だと思ってるくちか?」「みんなアフリカから来たんだろうが」ピーサンローヴが答える。トンボーは、そりゃもっともだ、と認め、手を伸ばして煙草を取る。「こっち来てあいつらを見てみろよ」とピーサンローヴがリヤウインドウから覗きながら言う。「まるで、ハイエナかジャッカルかハゲタカだな、栄養摂りすぎの」「もう止めておけよ、あんたおかしいぜ」「おかしいわけじゃない、ただの文化人類学ってやつだ」ピーサンローヴは正当化してみせる。それからいちばん気に入りの話題でしゃべり始める。世界はクソだ、政府はクソだ、世の中はクソだ、テレビはクソだ、学校はクソだ、仕事はクソだ、文化はクソだ。「なあトンボーよ、フランス文化の真骨頂はなんだと思う? ギロチンだよ、トンボー、ギロチンだ!」「思いもよらなかったな」とトンボーが真面目に答える。「ああ、もしロベスピエールが生きてたら、俺らみんなギロチン行きだぜ。ひとり残らずな、トンボー!」

　バンの中にはのんびりと穏やかなレゲエが流れている。ふたりは数ブロック車を走らせて、フィーゴを探す。フィーゴはちびで小太りで頭のでかい、自分のことをサッカー選手だと思い込んでいるポルトガル人だ。彼はいつものバーにいて、いつもの椅子に座り、いつものポートワインのグラスを両手に挟んでいる。左足を骨折してからというもの、そこから離れようとしない。日がな一日、自分の不運をぶつぶつ呪い、ああじゃなくてこうしてたらどうなってただろうと、あらゆる可能性をああでもないこうでもないとやっている。壁に掛かった数枚のリスボンの写真をじっと見つめていたが、ピーサンローヴとトンボーを見ると大慌てで酒を飲み干し、もう一杯注文する。「マリーア、ポートワインをもう一杯くれ、こいつらが払うから……」いつもこの調子で、ポートワイン片手にグラスが空にならないよう何時間も何時間もちびちびとやりながら過ごし、だれか知り合いを見つけるやいなや一気に残りを飲み干して、その次の一杯をそのかもに払わせるのだった。足の手術はうまくいかなかった。捻れたままだし、重心をかけられる状態ではないことが一目でわかる。しかしフィーゴは、きっとすぐにサッカーができるようになるし、何もかもがまた元通りうまくいくようになると断言する。「そしたらお前さん、どうする気だい? バルサかレアルマドリーででもプレーする気か？」とピーサンローヴがからかう。「くそったれが」とポルトガル人が怒る。「かみさんは元気かい？」トンボーが話題を変えて訊く。「知るかよ、マルセイユにいるんだ」とフィーゴが答える。「そんなとこで何してんだ？」とピーサンローヴが口を挟む。「行っちまったんだよ、俺を置いて。モデルみたいなイタリアのクソ野郎と逃げやがった」「仕方ないだろ、イタリア人なんてみんなモデルみたいなんだし」トンボーが教えてやる。「まったくだ」とフィーゴは認めつつ、「けどな、その中でもとくにモデルみたいなのがいるんだよ」それから自分の太鼓腹を見下ろし、悲しそうにため息をつく。「ファッションなんてクソだ」とピーサンローヴがやり始める。「なにもかもクソなんだよ、モデルのクソ野郎どもを手始めに……」

フィーゴは四〇だが、心はバグダッドよりもひどい荒廃ぶりだ。足は彼の妻――男勝りのとてつもなくきれいなアンダルシア人――との喧嘩中に折った。果敢にも度重なる浮気を咎めた彼を、女が階段から突き落としたのだ。「あたしのあそこは自分のもんだ、それをどう使おうと、あんたもほかのだれも、何も言う権利はないよ！」近所中のやつらが同情するような目つきや険しい目つきで見守るなか、彼に向ってそう怒鳴った。フィーゴは今、一文無しで、妻にすべてを（プライドまでも）取り上げられ、仕事も正式な書類もなく、社会保障もない状態で、この上なくひどい安ホテルで暮らしている。「これからどうするつもりだ？」トンボーが訊ねる。「さあな、俺ぁこの国で一五年も働いてきたのに、何も持ってないんだ。名も知れてないし、身分証もないし、きっと墓も無しになるんだろうよ。ハンストでも打ってやろうかな、そしたら少しは気に掛けてもらえるかね……」ピーサンローヴがいきなりテーブルを乱暴に叩いたので、グラスが驚いて飛び上がった。トンボーは胃が空っぽになったような感じがして、呻いた。「お前さん正気か！　それこそやつらの思うつぼじゃないか、俺らがじわじわと勝手に死んでいくのが、勝手に沈んでいくのがやつらの望みなんだぞ。けどそうはさせない。文句を垂れたり、こそこそ隠れたり、うつむいたり、飢えで衰弱死させられるままになったりする代わりに、俺たちが一致団結したらどうなるか、ちょっと想像してみろ。いいか、ひとり残らず、全員が団結するんだぞ。道路を占拠したりしないで、全国規模のストをやったらどうだ」トンボーが「国中がマヒするぜ、フィーゴ、完全にマヒする」と興奮して叫ぶ。「身をさらすことも警察を挑発することもいっさいしない、家から出さえしなきゃいい。通りには人っ子ひとりいなくなって、ゴーストタウンみたいになるぞ。子どもたちは学校に行かない、大人は仕事に行かない。そしたら移民反対論はどうなると思う？　間違いなくゴミ箱行きだぜ、こりゃ確かだ。まるまる一週間、飛行機は飛ばず、電車は定刻になっても発車せず、農作物は収穫されず、商品は流通せず、ガソリンもなし、学校はほぼもぬけのから、だれもクソを片付けない。（一週間だぜ、フィーゴ、一週間の閉じこもりストだ！）そしたらやつらは俺たちに耳を貸すばかりか、俺たちの言いなりだ、さもなけりゃ、ストは永久に続くんだ」「はん、一週間活動を止めりゃ、まったく別の国になるさ！」ラム酒が完全にまわって興奮しきったトンボーはうなるように言う。「大混乱になるぜ、フィーゴ、ほんものの大混乱だ……」

バーを出るころにはもう日が暮れ始めている。ふたりとも、友だちのフィーゴのことを考えながら、数歩先に停めてあるピーサンローヴのバンまで押し黙って歩いて行く。「あいつの足、治ると思うか？」バンの座席に腰を落ち着けてからピーサンローヴが訊く。「良くなるさ、かみさんを無くした代わりに自由を手に入れたってことにとっとと気付いて、自分が世界一へたくそなサッカー選手だってことをとっとと自覚して、あのクソまずいポートワインを飲むのをとっととやめさえすればな。まったく、よく飲めるよな、あんなもん」トンボーが答える。「同感だ」ピーサンローヴはバーボンのボトルに口を付けて一気にあおりながら応じる。ピーサンローヴが川の方角へと運転する脇で、トンボーは煙草とマリファナを混ぜたのをもう一本用意して、道中それを吸う。古い城壁のところで車を停め、車を降りて黄昏の川岸を歩く。ガロンヌ川の水面は、オレンジがかった赤っぽい色をしている。ゆったりと吹いている風に調子を合わせて、穏やかな波や小さな渦巻きや日光が消える直前の瞬きが、川面で踊っている。「この川がこんなにきれいなのを見たのは初めてだよ」トンボーは川面を見つめたまま打ち明ける。とにかく、長くかかったとしても一〇年以内に、この国には黒人か、マグレブ人か、ポルトガル人か、アジア人か、あるいは南米人の大統領が誕生するだろう。それかおそらくは、そういう人びとすべての、俺たちすべての血を引くだれかが、この国を治めているだろう。今日俺たちは二五パーセント以下だが、明日には四〇パーセントを占めるようになり、あさってにはさらに増えるんだ。このプロセスを逆戻りさせることはできない。混血と同じで、と彼は考える。

「ハイチが懐かしいか」とピーサンローヴが沈黙を破って言うが、べつに問いかけているわけではない。「祖国か、祖国なんかクソだな」とヒッピーはしつこく言う。「この世界はこんなに広く、すべてはこんなに壮大だってのに、祖国なんかのなにが大事なんだ？　いちばん美しい祖国ってのは本当は祖国じゃない、だからこそ俺の祖国は世界なんだ」ピーサンローヴは確信たっぷりに言う。城壁沿いに一キロほど下流まで行き、オープンエアのバーに腰を落ち着ける。広々とした庭があって、あちこちにテーブルが置いてある。すれ違いざまに挨拶をしてくる若者たち（トルコ人、ウルグアイ人、旧ユーゴスラビア人などだ）が何人もおり、さもなければ離れたところから遠慮がちに微笑みかけてくる。パティオの片隅にあるテーブルに陣取る。そこなら煙草を吸い、会話を続け、また店で演奏しているジプシーの一座の音楽を聴くこともできる。冷やしたロゼワインを注文し、香と蜂蜜の香りがする質の良いジョイントに火をつけて、経理係並みの入念さで、その日の収穫を事細かに勘定する。「メフディのところはどうだった？」ピーサンローヴが訊ねる。「上々さ。やつはフランス国内のマグレブ系の組織はみんな俺らの側につくと言ってた。モロッコ人、アルジェリア人、チュニジア人だけで六、七〇〇万いるだろうって。キューバの女も、一五か国の娼婦三〇万人がまるまる一週間、完全に仕事をやめると保証してくれた。ポルトガル人が一五〇万、アフリカ人が三〇〇万、アジア人も何百万か加わる。それにイタリア人、南米人、ルーマニア人やそのほかのやつらも加わるし、それ以外にも三五〇万はいる。移民の組織は全部、在宅ストに協力してくれる……」「で、ガリバーは？」ピーサンローヴが訊く。「ああ、忘れるところだった、庭の小人解放戦線の残党も俺たちの支持者だよ」トンボーが笑いながら答える。良い知らせに乾杯し、今度はトンボーが訊く番だ。「それで、フランス人たちはどうなんだ？ 大丈夫だろうな？」「ああ、問題なしだ」ピーサンローヴが答える。「フランス労働総同盟のメンバーは全員、自宅待機ということにすでに決まってる。エールフランスの一〇の労働組合も今回の行動を支援してくれるし、フランス中央銀行の六つの労働組合もだ。建設作業員、電話局員、郵便局員も、組合があろうがなかろうが、労働を放棄することになってる。スーパー、市電、タクシー、地下鉄の労働者もストを打つことになってる。トロツキストも、無政府主義者も、共産主義者も自分たちのシンパに参加を呼び掛けてる」「なんだ、あの能無しどもまでが決断したのか」トンボーが言う。「詭弁だよ、トンボー、詭弁ってやつだ」とピーサンローヴが返す。「昨晩もまだ歴史の主体がどうのこうのと言い争ってて、ちっとも意見がまとまらなかった。ああ、うっかりしてた、プロサッカー選手たちも俺らの味方だぜ……」なら、これはうまくいくに違いないぞ、とトンボーは嬉しくなる……。

バンに戻り石橋のところまで帰ってくると、すでに午前二時をまわっていた。トンボーは車を降りて自分の古い自転車も降ろすと、明け方のすがすがしい空気を吸い込み、ピーサンローヴに軽く別れを告げる。「じゃ、また明日」幸せな気持ちで、不細工には変わりないが晴れ晴れした表情で、トンボーが言う。「ああ、明日はすげえ一日になるぞ」ピーサンローヴが笑いながら言う。彼らはしっかりと抱き合い、満月がガロンヌ川を照らしている。

シエテアニョス* 死にぞこないたち

バスを降りると、いきなり熱帯の喧騒に包まれる。ポケットをひっくり返して煙草を探すが、吸殻が何本かとコインが数枚出てきただけだ。あからさまなイミテーションの、安物のサングラスを売っている少年が寄ってきたので、ブルースブラザーズ風デザインの中国製をひとつ選ぶ。ファイブダラーズ、と少年が言い、俺は一ドル余分にやって、あまり汚すぎない、安い宿を教えてくれないかと頼む。この通り沿いにあるよ、と少年は北の方を指しながら答える。そんなに遠くないよ、二〇〇バーラ〔約一七〇メートル〕ぐらいだよ。礼を言って、彼の指したとおりに道を歩いていく。太陽がじりじりと背中に照りつけ、町にはほとんど人気（ひとけ）がなく、まるでゴーストタウンだ。食料雑貨店に入ってトーニャ*一本とカシーノ*ひと箱を買い、リュックを脇に置いて、土管にもたれかかって路上でビールを開ける。それから、品よくとは言い難いしぐさで煙草に火をつけ、この世界のことを忘れ、そしてまた忘れることそのものも忘れる。ここ数か月は嵐のような日々で、自分自身から、混沌から、似たような毎日から、そして不快な気分から逃れることだけを目的に、あちこちの国境や街を転々としたあげく、ここまで流れ着いた。世界地図上のごくちっぽけな点に過ぎず、だれにも顧みられることのないこの辺境にたどり着くまで、一〇〇〇かそれ以上のバスを乗り継いだかしれない。俺の人生でただの一度も耳にしたことのなかったような町。今日までは。

段ボールのごみ箱に空き缶を投げ込む。歩いていくうちに夕暮れ時の影が道に伸びてい

シエテアニョス　ラム酒のハバナクラブ七年。
トーニャ　ニカラグアのビール。
カシーノ　紙巻煙草の銘柄。

く。小さな商店が活気づき、昼寝(シエスタ)から目覚めた旅行者たちが強い日差しに面食らいながら通りに出てくる。子どもたちが自転車に乗って通りをやってきて、それをかわそうとして道の真ん中で闘牛士みたいに右往左往する。子どもたちも俺も笑う。落ち込んでるくせに、けっきょくは陽気な雰囲気にのまれているなんて。娘たちが街角に姿を現したので、愛しげに彼女らを見つめる。そのうちのひとりが俺に笑いかけてくると、たったそれだけで胸がざわつく。俺はこれまで、あまりにもしけた顔をして過ごしてきた。あまりに多くの非難と不和、あまりに多くの侮辱、あまりに多くの苦々しくて傷ついた朝。微笑んで首をかしげ、一九四〇年代の映画で見た二枚目を真似て、帽子のつばにちょっと触れると、ずっと微笑んでいた娘が投げキスをよこす。まるで、線路脇で別れを惜しんでいる恋人同士みたいだ。そのとき、看板が目に入った。ポサダ・インテルナシオナル。中年の女主人が近づいてきて、頭のてっぺんから足の先まで無遠慮に眺め回し、この初めて見る男の懐具合を推し量る。図体がでかく鈍そうで、薄汚れてくたびれた、下卑た男。古着屋で買った、着心地さえよければあとはどうでもいいという安物の服を身に着けている。もう何日も着替えてない。ズボンには汚れが固まってこびりついているし、白かったシャツは汗を吸って灰色になり、不衛生な雑巾みたいだ。脂ぎって頭蓋骨に張り付いた髪を帽子で、しつこい不眠に悩まされた目をサングラスで隠している。ろくな印象を与えるはずはない。

宿だって、とてもじゃないがお上品とは言い難く、そのくたびれようといったら俺より酷い。受付の前を通って、細長いパティオに出てみる。両脇の廊下にはカラフルなハンモックがぶら下がっていて、もっか怠惰を満喫中のやつらがおおぜい寝そべっている。パティオに面した窓があるちっぽけな部屋を見せてから、一泊三ドルだよ、と女主人が告げる。机と椅子がいるんだが、とつぶやくと、女主人はとてつもない要求でもされたかのような顔つきで俺を見て、ならもう一ドルだね、と面倒くさそうに答える。俺にしてはせいいっぱい頑張った、誠実で責任感ある人間のような顔をしてみせて、ひと月ならいくらになりますかね、と訊くと、値引き交渉が始まって、九〇ドル現金払いというところに落ち着いた。ドアを閉めると、ここ数週間ずっと風呂に入っていなかったので、ゆっくりとシャワーを浴びる。髪を洗って落ちていく泡を見ていると、ここからはるか遠く、子どものころ住んでいた家の近くの製紙工場が川に垂れ流していた排水を思い出す。

扇風機を点けると火花が散る。どうやらこいつもポンコツらしい。コードは継ぎはぎだらけのひどい状態だ。テーブルも椅子も白いプラスチック製だ。ベッドに身を沈め、煙草に火を点けて、目の前でかろうじて動いている扇風機に、俺の頭の中に溜まっている思い出と埃をかき混ぜられるがままになる。ある場面を思い出して胸が苦しくなる。ぼんくらのメス犬めという俺の言葉で始まり、地獄へ落ちやがれという俺の言葉で終わった、あの腹立たしい夜の最後の口論のことだ。ベッドの上で身をよじって唸り、俺はなんて馬鹿だったんだと自分を責める一方で、とうとう自由になれたことを、あの魔術から、果てしない流体と甘い蜜と匂いと味と感覚の呪いから（つまり快楽に囚われた状態から）逃げおおせたことを喜んでいることも否定できない。息を強く吸い込むと、煙草が旨いという感覚を、彼女を失ってひどくつらいという気持ちを、二度とよりは戻せないという確かな思いを、まだどうにか知覚できているようだ。その後でとうとう眠りに落ちてしまう。

＊

びっしょり汗をかいて目を覚ます。悪夢が暗闇の中にまで広がっている。自分が今どこにいるのか、まるで独房のようなその見知らぬ空間でどう動いたらよいのかも分からないまま、ベッドから飛び降りる。手探りで電気のスイッチを入れると、ブーンという音を立てて点滅しながら明かりが点く。時刻は真夜中、死ぬほど腹が減ってのどが渇いているし、自分がどこにいるのか、ここで何をしているのかが知りたくてたまらない。服を着て通りに出る。ホテルから四ブロック離れたビーチでは、いくつかのバーが最高に盛り上がっている。騒いで楽しむ気分ではないし、「イグアナ」みたいなありがちなネーミングのアメリカ人(グリンゴ)どものバーには反吐が出るので、亡霊どもに取り囲まれたホットドッグのスタンドまで歩いていく。死体のかすが入ったパンをふたつ、と注文すると、店のやつはにっこりして、はい直ちに、と礼儀正しく答え、ソーセージを二本、鉄板に乗せる。ばか騒ぎから抜け出して来て、脂質と炭水化物を摂取し、再び永遠の夜の中へと繰り出していく夜行性動物たちに紛れて、俺も立ったままのんびりパンを食べる。アスファルトのタラップを渡って、砂浜に入る。広さはあるが閉ざされたほぼ円形のビーチで、あまり清潔ではないが、美しいのは間違いない。明る過ぎず、そこが気に入った。水際を、大洋が陸地にひたひたと触れているまさにその場所を歩いて、星や、まもなく満月になりそうな月や、湾に錨を下した小舟が五〇メートルほど沖合に浮かんでいるのやらを眺めながら、煙草を吸う。

長いビーチには、楽しげなカップルたちや、ギターとドラムを囲んでいるグループがいる。波打ち際でくたばりかけている酔っ払いどもや、お姫様を求めて砂の城を作っている俺みたいな独り者にも事欠かない。人魚たちもいるが、ギリシャ神話で学んだとおり、彼女たちの甘いささやきには耳を貸さない。それから、水平線。そこで空と海の暗黒が融け合い、嵐が生まれては消えていく。境界としての水平線、過去と未来を分ける険しい断崖、この見知った世に俺たちをとどめておくための線。涼しい夜で、星が瞬いている。湿った砂浜にいると、幼児期へと、青年期へと、セクシャリティへと、人生がうまく行っていたとき、うまく行かなかったときへと連れ戻される感じがする。そこらじゅうにカニの穴があって、塩分がキラキラ光り、干からびた海藻、石みたいに固まったコンドーム、煙草の吸い殻、空き瓶に空き缶だらけだ。このビーチは日常生活の墓場で、ここでは情熱の火が消え、倦怠感が死に絶え、無限が生まれる。この世の終わりとあの世の始まりを暗示する海岸。岸辺は、ふたつの世界を、生命に直結した何より本能的な「呼吸」が隔てている相反するふたつの現実を分断する線だ。

ときどき魚になりたくなる。そんなとき、海こそが俺の本来の生息地で、胎児期の縄張りで、生まれる前の俺を育ててくれた羊水なのだと思う。それから、自分が泳げないことを思い出す。水の中での俺はだらしなくぶざまで、波のあいだでもみくちゃにされたり、海水パンツがいつも脱げてしまうことを思うと自分でも笑えてくる。今は、そんなことはみんなどうでもいい。暗い海を眺めさえすれば、自分自身など恐れるに及ばないと思うことができる。その後、ビーチを離れて、ジャズの聞こえるほうへ行ってみる。眠れるサメ(ティブロンドルミード)という店でトリオが演奏している。カラフルなビリヤード台があり、だれもかれも酔いしれている。ビーチにいるというだけで、自然とそうならざるを得ないのだが。シエテアニョスのソーダ割りを注文し、隅のほう、どんちゃん騒ぎと物思いのちょうど中間あたりに腰掛け、そこにいるやつらと、そのちょっとしたしぐさや動き(あっちのテーブルでこっそり交わされるキス、そっちのテーブルの大笑い、ふたつの手の触れ合い、金のやりとりを介したブツの取引)を観察し、遠くの会話に、意味は持たないが酒とその奇妙なロジックに助けられてそこそこは成り立っているやりとりに、耳を傾ける。

ここは旅行者と地元住民でいっぱいで、俗悪きわまりなく、時折、痴話げんかのつむじ風が埃と口論を空中に巻き上げながらパティオを吹き抜ける。旅行者たちが「セニョリータ」と呼びたがる女の子たちの中には、(大胆に開いた襟元や生まれつきのたっぷりした尻なんかの)どぎつい外見で店員をあたふたさせるような子もいる。そのほかに、筋骨隆々、ブロンズの肌と完璧な歯並びを持ち、しぐさも声も大げさなサーファーたちがいる。そしてその中に紛れ込むようにしているのが「死にぞこない」たちだ。小口のドラッグの売人、安い娼婦のあっせん人、床に落ちたものを何でも拾い集める抜け目ないやつら、宿のあっせんからセクシャルな幻想の具現化に至るまで、旅行者に色んなサービスを提供しているやつら。もっとたちが悪いのは、ありもしない土地や遺言の残っていない所有地、呪いというおまけがくっついた天国なんかを売りつけようとするやつらだ。そして、そういったやつらがみんなティブロンに集まって、酒を飲み、他人を観察している。ちょうど、俺みたいに。

　ひとりのヨーロッパ人が俺の前に立ち止まる。年のころは四〇数歳といったところで、青ざめた顔にスキンヘッド、おまけに図体がでかい。相席していいか、と訊いてくる。バーは満席だったので、俺は立ち上がって、どうしようかと思いながら、そいつの目を覗き込んだ。

「よう、俺はルーマニア人（ルーマーノ）だ」それが何かの説明になるかのような口ぶりだ。

「よろしくな」と俺は答える。「俺は無国籍だ」

「ああ、いい響きだ。正直ちょっと忘れられてるし、しかもなんだか人生を諦めた犠牲者みたいな、不愉快な意味あいで使われるようになって、世界を愛してる人間よりも難民キャンプに似合いの言葉になっちまったからな。がっかりだよ、だがいつか俺らが取り返してやろうぜ」

　俺はグラスを掲げてそれに乾杯する。やつが話し続ける。

「俺はここに居ついて一年になる。一週間のつもりで来たんだが、出ていけなくなっちまってな。この町には、隙のあるやつを捕えて離さない何かがあるんだよ、絶望した人間をたぶらかして、がんじがらめにする何かが。逃げたいと思えば思うほど、何だか分からない力が働いて、ここから動けなくなる。マジの悪循環だ。いっちょ、やるか?」と鼻をこすりながら訊く。本当にそれが必要な精神状態だったからというよりは、本能的な社交性から、たいした考えもなく同意する。いわゆる燃料補給にトイレに行くと、そこではほかの客もさまざまな薬物を大いに楽しんでいる。まるで自殺者のサーカス団だ。陽気に、にこにこ顔で、大きな靴を履いて、鼻を赤くして、大声で笑いながら、あれこれととりとめもない話をしている。女の子たちがミニスカートを翻して通り過ぎ、見物人をうっとりさせる。俺もそのひとりだ、ただし床の蟻のほうに目をやり、見ていないふりをしているが。それから個室に閉じこもって、粉の入った袋に銀行のキャッシュカード、白い三角形、素早く深く吸入、という流れだ。二回やる。空気を吸うために、塩化水素を多少の酸素で中和するために、外に出る。

「俺は二〇年のあいだ、商船でコックをしちゃあ、金やら何やら生き延びるのに必要なものがすっからかんになるまで、あちこちの港に居座ったもんさ」ルマーノが話し続ける。「そうやってアジア、アフリカ、南米中部なんかで暮らしてきたんだ」それからトーニャをもう一本注文する。ごった混ぜの訛りがあり、スペインで使われる単語を話し、動詞の活用はアルゼンチン風で、メキシコのスラングを大量に使う。意図せずマルチリンガルになったものだから、フラマン語、フランス語、英語、ドイツ語、ジャワ語、スワヒリ語など、そのつど頭をよぎった言語から自分の考えを翻訳しているので、正しく文字にすることはできない。やつの話では、世界中を山ほど旅し、ときには(ほとんどジョゼフ・コンラッドばりの)おんぼろ船にも乗ったが、この一〇年はそこそこ豪華なクルーズ船に乗っていたんだそうだ。今はここに住んでいる。高くてきれいな、そしてたぶん味もいいレストランの料理長をしている。給料も良くて、本人いわく、ここから通りを数本渡ったところにある、小さなアパートに住んでいる（ばかげた話だ、なんせこの町にはもともと数本しか通りがないし、もっと向こうは林で、反対に行けば海なんだから）。やつは正真正銘のエレクトロヒッピーだ。仕事は大嫌いで、生き延びるためだけにしており、政治も戦争も平和も大嫌いだ。左翼も右翼もリベラルもアナーキストも大嫌い。慎ましそうに微笑んでいる人間も大嫌い。俺はやつが気に入った、それは認める。あいつの目つきには嘘がなく、真正面から人を見る。図体のでかい子どもみたいだ、たぶん俺みたいな。この突然だが必然的だと思える出会いを祝って、何回も乾杯した。

バーは頭のいかれた連中や荒っぽい連中であふれかえっている。盛り上げ係がテーブルの前に出てきてくしゃみをし、おもしろい商品を並べて、手ごろな値段を示す。みんなが笑い、飛びあがって喜ぶ。どんちゃん騒ぎになって、俺はどこへ行ったらいいのか、どうしたらいいのか分からずに、打楽器と金管楽器のあいだを行ったり来たりしていたが、ついに盛り上げ係が助けてくれ、俺の肩に腕を回してビーチの方へと引っ張っていった。

「ワッツァップ、カルナル、コモユードゥーイン（どう、楽しんでる）？」英語スペイン語交じりで訊いてくる。何も問題ない、俺の人生は静かなもんだし、脳みそは永代供養墓地みたいだよ、と答えると、やつは笑う。

「チクショウ、俺にはアンタガ何ヲ言ッテンノカサッパリダヨ……。イッタイ何ヲ言ってやがんだ？」

「なんだってそんなおかしな風にまぜこぜで話すんだよ？」と俺が訊く。たぶん、今日一日で体験した音楽や色彩、光と影に少しばかりまごつきながら。

「スマンナ、俺はフロリダ育チノグアテマラ人ナンダヨ、ダカラ、スペイン語は話せるけど、うっかりするとコウヤッテマタ、英語デシャベッチマウンダ。ケド、スパングリッシュも気に入ってんだよ」

四〇〇立方メートルを覆う皮膚と二〇〇キロの体積でできた体で、やつは話す。やつがデブ（ゴルド）と呼ばれるのにはそれなりの理由があるわけだ。生存本能がみなぎっていて、汗ばんで薄汚れ、にこにこと素朴そのもので、あちこちで数グラムずつ、多くても一オンスまでのクスリを売り歩いている。いいやつだ。大衆小説なんかじゃ、違法なものを売るやつらといえばもっと浅ましい感じに描かれているが、そういうやつらが後ろ暗くて悪意に満ちた人間じゃなきゃいけない理由もない。きちんとした市民の中にもこういう商売に手を染めているやつは多いし、きわめて合法で尊敬に値する商売で税金を払い、いい服を着て、いい車に乗って、金持ちの客を招いたりする。やつらの人生は絶好調だ。だれもがやつらの金の出所を知っているが、それは問題じゃない。やつらは礼儀正しくて、上等な人間と付き合っているし、なかなか理解するのが難しいのだがうまいことバランスを取って、社会に受け入れられている。

「マリファナ、ヤルヨナ」とゴルドがカラフルなパイプを手に言う。それを吸うと、夜空のスクリーンに数字が映し出される。星だ。空というあのゲーム盤の上で、点と点をつないでいかなければ。このゲーム盤には千載一遇のチャンスが隠されていて、つぶさに検証すべき数列、だれも書いたことのない知られざる暗喩が並んでいる。すると、スクリーンは現実と融合し、気狂いどもの正気の領域で幻想が力を持つようになる。そもそも気狂いがいるとすれば、正気がまだ残っているとすればの話だが。分からない。俺にはもう何も分からない、ただ、パイプがぼやけて、これが最後といわんばかりに吸っている自分のことしか。俺はもうだれでもない。自分自身を否定し、見慣れたこの世界を（そしてあの世のことも）おぞましく思う。俺はもう何も考えまいと考え、思想など不毛で、不毛とは考えるに値する素敵な考えで、役に立つ日が来るまで不毛にぐるぐると考え続ける、もっとも何かの役に立つ可能性があればだが。思うに役に立つというのは感情的な犠牲を払うということで、こういうことと全部をもう一度よく考え直そうと、身をよじって努力する。夜はその無限の足を開き、俺はその中に身を沈める。失礼のないようにその内部を嗅ぎまわり、感覚と存在欲求を失う。

＊

白くて細長いアパートの部屋で目を覚ますと、時刻は午前四時で、左手にはシエテアニョスのソーダ割り、右手には煙草を持っている。今話題になっているのは政府*のことで、ルマーノがひどく腹を立てている。

「マジでそんな話をする価値があるのか？　というか、この国の政府も、よその政府も、ずっと遠くの国の政府も、どれもこれも根っこのところでは似たようなもの、同じクソだろ？　これまで住んだどんなとこでも、同じように期待させられて、けっきょくは政府や政治家や革命家に裏切られんのを見てきたぜ。俺はもう何も信じない、頼むから俺に政治の話をしないでくれ」そう言うと、一メートルも離れていない台所に向けて旅立つ。

ゴルドがいきなり大笑いする。

「それは違うな、ルマーノ。ここの政府はほかのどんな政府よりクソだぜ。ダントツにな」

俺はこれまで政治に興味を持ったことがないし、政治の話はあまりにも退屈なので、この会話を無視している。俺にとって政治は、ニュースで報道される不幸な出来事のひとつでしかなく、俺の人生を何ひとつ変えやしない。あたかも、人を煽るような、楽しくは読めるが

*政府　カネックはこの作品の舞台であるニカラグアに二〇一〇年から一一年にかけての一時期滞在した。当時の同国では、一九七九年の独裁者ソモサ打倒闘争の主力を担ったサンディニスタ民族解放戦線の指導者のひとり、ダニエル・オルテガが大統領に返り咲いていた（第一期＝一九八五〜九〇年．第二期＝二〇〇七年〜）。その左派的な政治路線をめぐって、賛成・反対の議論が噴出していたのであろう。

真面目に受け取ってはいけない安っぽい小説を読んでいるかのような感覚で、新聞を読む。選挙が近づくと、選挙シーズンと呼ばれるあの嵐を避けて逃げ出すのだ。気象学者たちが、どこどこの政党で嵐が起きる、別の政党では日照りだなどと通告し、俺はといえば山小屋にでも逃げ込んで、そういうことをすっかり無視するのだ。

「あんたはどう思う?」とだれかが俺に訊く。

「さあね、俺はポルポト派だからな、人口の半分は処刑、残りは農村で強制労働させるべきだと思うね」とあっさり答える。

怖がるべきか笑い飛ばすべきか迷いながらみんなが俺のことを見るので、俺から笑い出してやつらを元気づけてやる。「冗談だよ」

周りには新顔もいる。俺の隣には、炭みたいに真っ黒で上半身が裸の黒人がいる。驚くほど真っ白な歯を見せて笑っていて、鏡の中以外ではお目にかかったことがないほど血走った目をしている。大西洋岸から来た四〇歳ぐらいのガリフナ*で、節くれだった力強い手にトーニャを持っている。

「黒人(ネグロ)だ」と自己紹介する。

「マジか」と言いながら手を伸ばし、やつの手とこすり合わせ、拳をぶつけ合う。やつは虫歯と喉のかなり奥のほうまでを丸出しにして笑う。

「地獄へようこそ、コンパニェロ」ラム酒と外国の女たちのせいで頭がいかれちまったガリフナ野郎が言う(いうまでもないが、女旅行者のひもとして生活している人間の見た目はごまかせないもんだ)。「何か必要なものがあったら、俺に言えよ」と親切に言うので、分かったというふうに俺もうなずいてみせる。俺の右側にはまた別の男がいて、こっちはもう少し年かさで、髪は白くて短く、中背で、粗野な目つきをしている。木みたいに堅い指で俺の肩

ガリフナ　モンゴロイド系の先住民族が住むカリブ海のセント・ビンセント島に、一七世紀半ば、嵐にあい沈没した奴隷船から逃げ出した黒人が泳ぎ着いた。彼らは島の住民と暮らし始め、やがて「ガリフナ人」としてのまとまりをもつようになった。その後の欧州列強によるカリブ海域の植民地分割の過程で、同島はイギリス領となった。アメリカの独立、フランス革命、カリブ海フランス領ハイチでの黒人奴隷反乱などが続く一八世紀末、これらに刺激を受けたガリフナの反乱に手をこまねいたイギリスは、彼らをセント・ビンセント島から中米ホンジュラス(ここもイギリス領だった)の沖合の小島に強制移住させた。虐殺などでわずか二〇〇〇人の人口にまで追い詰められていたガリフナ人は、その後ホンジュラスに移り住んで、現在は三〇万人となっている。

をつつく。

「なあ、煙草、余ってないか？」

「あんたはキューバ人(クバーノ)だな」と確認しつつ煙草の箱を渡すと、やつは三本とって、一本は口にくわえ、もう一本は右の耳に挟み、三本目はシャツの胸ポケットに入れる。

「俺ぁハバナ製で、マイアミでぶっ壊れたのさ」目を奇妙に輝かせながら答える。俺はそれに乾杯して、ここで何をしているのか訊ねる。

「お前さんと同じく、働くことから逃げてんだ。俺は三〇まであっちで暮らした。言うのは簡単だが、ありゃあ奴隷の暮らしだぜ。俺は白人なんだから、黒人どもが働きゃあいいんだよ」巨大なぎらぎらした目でガリフナを見ながら言う。ネグロはまたいつもの大笑いをして、言い返す。

「あっちではそうかもな、ブラザー。ここじゃ、俺たち黒人は働かねえ。少なくともここにいるこの黒人は、絶対に指一本動かさねえぞ、俺は見たぜ」

「けど白雪姫たちと寝るときアレはよく動くよな、誤魔化されねえぞ、俺は見たぜ」

ネグロは笑う。

「いちばん最近の女は、俺に一〇〇ドルのチップをくれたよ」またも笑いながら誇らしそうに言う。中背でブルテリアみたいな体格をした熱帯出身のこの黒人ほど、大声でよく笑うやつにはこれまでお目にかかったことがない。体を鍛えているのも、体を資本に生きているのも明らかで、間違いなく酒にも相当強い。ふと気が付くと俺のグラスはからっぽで、ブラインドの隙間から朝の光がようやく差し込み始めたところで、たぶんただの惰性でシエテアニョスのソーダ割りをもう一杯注ぐ。

コカインのラインをびっしり並べた皿を持って、ルマーノがミニキッチンから戻ってくると、俺はいったいここで何をしてる、何がどうなってこんな忌まわしい場所に追いやられたんだ、と自分に問わずにはいられなかったが、二本のラインを吸いきった。それはとても旨く、偽りのエネルギーに満ちている。もっとも、そのエネルギーはもともと体の中に蓄えてあったものが事前に奪われたものなんだが、そんなことはどうでもいい、何ら変わりはない、人生は続くし、俺はまだ生きている。それから、ガリフナが俺に太いジョイントを回してくる。それを深く吸い込み、たぶん何時間も、煙を肺の中にとどめておく。ラジオでは、重くてくどい感じのラテンジャズを流している。これでもかというくらい管楽器とシンコペーションを使いまくり、猛り狂った癇に障る甲高い音がときどき入る。止まること、眠ることを知らない音楽だ。岸から遠く離れた大海原で波にもまれる船のように、なにもかもがぐるぐる回る。目を閉じると宇宙がひっくり返りひっくり返りひっくり返り、黒い穴に引きずり込まれ、その中で俺は音楽が終わるまで回って回って回って、それから新しいパラレルワールドを、タンジェントワールドを、斜めに傾いた、カーブした、真っ直ぐな、平らな、多次元の世界を創造しながら、宇宙が爆発する……。

*

山の後ろから太陽が顔を出す。アパートの片隅でちっぽけな毛布にくるまって眠っているゴルドを置いて、俺たちは全員ビーチにいる。ルマーノがブラッディマリーを作る準備をしてきていて、俺たちは朝食をとろうと砂浜に腰を下ろし、質のいいマリファナを回しのみする。太陽の光が水面に反射し、漁船に照り付け、いつのまにか俺たちの頭の上まで来ている。クバーノが携帯を見て、朝の一〇時だと告げる。ちょうどそのとき、俺は自分が腹ぺこで死にそうなことに気が付く。立ち上がって、何か食わないと、と言う。

「市場へいこう」とルマーノが言う。「地元の飯が好きなら、あそこが美味いぜ。俺は好きだよ」しばらく口をつぐんでから続ける。「種類は多くないが、美味いのは確かだ、飯でいちばん重要なのはそこだからな。どっちにせよ、本当はこの世にタイ料理に敵うものなんかないんだ。美味くて、種類があって、辛くて、フルーツたっぷりで……」俺にはやつが、神からも忘れ去られたあの国での淫らな思い出にうっとりと浸りながら、ありもしない口ひげを舌なめずりするのが目に見えるようだ。

街なかに着き、通りがかりにショーウィンドウに映った自分たちの姿を見る。汗ばんだ化け物、白昼に徘徊するバンパイア、深い海の底から這い出してきたモンスターの集まりだ。あるいは哀れを、涙を、憐憫を誘うだけかもしれない。俺には分からない、もうショーウィンドウは通り過ぎたし、青い塀に囲まれた小さな町市場が、俺たちの目前に開けている。食堂エリアは中庭のようになっていて、相席用の長いテーブルが置いてある。クバーノ、ガリフナ、ルマーノと俺で、テーブルの半分を占領すると、町いちばんの美女が接客してくれる。オリーブ色の肌、くるくるとカールした真っ黒な髪、分厚い唇、口元にはほくろがひとつ。黒いブラウスを着て、胸が大きく、ジーンズがもう一枚の皮膚のように体に沿って貼りついている。

「ナンパお断りよ」と俺に微笑みかけながら言う。

「俺は何もしてないし、何も言ってないよ」無実のふりをして答える。

「あんたの考えてることなんて、サングラス越しに透けて見えてんのよ。何を食べたい?」

「きみのほかにってこと?」するとと首をかしげて微笑む。すっかり可愛い彼女のとりこになって、何を食べようかとメニューを眺める。

「ガジョピント*を二人前と、大きめのビーフステーキにハラペーニョクリームを添えて頼むよ。それからパイナップルジュースも」

「おなかが空いてるのね?」メモを取りながら尋ねる。

「ウェイトレスひとり、丸呑みできるぐらいね」

彼女は笑って、やめてよね、けどそういうこと言われるのはすごく好きよ、とかなんとか言いたげなあだっぽいしぐさで、俺の肩を叩く。クバーノはもちろんセックスのことしか頭にないので、大きな目でいろんな表情をしながら会話を聞いていたが、彼女が注文を取り終わって行ってしまうと、大声を上げる。

「すげえ、すげえな。あの娘、おっぱいは見事だし、時間の許す限りやっていたくなるようなケツをしてやがる。お前ら、あの女と寝たら二度とこの国から出て行けなくなるぜ」

ガリフナは笑い、ルマーノはそっぽを向いてぼんやりしている。その後、口を開く。

「俺には女のことが分からねえし、欲しいとも思わねえ。俺はコカインと料理一筋で、それさえありゃあ幸せなんだ。それにもちろん、ラム酒とビールな。それからテクノミュージック。それだけだ。女を家に入れるたび、あいつらはすぐに台所の掃除を始めて、しまいにゃ俺をまるごと支配しようとする。とんだ猫かぶりばっかりで、女性解放、女性解放とうるさいくせに、実際は支配してるのはあいつらのほうだ……」

「手がでかくて幸いだったな」とクバーノが国際的に通用する自慰を表すしぐさをしてみせながら言う。

「そうとも、それに俺の手じゃ足りないときに備えて、お前がいつもそばにいるしな」

「やめとけ」とガリフナが言う。「この白人野郎は役に立たねえぜ、なんせケツはいつも汚くてくせえし、突っ込まれすぎて緩んじまってるからな」するとクバーノは怒ったふりをし

*ガジョピント　コスタリカやニカラグアの伝統料理で、豆と米を一緒に炊いたもの。

て立ち上がり、拳を振り上げて、やつらの司令官よりもっと芝居がかった大げさな身振りをしてみせる。幸いにもウェイトレスがジュースとコーヒーを持って戻ってきたので、からからに干からびていた俺は自分のジュースを一息に飲み干し、もう一杯注文して、ついでにコーヒーも頼む。

「ぼうや」と彼女が甲高い声を上げる。「あとでうんと運動しなきゃならないわよ……」

そしてよこしまで浮気な微笑みを見せる。

「もうお前のもんだな」とクバーノが右目を閉じながら言う。ガリフナは真剣な顔つきで俺に言う。

「あいつの旦那には気をつけろよ、気の荒いインディオでマチェテを持ってやがる。だからあの娘には慎重にな」

「ネグロが言いたいのは、あの娘にはあんまり激しくやりすぎるなってことさ、叫び声で旦那はもちろん世間中が気付いちまうからな」

そこへゴルドが汗だくになってやって来る。

「クソっ、アメリカ野郎と取り引きしたんだが、余分によこせと言いやがるから、町の反対側まで追加で取りに行くはめになったよ、マックタク、一日仕事ダゼ……」

「お察ししますよ」と俺が慇懃無礼に言う。「じっさい、それだけの体重で町を駆けずり回るのは難儀なことでしょうねえ」

「バイクを買えよ」とクバーノが俺を肘でつつきながら言う。「想像できるか？　スクーターに乗ったゴルドだぜ?」そして笑うと、ガリフナも笑い出し、ついには頭の中で自慰にふけって上の空だったルマーノまでが笑い出した。ゴルドはにこやかに、三輪バイクを買うよ、と告げる。

ようやく食事が運ばれてくると、驚くほど静まり返り、音といえば別のテーブルから聞こえてくる会話だけになる。肉は世界一おいしいとまでは言えないが、肉にかけてあるハラペーニョのクリームは絶品で、味覚の新境地を開き、舌や味蕾や五感に革命をもたらすような大発見だ。ガジョピントと呼ばれる米とフリホール豆を混ぜたものと、バナナフライが添えてある。二杯目のパイナップルジュースで俺は生き返り、ごくごくと飲み干すと、ほかの地元の客や旅行者、ウェイトレスや料理女や売り子や買い手や、ぎらぎらした悲しい目つきでテーブルからテーブルを嗅ぎまわっている、空腹のあまり頭が狂ってしまったに違いない痩せっぽちの犬を観察して楽しむ。

　市場を出て別れを告げる（長時間の仕事をこなした後ではそろそろ休んだ方がいい時間だ）。ルマーノとガリフナが同じ方角へ向かい、ゴルドとクバーノと俺はそれとは逆の方角へ向かう。

「どこに泊マッテル？」ゴルドが尋ねる。

「あっちの、ひとつ向こうのブロックだよ」

「インテルナシオナルか？」とクバーノが口をはさむ。そうだと言うと、やつの目がさらにいっそうキラキラと大きく見開かれる。

「俺らもあそこに住んでんだよ」

「悪魔の導きで引き合わされたってとこか」と俺がつぶやく。

「おい、やめろ、そんなこと言うなよ、俺はクリスチャンなんだ」

「マジかよ？」

「しかも、生まれ変わった」

「生まれ変わったクリスチャン野郎カ」とゴルドが言う。「クソッタレメガ。アアイウノヲ洗脳ッテイウンダゼ」

「おい、おい、おい、主イエスキリストのことまで悪く言うんじゃねえぜ、マジで怒るぞ」

「主の御言葉はこうやって広まるんだな」と俺がゴルドに言うと、クバーノが振り向いて、やつの言うところの平手打ちとやらを、俺に食らわせるふりをもう一度やってみせる。

宿に着いて、服やシーツや食べ残しや空き瓶がめちゃくちゃに散らかったゴルドの部屋に上がり込む。俺は、汚れたシャツやら煙草の灰やらでかいピーナッツバターのビンやらの隙間に、なんとか場所を見つけて腰を下ろす。そのあいだにゴルドは、水とコカイン塩酸塩と重曹を入れた巨大なスプーンを準備し、沸騰寸前まで熱する。最初にできた、黄ばんでべとべとしたクラック*を取り出して冷やし、完全に固まるまで待つ。クバーノが車のアンテナの一部を持って現れ（もちろん、夜の闇に紛れて頂戴してきたものだ）、一端を厚紙の切れ端でくるみ、反対側からクラックのかけらを入れ（中心には針金を捩じったフィルターがついている）、それに火を点けるとクラックが音を立て、ビー玉みたいな大きな眼だけを見開いて、煙が逃げないように、ゆっくり短く切りながら連続して吸い込む。ときどき横目で窓の方を見ては立ち止まり、まるで番犬みたいに耳を澄まして、夜のただ中に聞こえるかすかな溜息に耳を傾ける。あれは偏執症だ。ほかのやつらでも、鏡の中でも見たことがある。あたかも実際に何か悪事を働いた人間みたいに、追われていると思い込んだり、恐怖に押しつぶされそうになったりする狂気だ。

ゴルドはスプーンで熱しながら英語でぶつぶつと奇妙なことをつぶやき、まるでサウナにいるかのように、毒物混じりの汗を流している。サウナというのはある意味事実だ。熱する作業の妨げにならないように扇風機は消してあるし、クバーノの偏執症を刺激しないように窓は閉めてあるしで、部屋は電子レンジかそれよりもっとたちの悪い環境にある。ゴルドに

クラック　クラック・コカイン。煙草のように吸引できるように加工したコカインのかたまり。

クラックをふたつ渡されて、ガラス管を貸してもらう。俺は味もそっけもないアルミ缶よりもガラス管のほうが好きだ。そしてその旨いフリーベース*を吸って、今日で最後といわんばかりに味わう。すぐに唇が麻痺し、煙が肺と脳に充ちて、胸をガツンと殴られたような感覚と、頭を揺さぶられる感覚がする。神経系に化学反応が起きて、頭では強烈な幸福感を、舌の先や上あごや喉では化学物質の味を感じる。

*

実にばかげたことなのだが、無駄なことと想像の世界のこと、現実のことと虚偽のこと、奥深いことと脆弱なことをめぐる取り決めのせいで、彼は幾日も幾晩も幾日も幾晩も眠れなくなってしまったのだが、とうとう支離滅裂なわずかな光明が差して、無理やり眠らされた。夢見は悪かった。取り決めは彼の精神に干渉し続け、眠れぬ夜には頭が勝手にまたそれを呼び覚まして、彼の空想を絶望させた。明快な、示唆に富んだ暗示として現れてくるのに、次の瞬間には煙のように消えてしまうのだった。取り決めは捉えどころがなく、それ自体の存在から逸脱したり別の姿となったりして現れた。生まれついての名作である取り決めは、呼び起こせないことを呼び起こし、語れないことを囁き、説明のつかないことを分析する。

まだ提起されていない定理をあれこれ弄りまわしたあげく、ばかげている、ともう一度言う。コーヒーにはもう口を付けないが、おそらく比喩的な意味で「昨日は何をしよう?」と自問する。コーヒーカップが跳ね、カップであることをやめ、悪趣味な装飾が施されサイケデリックな模様が描かれた、巨大でなおかつ狭い未完の空間に姿を変える。疲れきった彼が

*フリーベース　クラックとほぼ同義。

うんざりしながら立ち上がり、体を引きずるようにしてチェストのところまでいくと、そこで月の時間が破裂する。ある種の感傷、あるいは郷愁の一歩手前のもの——まもなく失われるだろうという予感——が、毒物依存症と同じように彼の感覚を鈍らせる。じっさい、彼は毒物依存症なのだが。今度は本の番だ。取り決めが震えだし、飛び上がり、部屋の隅の、おそらく実在したことなどない風変わりな失われた愛を描いた絵画の下に逃げ込む。本はページをばらばらにして、内なる宇宙を並べ替える。彼は本に飛びかかって捕まえ、気ままにうろつくのを邪魔する。本は驚いて、語りかけ、微笑み、礼儀正しく、慎み深く、従順になろうとする。彼もまた、神経質に微笑む。きみの背表紙は本当にきれいだな、と甘ったるい調子で言う。分かってないな、と本が言い返す。僕はモノじゃない。取り決めは高慢で見栄っ張りだ。自分がどれだけ重要かをちょっぴり誇張したりはするかもしれないが、嘘はつかない。適当にページを開いてみる。

「境界それ自体の境界。空間と沈黙はそのようにして築かれる。境界を含む境界の中にある境界。それを知らなかったり無視したりすると、不可侵で厳格で絶対的なものに変化する。境界は築かれたものであり、だからこそ、その境界を設けている要素を損なわない限りにおいて破壊されもする。境界とはある境界の集まりとそれ以外の境界のあいだにある交易地であり、フリーゾーン、レッドゾーン、もしくはピンクゾーンだ。境界とは境界の境目なので、想像上はしっかりぴんと張られた線だが、実際はたるんだあいまいな線で、見かけ上は境界のない集まりと同じぐらい、捉えどころのないものだ。境界は、境界を含むほかの境界と影響を与え合う境界の内部にある境界だ。宇宙は、世界は、詩は、想像は、こうして構築される。客体と主体はこうして融合する。人生とはこういうものだ。なぜなら境界はその境界を設けている要素を持っているので、形を形作るプロセスがデリケートであるにもかかわらず、つねにその要素を拡張していくことができる。何もないところで虚空を支え、それを少しずつすべてで満たしていく。それは見た目ほど難しいことではない……」

一行ごとにコードが暗喩的かつ数学的に進行し、それは手探りで動きまわり、震え、発せられる言葉に耳を傾け、記号や間投詞を吐き出しながら変形していく。悔い改めた母音融合は片隅にその姿を隠し、まず人目を引くこともなく、ほとんど未熟で原始的だ。コードと言葉は共存し、交差し、それぞれのエッセンスと流動体を混ぜ合い、順番通りに並べた詩句を、鏡のような沼を、自由でコントロールされた言葉を生み出す。詩とはプログラムの裏面で、翻案であり転覆、逆さまの反対向き、道理にかなった放棄、偶然の成り行きだ。認識と犠牲、消え去っていく忘却の役割、愚鈍なくず、付属文書、実行可能なバイナリ。ロボットの会話、言葉を持たぬ空虚な機械の見る夢、0と1の数字で暗喩を創り出し、やがてはぼんやりと、言語の、ゲームの、解放の物悲しい真似ごとらしきものに見えてくる。

「これを書いたのはだれだ?」カーソルが尋ねる。「だれも」とスピーカーが答える。「取り決めは文字で書かれているのではなく、プログラムされているのだ」「それじゃ、これをプログラムしたのはだれだ?」「だれも」と冷たい返事が返ってくる。「取り決めはオートプログラムだ、約五〇〇年ごとまたは一〇億文字ごとにコードをクリーンアップする。コンパイルとなるとまた別の問題だ。あまりに時間がかかるし、システムが飽和状態になってダウンするのを防ぐために、データをリモートサーバーにバックアップする必要がある。何があっても、システムだけはダウンさせるわけにいかない（システムの内側ではあらゆることが可能だが、外側には空虚が、白紙のページが、暗い画面があるだけだ）。自分が何を何のために書いているのか、だれも分かっていない。言葉は、ときにメロディのように、または根深くてなかなか治らない病気のように慢性的に痙攣するコンテンツの中で、自動的に生成される。それはノスタルジックな詩作であり、ノスタルジックであるとは唯一無二の排他的なものであるがゆえに難解なのだ。詩は思想であり装飾であるが、コードは相対論には精通していない。コードも、コードを構成しそのラインとインストラクションを配置するフラグメントも、コードの数字の形も、コード全体を貫く普遍的なレトリックも、何もかもが無限だ。そして詩の中ではいつも、無限が具体化する。ときには、詩のたった一行で無限を表すことさえできる。

それは愛のようなものだ。厳かな解放の瞬間がなければ、高揚が何の役に立つというのだ？ 取り決めはそれに基づいている。神経を高ぶらせ、羞明（フォトフォビア）を引き起こし、体全体を痺れさせる。万能薬、美の喜び、知の不滅、それこそ人類が探し求めているものではないか？ いや、探し求めているのはそれではない、だからこそ取り決めとその内容のすべてを、つまり「全部」を無視するのだ。一連のアラートとアルゴリズムが変化を伝えるが、本のメカニズムの内部では具体的なことは何も起こらない。真実が暗号で書かれたパンチカードもフォーチュンクッキーもなければ、海賊の地図もない。ヒントも答えもなく、読み進んでも、書き進んでも、理解しても、学んでも、何も明らかにされることはない。目を疑うような並外れた真実が自らを囲い込む境界から自由になり、そのうつろな実体の一隅から解放され、直立した優美な姿や不名誉とシラミとさまざまな汚れにまみれた状態に保っている骨格から解放される。真実は自らを疑い犠牲にする。真実は真実であろうとするがゆえに、真実に免じて自らを犠牲にする。疑念と同じで、揺るぎないものであろうとするには、折に触れて自らの問いを疑ってみなければならない。確信はすっかり消し去らねばならない。

影が光をたぶらかし、いっしょに横になりましょうと誘う。片隅では反射鏡が無秩序かつやや暴走気味に唸り声をあげ、たちまち何の前触れもなく電気が消える。つまり影と光が巨大な絶頂に達し、そうして光は何時間ものあいだ、夜と犠牲の中で炸裂する。暗い光はこれまでにないほど明るく輝く。輝く暗闇はより深く美しく、光の中ではるかに暗くなる。影は形を失い、光は姿を隠す。とうとう、疲れて優しく抱き合い、官能的に、まだ震えながら微笑みを浮かべて、天井を見上げながら煙草を吸う。あらゆる緊張から、湿って涎を垂らした、目覚めた、美味な、開かれた空洞から解き放たれて。そこは、光と闇が融け合い、いっせいに破裂する狂気の淵だ。

光は昼間の闇で、闇は夜を照らす。夜は輝き、昼は暗くなり、現実は震え、幻想は偏執症患者か自殺者のように大急ぎで逃げ出し、ついには真実が、嘘の喘鳴と、偽りの安全と、具体性を欠いた実質的な思考と、存在しないものの論理的証明とのはざまで、最期のときを迎える。存在しないものとはつまり、現実の死、集団的トラウマ、正気のヴィセラルフィクションであり、解放されたのに囚われたままの、倫理にかなった、不快で無差別な緊張のことだ。自由は我慢ならないレトリックだ。絶対の真実に囚われた自由は溶けていき、偽りの、拷問に近い、内向的な、真実にまみれた無駄な試みに姿を変える。真実は暗く輝く。暗い現実は存在の嘘偽りを暴いて力を得る。つまり闇は迷信の暗喩として、光は科学として。いや、その逆か？　もし逆なら、これらすべての裏側とは、表側とは、叫びとは、沈黙とは、いったい何だ？　真実の持つ恐怖はいつも、嘘を連想させる恐怖と似ている。永遠の沈黙の恐怖は、永遠の怒鳴り声の恐怖と似ている。光と闇は同じ恐怖を、あるいは少なくとも同程度の恐怖を呼び覚ます。同程度、などというのは、つくづく無意味でばかげた、上っ面だけの比較のしかただ。ときにはヒステリックに、ときにはつまらなく、嘘が真実となり、真実は自らの制約（リミテーション）（つまり境界とその境界）と過剰と死と変異を通じて、貧相ながら不変の模造品（イミテーション）のふりをする。この真実はくだらなくて嘲りの的となる版（バージョン）であり、あるときは重苦しく抑圧的、またあるときは粗野で荒っぽく乱暴で、正式あるいは精緻であることは絶対になく、良識的あるいは適切であることもめったにない。真実は、真実について口にした瞬間に死んでしまうのだ。

＊

俺は五時に目を覚ます。日の入りに間に合う時刻だ。太くてトロピカルなジョイントと、シエテアニョスの小瓶を手に、ビーチに腰を下ろす。ショーがまもなく始まるので、太陽と水平線のほうを向いて、独り者やカップルやグループの見物客が、ビールやチューロスや煙草を持って砂浜に集まっている。どうやらこの儀式は毎日の習慣となっているようだが、俺もこれまで味わったことのない、面食らうほど陽気な気分でそれに参加している。悲しいからとか落ち込んでいるからとかではなく、ただ素朴で単純な楽しみというものを、人生の一瞬一瞬に即座に感じられる喜びを、忘れてしまっていたからだ（今日すべてが終わるかもしれないし、明日かもしれないし、あさってかもしれない）。ときどき、大都市で路頭に迷っていると、どの街角にも美しいところがあることを、いとも簡単に忘れてしまう。するともう、クソみたいなものや惨めさや憎悪しか眼に映らなくなってしまう。それは、クソみたいなものも惨めさも憎悪もここには存在しないという意味ではなくて、単に俺が気づきたくないだけなのだ。俺にはどうでもいいことだし、そんなものは見えないふりをして、事なかれ主義者みたいに身を隠し、地元のクサに埋もれる。これまで試した中でダントツとはいえないが、確かに効き目のあるクサに。

サングラスをかけたガリフナが、にこにこ笑いながらトーニャ片手に俺の隣に座り、景色の美しさについて何か言うが、やつの言う景色とは太陽でもビーチでもなくて、飛び跳ねたりかわいい叫び声を上げたりしながら砂浜を転げまわる女の子たちのことだ。ガゼルの群れを前にしたネコ科の動物のように、目を細め、筋肉ひとつ動かさず、つねに風下にいて、襲い掛かるタイミングを見計らっている。獲物は動きまわり、俺たちはそれを目で追うが、飛びかかろうとはしない。ネグロにジョイントを渡すとまた海みたいな深みのある大声で笑いだす。

「どうだい?」と訊いてくる。

「異状なし、すべて順調、ずれて壊れていて無傷だよ」

サングラスが俺をじっと見つめる。

「つまり、いつも通りってことだな」そう言ってまた笑う。

「それで、あんたのほうは、町で何か目新しいことがあるか確かめてきたのか?」

「いや、ついさっき起きて、まっすぐここへ来たからな」声に心配そうな響きがある。「お前さんのほうはどうなんだ?」

「俺もさっき起きたばかりで、朝飯を食べたとこだよ」と手を伸ばしてシエテアニョスのボトルを渡しながら言う。そのあとは、太陽が水平線の上を滑って波を撫で、水に入り、地球の果てのそのまた向こうで刻々と死にゆく、そのわずかな瞬間に神経を集中する。ショーはうやうやしい静けさのなかで進む。とうとう太陽が見えなくなると、この町に来た理由をやつに尋ねた。

「俺はカリブの、ときどき濁ることもあるが美しい海に面した、うす汚れた埃っぽい町の出でね。俺みたいに貧乏な黒人だらけの町だよ。あんなとこでいったいどうする?逃げるしかねえんだよ、救われるにはな。べつに、ここのほうがうんと稼ぎがいいってわけでもねえけどさ……」

「けど、少なくともあんたは、白人のかわい子ちゃんたちばかりの町でたったひとりの黒人だもんな……」

「お前さん、分かってるな！」また見事なまでの大声で笑いながら叫んだ。「ここじゃ少なくとも生きてくぶんは稼げるし、まともなもんを食えてる。俺が言いたいこと、分かるよな」

ネグロはじゃあなと言って、町に新しく届いて開梱が済んだばかりの外国の女の、つまり新鮮な肉のリストの確認に行く。俺はビーチに牽き込まれているボートのほうへと向かう。ボートの中ではバーテンがドリンクを作っていて、外の左舷と右舷に作りつけたカウンターで酒飲みどもが何人か飲んでいる。その中に紛れてクバーノがおり、身振り手振りで俺の気を引こうとしているのを見つける。

「きょうだい、どこにいたんだ？」目を輝かせて飛び跳ねながら尋ねる。灰色の髪が少し逆立ち、シャツはやや皺が寄っている。

「寝てたんだよ。あんたは寝ないのか？」

「まさか、何のために？」スニッフィングのしぐさをしながらそう言う。そのあとで、さも道理にかなったことを言っているかのように、いきなり切り出す。

「なあ、お前さん手持ちに一万ドルあるか？」

俺は、このいかれ野郎はもしかして今ものすごくふざけたことを言いださなかったか？という目つきで見返す。「この俺が一万ドル持ってるように見えるか？」

クバーノは俺の問いかけを無視して、話を続ける。

「一万ドル用意できれば、ハイウェイの向こう側にある最高にいかした土地を世話してやるぜ」

「俺は一万ドルなんか持ってないと言ったんだが、そのどこが理解できなかったんだ？」俺はかなり不愉快そうにやつを見て答える。

「待てよ、怒るなって。あっちにいい土地があるもんだからさ……」俺がもう一度やつをにらむと、俺はかもじゃないと分かったようで、さすがに黙る。

ビーチの真ん中にある小さなブースで、一部のやつらにはすごくうけるトロピカルもどきのレゲトンをかけて、ＤＪが夜を盛り上げている。カウンターに肘をつき、クバーノの隣でシエテアニョスのソーダ割りを飲みながら、海の暗闇を前に下ネタを話している今日は、レゲトンも悪くないと思う。

「すげえおっぱいだな！」クバーノが興奮して叫ぶ。おっぱいは俺たちを無視して通り過ぎ、金髪で若い、屈強なサーファーのグループの方へ行く。

「競争が激しすぎるなあ」五〇がらみのクバーノは、うんざりしたような表情でつぶやく。それからまた興奮しだしたのでその視線をたどると、やつの見ているものが見えた。あまり背の高くない金髪女で、それほど美人でもとくべつ魅力的でもないが、ちょっと見ないような最高にきれいな目をしている。彼女の笑顔が一瞬で夜を満たし、俺のみすぼらしい姿に彼女が目を留めたときは、甘い息苦しさと崇拝の気持ちで震えが走った。

「ホラ」Ｈ（アチェ）をＪ（ホタ）の音で発音して言い、首をかしげて満面の笑みで俺の前にじっと立つ。まるでエネルギーの源が彼女を取り囲んでおり、彼女がいるだけで俺が照らされるかのようだ（俺はというと、浅ましい唯物論者みたいに、うっとりしている）。たぶん、蝶のように繊細なそのしぐさのせいだろうし、微笑んでいないときに目に宿る厳しさのせいでもあるんだろう。彼女というひと全体に力があり、また奇妙さがある。暗いビーチに舞うホタルのように、彼女の灰色の目が夜を照らし出す。

腰かけに手を伸ばして彼女のお尻の下に置きながら「やあ（オラ）」と答える。彼女は俺の目を見つめたまま微笑み、俺はずっと昔の喜びや果実の香り、安ホテルのがたついたベッドなんかを思い出して我を忘れる。クバーノは彼女に英語で話し始め、俺が参加してなくて話に加われないパーティーのことを話している。構うもんか。俺は彼女が話すのをうっとりと聞きながら、実際のところは中西部から来た下品な白人女に過ぎず、不細工じゃないがたいした魅力もないのに、なぜだろうなと思う。彼女自身が俺をたぶらかしてるのか、それとも天使か悪魔かその両方なのか知らないが、彼女の内側に憑りついている何かが俺を誘惑しているのか、それは分からない。今、彼女は自分の恋人がクソ野郎だという話をしているが、俺はそいつのことも知らなくて会話に加われないので、プラスチックのコップを手にビーチを少し歩く。波が足に触れるぐらいの水際で立ち止まると、海に映る月を眺めながら煙草に火をつける。すると、彼女が俺の隣に姿を現す。

*

取り決めは内なる爆発を見つめる。爆発の中にはより大きいものもあれば、微かなものも、それよりもっと微かなものも、痛みを伴うものもあり、ときに絶頂の連鎖や喜びの連続を思い起こさせる。本のページが飛び跳ね、砂漠の情け容赦ない風に吹かれるドアのように閉じたり開いたりし、書かれた文字を震わせ、つねにオートプログラムを継続しながら、上書きされる。不確実性がその本質で、その知識を支える背骨だ。数学がその本質で、その詩作を支え、発見的方法（ヒューリスティック）がその本質で、その解釈学を支えている、そんな風に考える。そうだとしても、本は捉えどころがなく豊かであり、安いパルプ製でちっぽけなのに偉大だ。かつてはしっかりしていた装丁も形崩れしてしまい、形のない、ばらばらの厚紙と糸とよじれた革の塊しか残っていない。安定したもの、確実なもの、絶対的なもの以外なら何もかも抱え込む取り決めは、永続性には関心がないのだ。

不幸と自由は等しいもので、分かつことができない。共に生きて憎しみ合うことを、別々に苦しみを共有することを運命づけられたカップルのように、手に手を取り合って生きる。不幸と自由はシャム双生児の姉妹なのに似ておらず、引き裂かれていて、一体でしかも唯一であるのに分割されている。そのいずれかであるということは、必然的にその両方であるということだ。二極化しているのが本来の状態で、これまたふたつだ。自然は本質的に分裂病持ちなのだ。破壊するかと思えば創造し、そのどちらもがひとつ、ふたつ、ひとつ、ふたつという具合だ。別れることでふたつがひとつになり、ひとつになればふたつに分かれる。そこにこそ、その唯一無二で再現不可能で脱構造化した構造のまとまりがある。あらゆるものの本質として、（喜びを伴う痛み、秩序だった混沌、眠らずに見る夢といった）表と裏がある。反対のもの同士が自然と対になる。多様性はすなわち平等であり、平等はすなわち違いであり、違いはすなわち一体性である。そしてあらゆるまとまりはふたつで対になっている。同義語と対義語はそれで一対、男女の性別もそれで一対（そしてそれぞれの性別の中にもさらに一対ずつ）、生と死は等しいものであるにもかかわらず、やはり一対になっている。存在するということは、人生のクライマックスとしての死、つまり不存在が生まれるそのときを、はっきりと意識しながら生きることだ。死が生まれると同時に生は死に、今度は死が生命を持つ。昼は夜に死に、夜は夜明けとともに死ぬ。昼も夜も存在していないか、あるいは存在し続けるために存在することを止めるという、日常的な不存在の中にのみ存在している。一方が存在すればもう一方は存在せず、それでもなおふたつは同じものだ。表と裏があるということは、一体であるということの絶対的な本質なのだ。

取り決めが破損し、電源の喪失により、個別に読み込みを行っていくためだけに、断片化の解消つまり情報の再整理が必要となる。アルゴリズムとフラクタルがコンテンツを形成し直す。バイナリコードのラインが本を超えて、人間を超えて、宇宙を超えて、無限のほうへとねじれていく。プログラムされたレトリックはプログラムを解除する。文句も言わず、かといって自発的にでもなく、ただあるがままに、そのシリコンの性質の命ずるままに（本それ自体には知性がないのだ）。あたかも蛇が脱皮するように中身を差し替えることを、本能が命ずるのだ。脱皮を暗示するものはこの内側にある。取り決めが最後の皮を中心から剥ぎ取り、それを吐き出し排泄して再び呑み込み、止まることのない、謎めいた、しかも入念に分析したなら計り知れないようなサイクルを繰り返す。奥深くでは、すべてが表面的だ。表面では、すべてが奥深くて真っ暗だ。形式とは物事の虚構であり、それ以外のことは定義のしようがない。その漠然とした内容は、まさに形式から外れたものであるにもかかわらず、形式主義以外のなにものでもない。構成が欠如しているくせに、あらゆる欠如の中から構成しようとするのだ。存在しないことが書かれた本、あるいは本も内容も持たない存在のように。ページを開くと器は空っぽになり、ページは空っぽで（あるいは漠然とした偽の内容で）いっぱいになる。嘘を偽造しても完全な真実になることは絶対にない。その本質はあまりにも具体的で、同時に抽象的だ。具体的なことは粉々に砕け散り、そのかけらが抽象のなかを浮遊し、たぶん魔法など使わなくても抽象は具体化できる。現実は非物質的なものとして現れ、物質は想像に左右される。想像は消滅し、物質は現実の中で死ぬ。死は、そうなると、幻想以外のなにものでもない。

意味もなく維持されている体制は、再生の可能性があるのに再生される価値のない何かのように、ぷつりと途切れる。不毛であることが生の源となり、骨の折れる試みの中で力が尽き果て、苦悩が即座に希望に姿を変える。だれにも必要とされないようなことを考えたって無駄だ、と彼は思う。必要とされなければ、一貫した不存在と一定の存在の中で、思考はなにも探究することなく枯渇する。探検家たちは（いつも考えなしに）思考の空洞の中で道に迷い、そこをくだらないものやありふれた考えで満たしてしまう。まるで、毒々しい矛盾と同じぐらい残酷な肉食獣がうようよいるジャングルでキャンプする、不慣れな都会人みたいに。彼らは運に見放され、確信を失って、疑いという奈落の底で息絶える。疑念そのものを疑うようになると、探検され開拓されることを待っている最後の秘境を前にして、狂気に囚われる。そして、当初の確信がすっかり消えてしまうと、奈落の底まで踏破して地獄に達し、闇の光のなかに身を潜める。沈黙が現れると、不確かな釈然としない瞬間が確かなものとなり、叫び、泣き、吠え、神々しいと同時に人間臭い喘鳴のなかで死んでいく。沈黙は騒音でできている。騒音がなければ静寂は存在しないし、静寂がなければ狂騒は当たり前で、沈黙は愚かで偉ぶった絵空事になってしまう。純粋さはいつも騒々しく、仰々しくて汗臭くて自己満足していて、極めて惨めで見事なほどつまらない。それはつねにあらゆるものの半分で（半分の半分ですらある）、互いに反発し合う対極、つまり中心以外のすべてのものの中心へと押し戻す対極のあいだを行ったり来たりするが、そこからは絶対に逃れられない。中心とは人生の軸で、あらゆるものはその内側を回っている。それ以外のもの、つまり中心に属していないものは、外側を、空間を、虚空を、無であると同時にすべてでもあるその中を周回する。液体をまき散らし遠心力を働かせ、日や月など、生（せい）の尺度やそのいびつさや自己愛（あの表出した内省）を匂わせるものをいっさい持たない暦のように。それから自分自身つまり人生と語り合い、声高らかに考え、忘却の沼地に冒涜の言葉と無を吐き出し、すべてを、人生まるごとを忘れる。

取り決めが更新され、システムは壊れず、すべていつも通りだが、異なっている。時間や空間と異なり、世界と異なり、混沌と異なり、生死と異なり、そして同時にそのどれに対しても無関心だ。取り決めは扱えないものを扱い、解釈に苦しみながら苦しみを解釈し、合意なしに勝手な秩序を即興で打ち立て、いっとき無秩序が支配力を持ち、未来を過去に閉じ込め、等しくかつ相反するものを無理やり当てはめる。元に戻せないほど自らを組み換えながら、現在がページの中で膨らんでいく。「今」はいつも総体であり、時間の全体主義だ。けっきょく、時間とは強制的な尺度であり、日常の独裁であり、その瞬間の渇望であり、永遠なるものの瞬間だ。永遠は（暗闇の、砂漠の、あるいは海の中の）沈黙だ。永遠は痛みであり、孤立であり、重圧だ。永遠はいつも不幸だ。絶えず自分の尾と絡み合い、体をねじり、先へ進めるものと期待を抱いて月面着陸し、そして立ち尽くす。永遠は、時間と同じく不動だ――われわれは時間の中で動いているが、時間そのものはもっとも絶対的で不動で揺るぎない静けさの中に生きている、永久に――。不動とは永遠の中の一瞬のことで、ぽっかりと時間が欠けたところに逆の全体主義を連想させる「現在」の中で、さりげなく、しかし徹底して未来と過去がないふりをする。存在することによってにせよ、あるいは不存在と無為によってにせよ、時間は人間存在を支配する。時間が世界から追放されれば、人類は停止する。前進も後戻りもできなくなって、果てしのない現在という沼地に沈んでいく。永遠に、休む間もなく、尽きることのない死の苦しみを味わいながら……。

*

「昨日ノ夜アナタヲ見カケタノヨ、コノ浜辺デ煙草ヲ吸ッテタワネ。それでこう考えたの、『ウーン、アレ誰カシラ？』」俺の隣で彼女が言う。彼女の言葉が俺の頭の中でこだましてしばらくうっとりし、自分が相変わらず鈍くさくて、口ごもって、焦るあまり支離滅裂で気の利かないことを言ってしまうのに嫌気がさす。それから、頭が真っ白になって落ち着きを取り戻す。

「俺もきみを見かけたよ」と図々しい嘘をつく。「で、きみのことを、このハイでバカげたビーチに降り立ったものの中で、いちばんきれいだって思ったよ」

「マア、素敵」そして、たまにはくそったれのキザ野郎になってやってもいいかな、と思ってしまうような、あの眼差しを俺に向けてくる。

「ここには長く滞在してるのかい？」彼女の旅程に心から興味があるというよりは、むしろ会話を続けるために、そう質問する。

「六か月、タブンもっと。でもあたしだいぶ前にメキシコから旅シテキタ。二年かけてメキシコからココに流れ着いた。旅はいつも楽しいわけじゃない、ソレデモ……」

「ああ、分かるよ、俺もあっちのほうから来たから」

「アナタハドコノ出身？」

「俺ハドコデモナイトコロ（nowhere）カラ来テ、今ココ（now here）ニイル」俺は実際よりも気の利いた人間のふりをして答える。本当の俺は、がさつというかむしろ月並みで、たまにバカをやるし、おまけにトンマだ。少なくとも、世間から見れば。

「私ハ、アイオワ州カラ来タノ、デモ育チハコロラド州デ、ユタ州デ結婚シタワ」彼女ガ言ウ。

「ユタ州ね」俺は繰り返す。

「エエ、デモ今ハ独身ヨ」と誘惑するように断言する。

空では月が身をよじり、俺もまた地上で身をよじる。暗いビーチは無限無窮を、天国を思わせる。俺は無言で彼女の手を握り、彼女はその指を俺の指に絡ませる。水平線が夜の闇に失われ、俺たちもまた、いっとき自分を見失う。彼女は俺を見て、ひとこともしゃべらずに、俺の唇の端にそっとキスをくれる。ロマンチックというよりもむしろ、親しみのこもったキスを。俺は何も言わないし、手も出さない。夜は大きくて、時間も、分も秒もたっぷりとあり、その真ん中には虚無が、沈黙が、全能なる贖罪の暗闇が広がっている。

「あなたここ長くいる？」彼女は燃えるような瞳で尋ねる。

「そう願いたいね」と呑み込みそうなほど彼女を見つめながら言う。

クバーノがこっそりと近寄ってきて、俺と目が合うと、どうだ、彼女をものにしたのか？と言いたげな身振りをしてみせるので、俺はただ肩をすくめて、一体何のことだよと合図する。それから振りかけを取り出す。クラックの粉をまぶしたマリファナのことだ。このミックスは旨くて、クラック単体をやったときみたいな過激さも不安感もないし、クサだけをやったときみたいな落ち込みもない。

「アタシ、クラックハ嫌イ」とアメリカ女（グリンガ）が強く吸い込みながら言う。

「なら、ペニス（ピンガ）も嫌いか？」と変態のクバーノが訊く。

「ピンガッテナニ？」彼女ガ尋ネル。

「マリファナのことだよ」俺が口を挟んで答える。

「アア、ピンガハ大好キヨ」彼女が答えると、クバーノと俺はにやにやしながら顔を見合わせる。

「俺らふたりのを彼女にあげようぜ」クバーノが俺の脇腹を肘でつつきながら言う。

「マア、アナタタチ、フタリブン、クレルノ？　ステキ！」そう言って俺たちふたりに一回ずつキスしてくれ、俺たちは下品な冗談と煙草の両方の効果でにやにやする。吸うものがなくなる前にクバーノが次のに火をつけ、いくら話題がなくても何とか会話を成り立たせてしまう、陳腐でくだらないことをあれこれと、俺たちは砂浜に座って何時間も話し続ける。夜の何時頃だったか、彼女が俺の肩に頭をもたせ掛け、フェロモンを求めて俺の首のにおいを嗅いでいた。たぶん嗅ぎ取ったんだろう、俺の胸に手を置いたので、俺はまるで自分が、レイモンド・チャンドラーの映画の登場人物とドン・キホーテのちょうど中間あたりの、ロマンチックでシニカルなさすらいの騎士にでもなったような気分だった。

素晴らしき一日

二〇〇四年一二月二〇日

タルサンは八二番のグアグアの後を追って狂ったように走っていた。いらいらするような都会のジャングルの中、どの信号も救世主となって彼を助けてはくれなかった。次のバス停まではまだ二〇〇メートルもあり、タルサンはもうこれ以上走れなかった。足ががくがくと震え、一メートル進むごとにますます喉が締め付けられた。ガソリン臭い煙の混じった、熱い空気を大きく一口吸い込むと、タルサンはとうとう力尽きた。下肢のコントロールを失い、電柱に衝突して跳ね返り、側溝の黒い水流の中に落っこちた。歩道にいた大勢の人が、いっせいにタルサンを指さしながらばかにして大笑いし、心ない言葉を浴びせたが、LADA一六〇〇〔旧ソビエト連邦製の乗用車〕が汚水を跳ね上げながら通り過ぎると、騒ぎも収まった。

タルサンは怒り心頭だった。タルサン、叫ぶ。

「アーアアー！　こんちくしょうめ！　おめえら、何がそんなにおかしい⁉」そして周りをきっと睨むと、いちばん近くにいた人びとはびっくりして後ろに跳びすさった。「こいつ、狂ってやがる！」そんな囁きが広がるが、遠くの方では大笑いもBGMのように聞こえる。タルサンは堂々とした態度で乱れた長髪を整えると、目を細めて立ち上がり、水の滴り落ちる迷彩柄のリュックサックを地面から拾い上げるあいだも、威嚇するように唸り続けた。突然、人波はもとのように流れ始めた。この狂人が怖くなったのもあるし、飽きたというのもあるし、また警官が三人乗ったパトカーが折悪しく到着したせいでもある。警官のうちのひとりがまだ動いている車から降りてきて、厳しく重々しい声で尋ねた。

「ここで何があったんだね?」

「何もねえですよ、だんな……」タルサンがズボンをはたきながらしゃべり始めた。「おいらがグアグアのケツを追っかけててコケたっつうのに、ここにいるイカサマ野郎どもはだあれも、ちっともおいらを助けてくれなかったもんで……」

警官は大笑いしてそれを遮った。「きみ、クスリでもやってるのか、ええ?」

「や、とんでもねえ、クスリなんて……。お巡りさんよ、さっきも言ったとおりすっころんだだけだよ」

「身分証明書」自分が捕まえた馬鹿者と自分とは、まったく別の世界の人間だと言わんばかりに、警官は声の調子を変えて、しかも厭味ったらしく一語ずつを強調しながら要求した。タルサンは落ち着きなく体を動かしたが、おいら文句言わない、警官こらえ性ない分かってる、黙って身分証明書出したほう、いい。

「よろしい。さあ、着替えてこい、下水の臭いがプンプンするぞ」三〇〇ページ強もある先ほどの身分証明書を念入りに調べ、無線オペレーターがタルサンに前科がないことを確認するまで一〇分ほど待ってから、警官はそう言った。パトカーが発進して大通りを走り去ると、タルサンは打ちひしがれてマレコン通りの方へ歩き始めた。下水臭かったのも確かだが、それよりひどい屈辱の臭いが彼から立ちのぼっていた。頬が火照り、一七年生きてきてここまで無礼に笑いものにされたのは初めてだと思った。ちぇっ、この国じゃ警察までが礼儀知らずだ、と憤慨しながら考えていた。

「うわあ、クソのにおいがする!」建物の回廊に隠れていた子どもたちがタルサンに向かって叫ぶ。

「あっちへ行きやがれ！　クソガキどもが！」タルサンが爆発しそうな勢いで吠える。そのとき、ポンコツのシボレーの、煙を上げているボンネットのむこうから、チビどものだれかの父親らしき巨大な黒人が姿を現して、タルサンの首根っこを掴むとこう罵った。

「俺のガキにどなっていいのは俺だけだ！　分かったか、くそったれが！」タルサンはうなずこうとするのだが、太い指に喉を締め上げられてそれができない。「はい」と言いたいが、そんなようすだから窒息寸前でそれもできない。巨体の黒人はさらに何回かタルサンを揺さぶって、紫色になったタルサンの顔に向かってさまざまな侮辱の言葉を浴びせてから手を放したが、最後にこう脅迫するのを忘れなかった。

「次にてめえをこの辺りで見かけたらぶっ殺してやるからな、覚えてやがれ」

タルサンはぶるぶる震えながらその場を離れ、笑うべきか泣くべきか、叫ぶべきか黙ってとっとと家に帰るべきか迷っていた。黙ってとっとと家に帰ることにしたが、それは衛生面での理由からであって、でかい黒人が怖かったせいじゃない、もちろん。あり得ねえ、怖がるなんて臆病者(もん)の専売特許だ、とタルサンはいつものジャングル(セルバ)の哲学で断じる。ところでセルバとは、タルサンが住んでいる共同住宅のことで、地元ではそう呼んでいる。大所帯で、三七部屋に二〇〇人ほどが住んでおり（公式の統計によると一部屋あたり五・四五人だ）、犯罪発生件数はそこだけでハバナ全体を上回る。

タルサンが地元に戻ってほっとできるまで、あと数ブロックだ。身を縮めて、熱帯の夕暮れのなかを自分自身の影に隠れて歩く。けれどもそんな努力は無意味だった、なにせ汚物と噴き出す汗の猛烈な悪臭が、ここに臭い彼がいることを如実に示してしまうのだ。「おえっ、お前さん、いったいぜんたい、オムツとでもやってきたのか？」ラム酒漬けになった路上の年寄りが訊ねた。そして「ああ臭え！」と大げさな身振りで付け足した。タルサンは顔を曇らせ、神妙な声色を作って言った。

「じつはあんたのかみさんのせいなんだぜ。あの汚らしいメス豚、大昔からケツを洗ってねえぞ。教えといてやるよ、じいさん」

酔いどれは言い返そうとしたが、喉が舌に詰まってしまい、目を白黒させてラム酒を一気に吐き出した。勝利に酔ったタルサンは威勢よく顔を上げ、口元には苦しい戦いに勝利したピュロス王のような笑みを浮かべて、また不格好に歩き始めた。だが、いい気分でいられたのはほんのわずかなあいだで、三〇メートル歩いたところで、一〇年生〔日本の中学三年生くらい〕の少女たちのグループに行き当たった。彼には理解不能な甲高い金切り声をあげては、ずいぶん楽しそうに笑っていたが、彼を見るなり、声を合わせて叫んだ。「にいさん、あんたにどんなクソみたいなことが起きたの？」そして、聞いたこともないような乱暴な笑い声を上げた。タルサンは怒りで顔を真っ赤にしてこうやり返した。「俺に何が起きたかって、俺のでけえのでお前らを好きにしてやろうって思ってるだけだよ。そら！」

少女たちはみんな商売女みたいに笑って、そのうちのひとりが叫んだ。「あんたのでかいのって何さ、小さいくせに！」それから全員そろって叫び始めた。「ちっさい男、くっさい男！」その笑い方があまりに無礼だったので、狼狽したタルサンは悪魔に追い立てられるように坂道を駆け下りていった。まったくよう、と走りながらひとりごとを言った。娘っこまでおいらを馬鹿にする、こんなひでえことがあるか！　この国じゃ、だれも何も尊重しやしねえ、くそったれが。

そしてようやく次の角まで来ると、そこを右に曲がり、長髪をもう一度なでつけて、優雅なくらいゆっくりと歩いて行った。周りを用心深く見わたしながら、唾を吐き吐き、歩調に合わせて髪が揺れるように、少し弾みながらリズミカルに歩いた。タルサンが汚物臭いのはしごく自然なことだというかのように、セルバの中ではじつに巧みに、自分を包んでいるとてつもない悪臭に気が付かないふりをしていた。

グアカルナコの螺旋

グアカルナコ・クールは夜ごと、住んでいる町に繰り出しては飲み歩いた。痩せた体を太鼓のように打ち、調子を取って指を鳴らし、左の肩を右の肩より下げて、まだ見たことのないどこかの塔のように傾いて歩いた。指を開いた左手はだらんと下げ、右腕ではリズミカルに拍子を取っていた。歩くときには上半身をやや前傾させて、そのずいぶんと長い脚の片方を軽く引きずり、地面を見つめ、口には煙草を咥えていた。気のなさそうな歩きぶりだが、疲れを知らぬその眼はくまなく夜を探っているのだった。

とある曲がり角にジュニスレイディの姿を認めた。――あ・の・娘・は・俺・の・お・気・に・入・り！――、たった一三歳のこの娘が、町じゅうの男たち、カップルたち、妻たちを皆殺しにしそうな勢いで煩わせているのだ。そこにはモンゴもいた。無口でパンよりおとなしい、いかれたオタクで、いつもヘヴィメタルとピンクの錠剤*の世界にどっぷり浸かっている。それからディアブロもいた。がっしりした体型の浅黒い男で、コンクリート並みに頑丈で、その頭の中は深刻なほど無秩序だった（歯車とナットとネジと、それに座金までが欠けていると言われていた）。要するに、いつでも闘牛に出せる二二歳の牡牛みたいなものだ。町じゅうの人間が、ディアブロが刑務所から出てきた日のことを覚えている。公道で騒ぎを起こしたうえ、公務執行妨害で逮捕され（彼を取り押さえるまでに警官が七人やられたらしい）、二年間の刑期を終えたところだった。アパートの自宅のドアを開け、自分の女のばかでか

＊ピンクの錠剤　ＭＤＭＡのことと思われる。形や色はさまざまだがピンクや水色のカラフルなものが多い。

い腹を見るなり「だれだ」と短く尋ね、このあと犠牲者となる運命の男の名前を女が言い終わらないうちに、女の歯を四本折り、顎を外してしまった。「この俺を裏切るなんざ許さねえぞ、分かったかこのメス犬め」そして女の腹を思い切り蹴とばしたので、出血と共に赤ん坊は流産してしまった。その次に、よりによってアパートのギャングの女と関係を持ったりした気の毒な能無しを探しに行き（その墓石には《ハバナへ死ににやってきたオリエンテの農夫（グアヒーロ）》と刻まれているそうだ）、公衆の面前で、道路の真ん中で、八月の太陽の下で、そいつをさんざんに打ちのめした。警察が来る前にディアブロは行方をくらまし、何か月も消息を絶った。

　グアカルナコはあの不吉な日を思い出すたび、胃袋がひっくり返りそうになる。皆と同じように、もちろん彼もそこにいた。それどころか、よく見えるようにとサングラスを取ったら、飛び散った血の一滴が目に跳ねかかり、もう一滴が新しいプルオーバーに、さらにもう一滴が白い靴にかかったのだ。それどころか、警察が到着すると彼が真っ先に捕まったのだ――茫然と立ちすくんでいたというのが本当のところだったのに――。そして、やはり真っ先に解放され、そのせいでアパートでは、グアカルナコは余計なことまで喋ったのだと噂された……。

　ディアブロはさらに数か月経ってから、再び町に姿を現した。どこかのムラータと山の方に逃げていたが、今度は彼の行く手を阻む最初のクソ野郎を一息に殺してやるつもりなのだという噂だった。

　その夜、グアカルナコは震えながらディアブロに挨拶した。普段よりずっと暑く、まばらな灌木の葉を揺らす風も、そよとも吹いていなかったにもかかわらず。グアカルナコは息を吸い込み、ゆっくりと吐いて、絞り出すように短く挨拶した。「……よ、よう……」

「よう、きょうだい」タングステン灯に照らされてほとんど青く見える顔で、ディアブロが応えた。ジュニスレイディが思い切り大きな音を立ててグアカルナコにキスし、しばらくのあいだ冷たく煽ってからかった。モンゴはこっちをろくに見もしないで何かぶつぶつ言い、再び耳に差したイヤホンの騒音に没頭した。モンゴは（背中に《世界滅亡後のデスメタル》と書かれた）デストラクトラムの黒いTシャツを着て、黒いスリムパンツを穿いていた。強制収容所の鉄条網みたいなヘアスタイルは、隣にいる人間にとって正真正銘の危険物だが、彼にとって隣人などは完全にどうでもよい存在だった。ジュニスレイディは、レモンと鶏肉の中間のような色をしたスパンデックスのショートパンツと、胸のところではちきれそうなピンクのミニTシャツを身に着けていた。ディアブロはいつも通り、ひどく汚くてボタンのとれたシャツをはおり、紺色のパンツを穿いているが、いつもビーチサンダルの底で踏みつけているせいで、パンツの裾は破れていた。

もちろん、グアカルナコだけは別物だ。《洗練されたムラート》だと自認している。ツートンの靴や赤いエナメルの靴や、ぴかぴかに磨き上げたショートブーツなんかを履き、彼ぐらいしか着られそうにない滑稽なパンツを穿いて、町を闊歩した。シャツがこれまた独特だった。ペイズリー柄、ヤシの木柄、月世界柄、都会柄、スーパーマン柄、ブルース・リー柄、黄色、青色、キャラメル色、紫色。ベレー帽やソンブレロやハンカチやその他諸々の、ホモっぽい日用品のコレクションも忘れてはならない。だが彼は断じてホモではなく、ただ単にきれいなものが好きなだけだった。少なくとも、自分は居場所を間違えてないということをはっきりさせるために、ときどきはそのことを念押ししていた。たまに、とくにふたりきりのときなど、ディアブロがその男っぽさを疑いたくなるような目つきで見てくることがあって、グアカルナコはそれが「すぅーごく」嫌だった。たちまち尻がきゅっと縮こまって、喉の奥から《このホモ野郎め！》という唸り声が漏れるのだった（ディアブロには聞こえないような小さな声だが）。グアカルナコはすかさず、いつも肌身離さず持っているバッグから、これまた肌身離さず持っているポルノ雑誌を取り出し、それをディアブロに手渡して、自分の以外の尻に関心を向けようとした。《受刑者どもの悪癖だな》とグアカルナコは考えている。

しかし、今夜はディアブロの機嫌がいい。皆でポプラール*とチスパエトレン*を回し飲みする。一定の時間おきにだれかが彼らのところへそっと近づき、グアカルナコとひそひそ話をしてそっと金を渡す。するとグアカルナコは、やはりそっと、何が入っているのか分からない、粗末な紙の小さな包みを手渡す。

「まあ、グアカルナコ。あんたってば商売じゃ抜け目ないんだね。まるでドン・コルレオーネじゃん」四番目か五番目の客の後に、ジュニスレイディが言う。

「お前は？　今日は仕事しないのか？」

「偉そうな口きくんじゃないよ、目にもの見せてやるから、覚えときな」

「俺が見たいのは、お前が俺の下着を下げるところだけだよ。そんで、俺のあれをかわいがってくれ。ほら、次の客が来るからあっちへ行ってろ」

「おい、グアカルナコ」とディアブロが口を挟む。「そのジョイント（フォリ）をちょいと寄越せよ、俺ぁ文無しなんだ」

「ここでは商売させてくれよ。余ったらやるから我慢しろ、これは後の客にとっとくんだから」

「後の客もくそもあるか！　俺が欲しいのはフォリだ、てめえの減らず口じゃねえ」

「シー、俺の客を脅かさないでくれよ。いい子にしててくれ、ここは幼稚園じゃねえんだ」

ポプラール　キューバの紙巻煙草の銘柄。

チスパエトレン　安物のラム酒。

「もう、あんたらふたりともやめなよ。ちくしょうめ、このろくでもない国じゃ何でもすぐ喧嘩だ……」

「おい聞いたか、この女どうしちまったんだ？」ディアブロがまた一口酒を飲みながら訊く。

「シー……」グアカルナコはそう言って、口をつぐむよう合図する。じっさい、グアカルナコは、まったくもって熱帯のドン・コルレオーネさながらに商売にあたっていた。クールでいかしたマフィアだ、とショーウィンドウに映る自分の姿を確かめる。そうとも、ベイビー。身体の緊張をほぐし、ゆっくりと関節を外すかのように、緩やかなブレイクダンスを踊る身振りをする……。今度はドイツ人旅行者と取り引きし、しみったれた量のマリファナと引き換えに、まんまと一五ドルを巻き上げる。

「俺ぁ天才だよ。いとも簡単に一五ドルせしめたぜ」右手に刃を持ってとどめを刺すふりをし、「首に一突きだぜ」

「見事だったな！」ディアブロも心からの笑顔で叫ぶ。

「ハニー」ジュニスレイディが、うんざりするほど商売女っぽい、あざとい口調で言う。

「あたしのことダンスに連れてってくれない、パパ？　ふたりでお楽しみといきましょうよ……」

ディアブロが目を伏せ、ジュニスレイディは意地悪そうに微笑み、会話にまったく関心のなかったモンゴですら、イヤホンを外して目を皿のように見開き（まるで日本のアニメキャラみたいに）、エンドウ豆のポタージュよりもねっとりとした重々しい沈黙が広がった。町じゅうの人間が知っている――というか、ようは、うすうす感づいているのだが――、グアカルナコは、男が罹るうちでもっとも口にするのが憚られる症状に苦しめられており、彼の前では絶対にそのことを話題にしてはいけないというのが、暗黙の了解だった。今、ジュニスレイディはグアカルナコをひどく馬鹿にした顔で見つめており、グアカルナコは赤くなってどもり始める。

「く、く、くそ女、馬鹿にすんじゃねえぞ、く、くそったれが。売りならあっちでやってこい、俺はビジネスをしてんだ。これ以上邪魔すんじゃねえ」

ジュニスレイディはにやっと笑ったが、それ以上は何も言わなかった。ディアブロまでが珍しくその場を取りなそうとした。

「なあ、けどこの女の言ってることも一理あるぜ、きょうだいよ。ドルを稼いだんだから、祝わないとな。さ、さ、アパートへ戻ろうや、俺ぁあそこにアグワルディエンテの大瓶をとってあんだ。行こうぜきょうだい。すげえビジネスをやってのけたんだから、もっといい顔をしろや」

グアカルナコは少しずつクールな自分を取り戻すと、満面の笑みで言い放った。「そうさな！　俺らにはドルもある、フォリもある、酒もある……。さあ、場所を変えるとしようぜ」

*

四人はアパートの狭い階段にいる。目の前には腐った水のたまった、ここらの子どもが紙で作った船で海上戦ごっこをして遊ぶのに格好の大きな池があり、太った毛むくじゃらのネズミが足元を走り回っている。グアカルナコはクサを粗末な紙で巻いてそれを吸うが、喉に引き裂かれるような痛みが走る。アグワルディエンテを流し込んで傷の荒療治をし、もう一度吸う。ジュニスレイディは立ち上がって、曲がり角からしつこくこちらを見ている男のほうへ歩いていく。

「客を見つけたな」ディアブロがフォリに手を伸ばしながら言う。

「お前さんは、もう仕事はしないのか？」グアカルナコはディアブロの方を見ずに尋ねる。

ディアブロは煙を強く吸い込んで、一分ほども息を止め、マリファナ漬けになって顔が青ざめていく。

「しねえ。港で荷積みをしてたんだが、ありゃあ奴隷みたいな仕事だぜ」

「トルコ人とは？」

「しねえよ。最後にやっと仕事をしたとき、ろくでもねえ目にあったんだ。やつに借りのあったトンマから金を取り立てなきゃならなかったんだが、ついかっとなって、病院送りにしちまったんだよ。トルコ人はめちゃくちゃに怒り狂いやがって、もしあいつが死んだら、お前を八つ裂きにして港に浮かべてやるからな、と言ったんだ。もう二度と絶対にやつには近づくもんか。あれはいかれてる」そして、お馴染みのこめかみに人差し指を当ててぐるぐる回すしぐさをして見せる。

しかし、グアカルナコがいちばん驚いたのは、トルコ人の話をしたときにディアブロの目に恐怖の色が浮かんだことだった。平手打ち一発でどんな人間にも言うことをきかせられるような、身長二メートル、体重二七〇キロはあろう混血の男の目にだ。

「やつは本物の悪党だぜ。気をつけな」グアカルナコは皮膚の下に震えが走るのを感じた。

ジュニスレイディは客と一五分間姿を消し、地面すれすれにある水飲み場の前で立ち止まると、口と顔と、胸の他にもちろんあそこも洗った。

「よう、おしゃぶり！」ディアブロが大喜びで叫ぶ。「こっちへ来て、俺のもしゃぶってくれよ、ほれ」

「うるせえブタ野郎、あたしのはあくまで仕事だからね」と言って、ディアブロのにやけ顔の前で薄い札束をひらひらさせてみせる。

すでに半分酔っぱらっているグアカルナコが、くどくどとつぶやき始める。

「この国はクソだ！」

「どうした、今度はえらく愛国心が強くなったんだな？」モンゴが騒音を聴くのをやめずに尋ねる。

「いや、だってマジでひでえからだよ」それからよく考えて、こう付け足す。「少なくとも昔みたいなふうに戻ってくれたらな……」

「昔みたいな何にだよ」

「昔みたいなふうにだよ、ちくしょう、昔みたいにだ」

「じゃあ『昔みたい』ってどんなよ、グアカルナコ？」ジュニスレイディが真っ赤な口紅を塗りながら訊く。

「まったく、無知なやつらばかりだぜ。前はだれでも自分のやりたいようにできただろうが、知らねえのか？　外国人どもが山ほどドルを持ってここへやってきて、ジュニスレイディや、俺が売るフォリに有り金をはたいたもんだ。それから一晩中酒を飲み歩いて、女をひっかけて……。前はこの国は天国だった。四六時中、すげえどんちゃん騒ぎで。みんながドルを持ってて、そりゃあいい暮らしだった。とてつもねえお祭り騒ぎでさ……」

外国人が三人、曲がり角に現れ、ムペットに彼の理解できない何かを訊ねるという間違いを犯す。誤解だらけのやり取りをさんざんしたあげく、ムペットが四人の座っているほうを指さす。グアカルナコは優雅なしぐさで立ち上がり、客になりそうな彼らのようすをみて、ディアブロに急いでシャワーを浴びてこいと囁く。ジュニスレイディにも同じことを言うが（「あとパンツは穿くなよ、必要ないからな！」）、モンゴには何も言わない。言ったところで、何も聞いていないからだ。ジュニスレイディは、もともと自分がものすごく臭くて、股を洗ってきたいと思っていたので、何も言わない。ディアブロはむっとして抗議しようとするが、腕を上げたとたん脇から強烈な腐敗臭が立ちのぼる。

「うう、あんたほんとにブタみたいよ」ジュニスレイディが遠慮もなく教えてやる。

「分かった分かった。けどなんで、そんなにいろいろしなきゃなんねえんだ」

「今夜はあんたにもドルをちょっとばかし稼がせてやろうと思ってな。そのためだよ」グアカルナコはそう言って話を終わらせると、角のほうへ歩き始める。そこには途方に暮れた外国人どもが、何かの間違いでこの地区に降り立ってしまった火星人みたいな顔をして突っ立っている。三人とも、マトリョーシカから出てきたばかりといった風体だ。決して醜くはないが、着ているもの一枚一枚、全部別々の物干し竿から盗んできたのかと思うような身なりの、ものすごく太った金髪女。青いつなぎと緑の上着を着たブルドッグみたいな見た目の男と、あほ面でひとことも口をきかず、イギリスの女学生みたいな恰好をした女がもうひとり。《周期表に並んだ元素みてえだな》とグアカルナコが総括する。

「グッナイ、マイフレンズ。私はグアカルナコ・クール、キューバであなたがたのローカルディーラーを務めさせていただきます」もたついた英語で話すが、相手には通じているようだ。「そういうわけでございますから、もし男をお望みなら男をご用意しますし、女をお望みなら女をご用意しますし、ドラッグをお望みならドラッグもたっぷりご用意できます。で、意味お分かり？　お望みのものは何でも、どんなものでもお任せください、今すぐここでご用意しますから」そして気を引こうと自分の小さなテリトリーを誇らしげに指し示す。「それで、何をお望みで？」

太った女は、グアカルナコにその場で支払った一〇〇ドルプラス一晩分の諸費用持ちで、さっさとディアブロを連れて行った。シャワーを浴びて香水を付け、股と乳首がくっきり浮かび上がった、黒いミニドレスを着たジュニスレイディをグアカルナコ・クールが差し出すと、ブルドッグ男は夢中になって涎を垂らし始めた。「この子はヴァージンですよ、本当です、それにこの町でいちばん締まりがいいですよ、マイフレンド。私が保証します、ビリーヴミー」グアカルナコはこの娘（セニョリータ）の同伴に一五〇ドルを要求しながらそう告げる。おまけに、最悪の品質のマリファナ一キロ足らずにもう一〇〇ドル払わせた。吸えるような品質ではなく、一口吸い込んだだけで咽頭がんになるような代物だ。デブ女とブルドッグ男は、急ごしらえのパートナーに大満足してすぐにも立ち去ろうとしていたのだが、あほ面の女が残っていることに気がついた。あほ面がグアカルナコを子どもじみた懇願するような目つきで見ると、グアカルナコはついこのあいだ、これと似たような状況で失態を演じたのを思い出し、生唾を呑み込んだ（しかも最悪なことに、あのスペインのくそＯＬには、さんざんばかにされたあげく、全額返金しなければならなかったのだ）。けれどもいつだって奥の手があるのだ、そして経験豊かなプレーヤーであるグアカルナコは、モンゴを表舞台に引っぱり出した。

「彼が一晩中あなたをうんと楽しませてくれますよ、ダーリン。一晩中ずっとです、ビリーヴミー」と片目をつぶって見せながら言った。「ずーっと」グアカルナコはしつこく繰り返した。モンゴには何が何やらさっぱり分からなかったが、年がら年中ドーピングしているような男なので、立ち上がって股を掻くと、頭蓋骨にいつもひっついたままのあのコードのよじれを直した。八〇ドルプラス諸費用で貸し出されたのだ。

＊

グアカルナコ・クールはアパートの玄関に座り続け、ときおり地元の人間がフォリを求めて彼に近づいてくる。その相手をした後で、グアカルナコは客をせかす。

「さっさと行け、商売の邪魔だよ」

「さっさとって、なんだよ？　そりゃ犬に言うセリフだろうが」

「さあ、行けって、しっしっ……。自分が景観を損ねてるのが分かんねえのか、黒人さんよ？　さあ、あっち行けよ、さあ……」

そしてようやくひとりになると、グアカルナコ・クールはポケットの中から山ほどの札を取り出して、それを何回も繰り返し数えながら、うっとりとつぶやく。

「ああ、また何もかもが昔のようになってくれたらなあ！　ただもう、昔のようになってくれさえすればなあ！」

それから、たくさんの女の子たちといっしょに赤いコンバーチブルに乗っているさまを思い浮かべ、本物の熱帯版ドン・コルレオーネみたいな自分を想像する……。

こんなふうに、すごくクールでいかした。

愛のない恋愛物語

今日は、ここ数か月でとくべつ悲しい一日というわけではない。じっさい、うれしそうに表情を輝かせ、微笑みもした。彼女の着込んだ鎧の中に入り込もうとするすべての人間を、大きくて不安げな瞳で不審そうに見る。その鎧は物心ついたころから背負っている重荷であり、そのせいで自分と同類の人間とかかわりを持ったことがない。彼女は若くて内向的だが、臆病なわけではなく、すべてを見下している。このうえなく尊大で、独特の優雅さでそれを身にまとっている。信号のそばに立っている彼女は、残酷で美しいメデューサのようだ。黒いロングドレスと赤い髪が、この世のものではない植物のようなフォルムを描いて風にたなびき、破壊の美しき定理のように、絶滅種となることを嘆きながら生者にまぎれて鼓動している。自らをたぶらかし、進んで血を流し、人間臭いものを片っ端から嫌悪し、分け隔てなくすべてを軽蔑する。あらゆることに飽き飽きし、彷徨うように人生を過ごしている。

何にも、だれにも目もくれずに通りを渡る。街角の店に立ち寄って煙草とミネラルウォーターを買い、ついでに、店番をしているうすのろのことを心の中でののしる。計算もできないのね、とマルボロに火を点けながらつぶやく。道中、解剖台の上でのマルドロール風の出会いを思い出しながら、煙草と馬のあいだには、商業的にどんな関係が成り立つのかしら、などとぼんやり考える。死は――昔から人間の道連れだが――彼女の思考の中心的テーマだ。ロマンチックな死、なんとなく分かるわ。美化された死、存在することなく存在するもの。詩的な死。

ああ、私の死
おまえは無用なるものを破壊し
息絶える！

偏執症と人間嫌いの一冊、魂を打ちのめす絶望を告解するための自分の手帳に、そう書きとめる……。合皮の表紙には、黒のフェルトペンでたったひとこと、『酷評』と書かれているのが読み取れる。中には、小さな活字体の文字と、この上なくビアズリー風の線画と、ゴシック体の巨大な大文字とで飾られたページが何百枚もある。自分の憎しみを美化するのに、あまりに多くの時間を費やしていることが、はっきりと見て取れる……。憎しみ？　いいえ、無関心よ。不毛なもの、目に視える目的を持たないものを、どうして憎めるかしら？　人生は無意味で、もれなく最寄りの墓場へと行き着く出口のない裏通りなのだと、彼女にははっきりわかっている。

毎日のように生み出されるつまらない出来事の中で、日々少しずつ死んでいくことを、どうして祝福したりできるのか、私には相変わらず理解できない。愛は甘いモルヒネで、感覚を麻痺させ、私たちを従順にする。そこから、人生という屠殺場送りとなるのだ、と彼女は日記に記した。記憶の中で、アルヴォ・ペルトの『デ・プロフンディス』の一節が、彼女を蝕む人生という癌がじわじわと転移していくように鳴り響く。こんなにたくさんの無を、いったいどうしたらいいの？　古いコロニアル都市を歩きながら、自らに問いかける。

夕暮れ時の光が、彼女の足元をちらちらと照らす。乱暴なクラクションに思考を中断され、一瞬立ち止まる。通りの喧騒は彼女にとってあまりにひとごとで、何が起きたのかと考えてみることもしない。絶望した人間たちの暮らす天上が、彼女のお気に入りの場所だ。そこは観念上の祖国のようなもので、人類の反体制派たちに庇護を与え、自らのごみを彼らに食べさせる。反体制派たちはくだらなさに辟易し、隣人を愛することを強いるモラルの欠陥から解き放たれ、隣人に反吐を吐きかける……ひたすら、自分たちはまったく空虚だと感じるためだけに。こんなにまで強烈に主張する、その虚しい無関心。不平不満ばかりで、自分自身を否定している。しかし彼女はそのことを理解しようとせず、幸せのはかなさよりも、自分の不幸の確かさのほうを好ましく思っている。確かなことだけ、つまり死だけを夢見ている。いちばん世俗的なことを切望しているのだ。

道幅が広くなる。影が濃さを増し、すべてを覆い麻痺させる深い霧になっていく。行政が提供するただひとつの財産である街灯が、必死に暗闇と闘っている。消え入りそうな灯の下で立ち止まり、肩に下げたくたびれたバッグの中をひっかき回して、煙草を取り出す。煙草だけが、彼女が現実に持っている悪習だ。そのほかはメタファーばかりだ。赤いライターでニコチンに点火する。煙が肺の中に沁みわたり、軽い、しかし強力な毒で満たす。二〇〇メートル先のカフェに入る。

詩人の想像の中を漂うあの美しい天上の死、「無」のビタミン剤が、絶望した人間にその眼を覗き込むことを強いる。死は媚びるようにゆっくりと裸になり、自分の魅力を見せつけようとする。「人間」は熱狂して死の前にひれ伏す……。カフェの片隅で、彼女はノートにそう書きとめる。もし私たちみんなが一体となってその深みに沈んでいくとしたら……。もし私たちみんなが、人生と呼んでいるこの狂った集団的悪夢からいきなり目覚めたとしたら……。もし私たちみんなが死んだとしたら。

それに、私が愛について話すことを避けているとしたら、それは恥じらいとか、くだらない倫理観からではない。苦々しい話題だということはじゅうぶん承知しているが、そこから逃げたりはしない。恋に溺れた人間からにじみ出る苦渋は、触れるものすべてに充満する。低能な者、おびえた人びとにとっての女神である、幸福で真っ赤に焼けた鉄の刻印が、彼らの行動のひとつひとつに刻まれる。「愛しい人」とか「愛している」といったフレーズは、呆けてしまった人間のお気に入りのせりふになる。テレビと同じく、愛は情熱を消し去ってしまう。情熱を安売りし毒気を抜いて、ついにはおもしろくもないポルノ漫画にしてしまう。「愛し合う」、なんて自滅的な恐ろしい行為……。

エゴイズムは私のただひとりの盟友。孤独の創造者が私を包み込み、その生暖かい黒い鈎爪で、触れるものすべてを撫で回す。私の体は災厄に酔いしれて、身近なもののなかで私がただひとつ価値を認めているもの、つまり「私」との思いがけない触れ合いに夢中になる。私の肉体の欲望を説明できるものが、この宇宙にほかにあって？　私を苛んでいる火の消し方を知っている存在がほかにあって？　そんなものはない、「永遠」すら私を理解できないのだから。

字を書くのをやめて顔を上げ、カフェの中を見渡す。ガレオン船を模した内装になっていて、素焼きの骸骨と漆喰のガーゴイルが天井からぶら下がっている。山吹色の空間は視覚的にくどく、白黒写真がところどころ壁に飾られている。スピーカーからはヘヴィな電子ドラムのたてる騒々しい音が流れ、そのリズムに合わせてろうそくの赤々と燃える火が揺れる。外では、霧雨が降り始める。

手を挙げると、カフェのボーイがさっと近づく。「ホワイトルシアンをもう一杯くださる？」と優しさすら感じられるような口調で注文する。ボーイは承知してカウンターへと向かう。三分後には満たされたグラスを持って戻ってきて、魅惑的に微笑んでみせる。彼女はそれを無視する。彼女の無関心はほかの人びとの本能的な社交性と同じぐらい強力なもので、そのためにあらゆる出会いで短絡を起こす。控えめで、けっしてぞんざいな態度はとらず、独特のやや無気力な冷たさが彼女の魅力だ。それは、第二の皮膚のようなものといえるかもしれない。集団に対する鎧だ……。

＊＊＊

彼はソファの上で身をよじる。一四四ページ目にはこう書かれている。「理性とは、完全に現実であるという確かな意識である。理想主義は理性の概念をこのように表現する。それと同じやりかたで、理性から湧き上がってくる意識がたちまちにしてこの確信を自分の中に抱く。理想主義がたちまちにして確信を表すのと同じように、『私』が私の客体であるという意味において私は私であり、『私』はほかのいかなる客体でもないという意識の客体であり、唯一無二の客体であり、まったくの現実であり、まったくの実在である……」注意深くコーヒーカップを取り上げ、一口二口啜ってから本を勢いよく閉じて、「俺はヘーゲル向きじゃない」とつぶやく。

彼は自信家で、にもかかわらず、何をするにもいちいち躊躇する。自分のふるまいが及ぼす影響を考えると、何もしないほうがましなのだ。行動すべきか、行動せざるべきか……それが問題だ。的外れなことだらけで、無能な役立たずという立場に甘んじている。

彼は「疑う」という言葉が大好きで、「絶対的」という形容は死にしか与えない。そのため、死をひどく不快に感じている。不在という全体主義を忌み嫌っているのだ。未完の世界に暮らし、ニヒリズムにどっぷりとは浸かることなくその岸辺を徘徊し、善良なプロの趣味人として、体制に真っ向から対立している。もちろん、自分が役立たずだという自覚はある。それなりにこなせる唯一のことといえば、ものを考えることぐらいで、当然のことながらそれ自体は仕事にはならない。ある程度は定期的な収入を確保したいので、校正者や翻訳者として、あるいは運が良ければ編集者として仕事をしている。ときどき、小さな詩集の編纂や美術書の編集を任されたりすることもあるが、それがこの上なく嬉しい。だが実際は、『調和思想』やその類の、味もそっけもない文章に取り組まねばならないことがほとんどだ。

彼はつねに七、八冊の本を同時に開いておくタイプの人間で、色紙で目印を付け、余白に書き込みをしている。ソファの脇には二〇冊以上の本が積み上げられ、どうにかバランスを保って倒れないでいる。本棚には詩や散文の本があふれており、その重みで沈み込んでしまいそうだ。

日干し煉瓦でできた小さな家からは、紙や新聞や雑誌がにじみ出してくるようだ。ぜいたく品は何もない。古い犬くぎで壁に打ち付けた、三〇−三〇口径の錆びたカービン銃や、アンダーウッドのタイプライター、アイデアの貯蔵庫として使っている、まだ銀行のない時代の金庫などを、ぜいたく品と呼ぶのでなければの話だが。金庫には、執筆した原稿用紙、思いついたフレーズ、メモ、紙ナプキンに走り書きした詩などがいちいちしまってある。収集癖に毒されていて、この「文学の貯金箱」を一杯にするためだけにものを書いているようなところがある。たとえば、次のような……。

「あいまいさ」の重要なところは、自らの住民を創造するということだ。彼らは、無能だという自覚のある絶望した生き物で、偏執症の中で本領を発揮する。つねに不確実さや不安の中に生きていて、ついには、疑いを可視化したあの疑問符の解説者となる。「あいまいさ」とは、文字面の意味でとらえれば、考えられるうちでただひとつ確実なこと――つまり真実がどこにもないということ――を追い求めて、いち個人が迷い込む迷路以外のなにものでもない。このシンボリックな世界では、視覚による自己満足で、それ以外のいかなる言説も置き換えられてしまう。ほかの言説を黙らせ、この世界に充満した、面白くもないまがいもののイメージを優先させるのだ。愚鈍こそが媒体(メディア)であり、媒体こそが、紛れもなく、メッセージなのである。

何の意味もない、偏った一連の映像を見せられて、社会は貧困化する。「真実」は見ることのできるもの、画面の中に存在するものと決まっている。そして、現実――すなわち外側で起きていること――は、テレビのニュースにネタを提供する出来事でしかない。媒体がメッセージであるなら、メッセージはそれ自体が目的だ。ならば、媒体はそれ自体が目的であるということになる。つまり、際限なく、自動的に繰り返し起きる出来事であり、本当らしく見せるために本物のふりをすることに、重きを置いているらしい。メッセージが「真実」を演じきれるように、媒体は現実をフィルターにかける。目的は成し遂げられたわけだ。現実はひとつだけだが、「本物」の本質そのものが、現実の周りに張り巡らされた「真実」の長い鎖を断ち切るのだ。その本質とはすなわち、文字に書き表せないという性質、つまり考えや象徴や、そしてもちろん真実の持つ絶対性に逆らうことのできる類いまれな能力のことだ。人間は現実を主体として扱うがよい。ただしその結びつきの強さに真っ向からぶつかることになるだろう。客体として扱いたければ、そうするがよい。観念で現実を捉えようとする者は、自らもまた思いつきの範疇にとどまることになるだろう。現実を愛したり憎んだりしようとする者は、気の毒な頑固者としか言いようがない。現実は感情など理解しないのだから。

　真実は必然的に映像を凌ぎ、言葉はそれを生み出した社会にとって日ごとに不可解なものになっていき、分析と批評というやっかいな荷物を道端に置き去りにしていく。すると映像は、読書をしないためにものを考えるということを忘れてしまった、読み書きのできない退化した社会で、大衆の偶像――絵に描いた真実の受け皿、自分自身のアイコン――になる。映像は一〇〇〇の言葉にも勝る、だと……。おろかな能無しどもめ、言葉を一〇〇〇も知らないくせに。

　映像によるこの味気ない独裁にうんざりして、自由な人間は言葉に救いを求め、あいまいさに身を投じる……しかし、独裁こそが「現実」なのだ。

　ソファの脇に紙束を投げ出してゆっくりと立ち上がり、衣服に付いた怠惰を払い落とす。コーヒーを飲みながら窓の外を眺める。足元に丘が広がるようすはさながら、植物の無名の反乱部隊が蜂起し、前線で縦隊を入れ替えているかのようだ。街の容赦ない攻撃にさらされて、撤退を余儀なくされた植栽と灌木の奇妙な部隊。死傷者が増え、戦闘は劣勢だ。中庭の塀にオポッサムの影がくっきり浮かびあがり、月明かりが煌々とその姿を照らし出すと、近所中の犬が吠え立てる。

＊　＊　＊

夜の九時、トゥリシクロという、オブジェ専門のギャラリーにやって来る。長年放置されて生気を失った、古いコロニアル建築の屋敷の中庭をギャラリーにしているのだ。広大な空間だが、今はストリキニーネの作品が「お邪魔中」だ。ストリキニーネとは、肝心のコンセプトを何も持たないコンセプト集団のひとつだ。反復が彼らの言葉であり、空虚がその内容らしい。おそらくまあまあの出来栄えといえるものなのだが、彼女はいつもと同じ小ばかにしたような冷笑を浮かべて、展示を見て回る。断っておくが、だからといって興味がないわけではない。作品は天井から吊り下げられ、あまりにミニマルアート的なテクノ音楽のリズムに乗ってバランスを取りながら、抽象派の金属製の凧のように見物客の頭の上を滑空している。鋭い知性派を気取った若い男が、グループのメンバーにわれわれが立ち会っているこの作品の理論的骨組みについて尋ね、メンバーはいかにもくだらない回答をする。芸術の世界というのはこういうもので、目に見えるとおりのものなどひとつもなく、自分のありのままの姿をした人間などひとりもいない、というのだ。

出席者の半分は飲み物のテーブルに群がり、残りの半分はそれぞれ小さなグループに分かれて集っている。善意の人びとが数人、平和のための行進への参加を呼び掛けるチラシを配り、皆がパーティーはどこで開かれるのかと尋ねている。会話は勝手に進み、彼女は脈絡のない言葉のあいだを通りぬける。

「展示はどうだった?」

「すばらしい」

「こりゃあ、あいつらマリファナをやったな、さっき気づいたんだけど」

「まさか!」

「どうだろうな、最後の作品は俺にはちょっと……」

「あいつは能無しだ」

「すばらしい」

「救いようのないクソだ」

「まさか、そんなこと!」

「アーティストに聞いた話なんだけど……」

「だれかクスリ売ってない?」

「もう少し込み入った話だよ、つまり……」

「芸術に乾杯しよう」

「そろそろ帰りましょうよ……」


隅のほうに、参加者からも芸術からも芸術家たちからも忘れ去られた、この作品を支える骨組みを作った鍛冶屋とその家族がいる。

「あそこの『文化的』ジェットセッターさんたちの態度、見たかい?」

肩先でそう尋ねる声が聞こえる。彼女は声の主を見ようと体をひねり、痩せて不格好な男と正面からぶつかる。男は白っぽい服を着て、バカみたいなパナマ帽で剥げかかった頭を覆っている。浅黒くてひげのない顔に歪んだ優しそうな笑みを浮かべ、皮肉っぽい目つきをしており、歯が飛び出している。彼女は思わず微笑んで、独特の柔らかな声で答える。

「あの人たち偉いと思うわ、私。どうしてわざわざ、いろんな習慣を十把一からげの名前で呼ぶわけ？　私だったらあの人たちを招待したりしないけどね、展示を台無しにするもの」

彼は彼女のことをひとつひとつ観察する。眉のカーブ、まつ毛、黒くて深い瞳。頬骨、鼻の稜線、唇の色。顎、首、ブラウスの中へと続く襟足。「きみは美しい反動主義者だな」と耳元でささやく。彼女はそれを無視して「で、あなたは具体的に何が気に食わないの？」と尋ねる。

「彼らが、むしろ侮辱されるために招待されたってことだよ。見ろよ、存在を無視されて、まるで恥ずべき秘密か何かみたいに黙りこんでるじゃないか」

「つまり……、あなたもあの人たちがここにいるのが気に食わないのね」

「ああしてあそこにいるのに、まるでいないようなのが気に食わないんだ。あの親父を見てみろよ、あいつが作ったものと同じぐらい、この場所とも不釣り合いだぜ。下品な前衛芸術家どもにいいように使われたってとこだな。俺に言わせりゃ、どっちもどっちだ」

「もう一度言うけど、私だったらあの人たちを招待しないわ」そしてマルボロに火を点け、「あと今、考えてるのは、あんたのことも招待するもんかってこと」それだけ言うと、踵を返して人ごみの中に姿を消す。

＊＊＊

今年最初のにわか雨が、この街に降り注ぐ。もちろん、季節外れの寒冷前線がもたらした突然の雨だ。彼女は車を降りると、新聞を傘代わりに家までの二〇メートルを急いで走っていく。風が窓を叩き、打たれるたびにガラスが震える。ドアを開けて居間に逃げ込む。ロの中で悪態をつきながら、着ているものを片隅に脱ぎ捨てると、バスルームに向かい、温かいシャワーを全開にする。ゆっくりとシャワーを浴び、前近代的な奇妙なメロディを口笛で吹きながら、ごしごしと体を拭く。部屋の中の鏡の前で、二〇分かけて髪を乾かして整え、黒いTシャツと黒のコットンパンツを身に着ける。テラスの丸テーブルの前に腰かけ、アラベスク模様の施されたランプの下でノートを開く。

不在の言葉が口を開く。孤独が「何も！」と叫ぶが、私はその一本筋の通ったモノローグに何も反論できない。沈黙が私を黙らせる。沈黙も黙る。どうして無についてくだらないおしゃべりなどしようか？　虚無の偉大な存在を前にして、言葉に意味などあるだろうか？　話をする意味などあるだろうか？

生まれ変わったら文字になりたい。子音がいい、母音は好きじゃない。お腹を空かせた蛾にぼろぼろにされた紙に開いた穴みたい。いちばん哀れなのはO（オー）、黒くて空っぽだから。小文字のｇはいちばんエレガント。Ｘは交差してるところがこの上なく素敵、それからＹは分かれたりひとつになったりするのが素敵。何回も何回もタイピングして、紙を穴だらけにしてしまいそう。私に貫かれるなら、紙の死は美しいものになるでしょうね……。

どうして私が、微笑みをたたえた繊細な人間や、棘のない哀れな花にならなきゃいけないの？　ひょっとして、私が従順で優しい人間に成り下がるように、やつらが企んでいるのかしら？　私の中の無がそうはさせないわ、そして私は喜んでそれに従う。私には痛みという良性腫瘍ができていて、それが私を守り、私を責めさいなむ渇きを和らげ、感覚を麻痺させる。麻酔にかかった私は、無へ続く回転扉と毒蛇とのあいだを彷徨い、地獄から届く断末魔の叫びが私を惑わし、甘く巧みに入り込んでくる……。こんな状況で、だれが人間の男を必要とする？

　やや困惑して書くのをやめ、なぜあんな男のことを思い出して神経をすり減らさなければならないのかと自らに問う。あの貧相な男のイメージが頭を離れず、その言葉が壊れたループのように反響している。きみは美しい反動主義者だな……きみは美しい反動主義者だな……きみは美しい……反動主義者……きみは……きみは……きみは……美しい……反動主義者だな……。あの、人を黙らせる鋭い茶色の瞳をどうしたら忘れられるかしら？　呼吸が一瞬止まったことを、瞬きしてしまったことを、体の奥に震えが走ったことを認めなさいよ。あなたは、自分があんなに軽蔑している馬鹿な女どもと同じなのよ。あなたは、けっきょくのところ、血のかよった人間なのよ。

「ちくしょう！」声に出して言う。乱暴に椅子から上体を起こすと、キッチンに立つ。やかんがシューシューと音をたて、考えるのを止めずにティーポットを用意する。あなた、彼の声の調子をよく覚えているわね。低くも高くもなかったわ。目立った訛りもなく、発音も平坦だった。有閑階級のことで何を言ってたっけ？　まあいいわ、どっちにしろ、あのひがんだような物言いや、意地悪く馬鹿にするところが大嫌いなのよ。前にどこかで会ったことがあるわね、それは確か。何かの展覧会だったかしら……もしかするとコンサートとか？

たぶんシネクラブね……。『ストーカー』の上映のときだったかも？　目の前に帽子をかぶった男がいたのを思い出したわ、だいぶ近かったから、帽子を取るよう小声で伝えることができたんだった。でも、それが彼だったのかは分からないわね。それか、ラテンアメリカカルテットのコンサートのときだったかしらね？　それとも、マン・レイの展覧会？　いずれにせよ、きっとまた彼に会うでしょうね。でも自分から彼に会おうとしてはだめよ、これ以上自分を貶めてはだめ。瀕死の人間が死を待つように、再会を待つのよ……。

お茶ができた。静かにカップに注ぐ。砂糖を入れてミルクを少し垂らし、寝室へ行く。枕の位置を直してから横になり、お茶を一口啜って、脇に置いてあった詩集を手に取る。

自分のもっとも深いところで起きていることを表現するのは容易ではない
断固として隠していることを表沙汰にするのも容易ではない
他者の前で裸になり、包み隠さずすべてをさらけ出す
それは苦痛を伴うものだ……
だがそうするのを避けることはできない
あるいは必要があるというべきか、そのほうが腹立たしく聞こえないから

なんという破壊的な気狂い沙汰だろう、自分自身から身を隠すなんて
私の中でこだまするあの声を黙らせるなんて
あの声は一片の沈黙を乱暴に求める
叫びながらそれを打ち壊し、叩きのめし、黙らせ

決して、絶対に、二度と耳を貸さないために……

本を脚の上に置き、煙草を一本取って火を点ける。ほどなくしてニコチンが燃え始め、彼女は深く吸い込む。疲労感がこの心地よい快楽にすっかり居場所を譲り、筋肉が弛緩し神経がときほぐされる。脳が休息する。もう少し煙草を吸って、一酸化炭素のもたらす極上の快楽に、すっかり身をゆだねる。三〇分ほど天井の影を見上げながらぼんやりする。もしもだれかに何を考えているのかと訊かれても、何と答えたらよいか分からないだろう。それに、答えることにどんな意味がある？　頭の中で起きている、説明のつかないことを説明することなどできないのだ。神経を責めさいなむそれを何と呼べばいいのか、記憶の片隅を彷徨っている、名もない感覚が漠然と混ざり合ったものを？　ある程度の正確さを犠牲にするなら、どうしてそう感じているのかを説明することは可能だ。必要なのは、自分を映している鏡を壊すことだ。分別を奪い去ってしまう感情的な負担を和らげるには、時が過ぎるのを待つしかない。だから彼女は、今この瞬間に感じていることを言い表すのに、ふさわしい言葉が見つからないのだ。

彼女の錯綜した考えは、思い出や恐れや不安や笑いと交錯している。体が、脳が、彼女の全体が笑うのを感じるのは、ずいぶんと久しぶりだ。強烈な喜びがこみあげてきて、気持ちが高ぶり、その感覚が鍼治療のように全身を駆け巡って、打ち捨てられノイローゼに罹って錆びついてしまっていた神経を刺激するのだ。前回、これと似た感覚を味わったときは、けっきょくは失望し困惑して、恋愛などという罠には二度と引っかかるまいと、満月に誓ったのだった。べつに今、恋をしているというわけではないのだが、昔持った感情と今の感情が似ていることに、警戒せずにはいられないのだ。彼の前では冷たい態度をとったが、果てしない記憶の雨が彼女に降り注いでいた。脈絡のないイメージ、答えのない問いかけ、脳のいちばん奥深くに響き渡る馬鹿にしたような笑い声、そして何より、神経をゆるめる気持ちの劇的な変化が……。

＊＊＊

ギャラリーが完全に無人になると、彼はいちばん近くにあるバーへ移動する。三杯めのメスカルを飲み干すころ、気持ちが落ち着き始め、筋肉のこりもほぐれてくる。見知らぬ女に近づいて話しかけることなど普段はしない。もちろん、もう少しましなことを言うこともできたのだろうが、彼にはそういう社交術が欠けているために、さりげなく自分を表現することができないのだ。単純に「やあ」と声をかければいいのに、どう考えても不適切な、階級差別的なばかげた発言をしてしまったのだ。いずれにせよ、嘘はついてないとはっきり確信している。大企業が、会社のために個人の働きを呑み込んでしまうようなものだ。また、絶対的な国家が、いかなる自治や自立の兆候をも、資産共有の名のもとに握りつぶしてしまうのと同じことだ。芸術家は、芸術作品を作る前には労働者による仕事を搾取している。カドミウムと鉛を基剤とした、あの美しい顔料での下ごしらえのあとには、芸術の栄えある全体主義の下に隠された長い搾取の連鎖が待っているということを、いとも簡単に忘れてしまって。芸術家はこうして、いっさいの文化的ふるまいはひとつの野蛮なふるまいによって支えられているのだと、そしてさらに悪いことには、いっさいの教養ある行為は落ちぶれて野蛮な行為に成り下がってしまうのだと、改めて思い知るのだ。教養ある階級からの例の鍛冶屋への仕打ちは、ものごとの厳しい縦の序列や、決して覆されることのない階級構造、文化の人文主義的解釈の下に隠された嘘偽りといったものが、目に見えるかたちで現れた結果だ。もしも芸術が、人間の自由という夢を運んでくるものであるなら、社会にはびこる消費主義との戦いや精神世界のひろがりの象徴であるのなら、芸術家は明らかにその代弁者ではない。芸術家は、国家予算で生活しているか——それは荒廃した文化的官僚主義に立ち向かうことを意味する——、自分たちの商品(もはや芸術作品とは呼べない)を資本主義的投機の深い水底に放流することで生計を立てているかのいずれかなので、生活を維持するために型通りのふるまいを繰り返すよりほか仕方がないのだ。社会階層としては、芸術家はとくに保守的な部類だ。なぜなら、すでに確立された秩序にたいし、自分の仕事を通じて疑問を呈したりすれば、とたんに国からの手厚い助成が切られたり、顧客が大挙して逃げ出したりすると予想されるからだ。理想など、自らかなぐり捨てるしかなく、最もあくどい闇市場よりももっとどす黒い文化的市場に一刻も早く送り込むために、自分の芸術を傷ものにしないよう心掛けているのだ。彼らの最強の武器——鬱憤を表現する能力——を投げ出してしまったので、声明文や宣伝ビラに名を連ねることでその「高潔な人格」を大義に捧げるよりほかに、参画する方法がなくなってしまった。だが、一見彼らの心を痛めているように見える根深い社会問題に、その作品の中で触れることは絶対にない。そんなことをすれば、今いる社会階層から転落してしまうリスクがあるからだ。つまり、社会的にだめになるリスクが。

ほかの階層と異なり、芸術家は自分が望んだとおりの階層にいる。そしてその階層で享受しているあらゆる特権——好きなことをしてそれで生計を立て、何の心配もない、内から湧き出る倫理観に裏打ちされた人生を送り、生産主義よりも快楽主義を崇拝する——を守るために、人文主義的な厳格さを声高に叫びながらそれを裏切り、何も発言しないというばかげたごまかしにすすんで身を投じる。そして、作品を通じて変革に貢献するどころか、近代社会の慣例や慣習を批判する能力を手放してしまい、変革に水を差すのだ。芸術家は自らの技能を封印し、押し寄せる罪悪感を誤魔化すために、自分の名前が（そしてできれば写真も）地元紙に掲載されるチャンスを逃すまいと、デモに参加する。そうして自分のエゴを満足させ、自分は人の役に立っていると感じるのだ。守ると誓った大義のために作品を通じて闘うのではなく、つまらない作品を作るために、ケチな施しを受けようと権力の前に跪くのだ。そして仕事をしていないときは、自らをとくべつな人間だとみなしているにもかかわらず、ありふれた人間としてふるまうのだ……。

あれこれ書いているうちに、彼はあきらかに現実を忘れてしまっている。つまり、同じ社会階層の一員なのだから、軽蔑する芸術家どもと彼は同類だということだ。しかも、人間の持つ専制的傾向とは関係ないふりをしても意味がないのだ。なぜなら、彼もまた人類の副産物であり、ひどく絡まった糸のような抽象的な思考に巻き込まれることはできても、何本かの糸を切らないことにはそこから抜け出すことはできないからだ。糸がばらばらの切れ端になれば、彼の論考は少なくとも自由に解き放たれるだろう。

彼にとって無能さというのは言語のひとつであり、彼の人となりが最大限に表れたものである。すなわち、何もしないというのは、すべてのことを考えているのと同義であり、神話や信仰、祭式や聖像といった社会の価値観を知識として得ていく喜びにどっぷり浸かるということだ。だが、何もしないでいるためには、彼もまた自分を裏切らねばならない。そして自分を裏切るということは、望まないこともやらざるを得ない、ということだ。むろん、そんなことは、彼自身や、彼が表現しようとすることや、彼の思想とは無関係だと思っている。あくまで仕事をしているだけであって、彼の知性の清廉さをなんら損なうものではない。少なくとも、自分ではそう信じている。制作や取引や売買をめぐる力関係や、芸術としての評価をめぐる力関係にかかわらず、自分のつくる作品はすべて自分自身の芸術作品であると芸術家は断言するが、彼に言わせれば、他人のために作るものは制作者自身とはいっさい関係ない。つまり、技術や労働を売っているだけであって、意見を売っているのではないのだ。こうして、支配層とその破壊力とは距離を置こうとする。

確かに馬鹿正直としか言いようがないことで、それは否定しない。彼の悩みのひとつは、どんな抵抗も取るに足らないものだと承知しているのに、同時に口をつぐむべきではないとも思っていることだ。彼の考えでは、市場にも国家にも同じように犠牲を払うべきではない。

だが、こういうことを考えるようになったのはぜんぶ彼女に会ったからであって、きっかけは芸術でも芸術家でも市場そのものでもない。きっかけが彼女でなければ、このバーで、もう少しで酔いつぶれそうになりながら自分自身と語り合っていたりしない。飲みすぎたのではなく、ほんの数杯でも頭がへんになってしまうような、混乱した精神状態にあるというだけのことだ。酒に酔った頭では、自分を一目惚れさせた女のイメージしか思い出せない。一目惚れだって？ 俺は彼女に一目惚れなどしてないぞ。彼女の長い脚も完璧な体も、声も眼差しも満足のいくものじゃない。俺にとっては単なる興味の対象、研究対象だ、甘やかされて育った、だれもが自分の足元に跪くものだと思い込んでいる人種差別主義の娘なんて。いいや、俺は跪いたりしないぞ。彼女の前で卑屈になる気もないし、金持ち娘の気まぐれに付き合う気もない。くそったれが……よく聞けよ、このくそったれが！

ウェイターにメスカルをもう一杯注文し、一息に飲み干す。

＊＊＊

詩人を魅了する崇高な苦しみの感覚は、個人的な、自分で起こした、本物のオーガズムとしか比べることができない。精神にとって喜びを分かち合うことは、胃袋がパンを分かち合うことと同じぐらい、面白くないものだ。喜びをふたりで分け合えばひとりぶんは半分になるわけで、それはふたりの腹を空かせた人間がパンを分け合えば満足できないのと同じことだ。それならなぜ分け合うのか？　われわれは似た者同士で集まって共同体を作る運命にあるからなのか？　われわれは他人のために死ねるのだろうか？　破壊には創造力が不足しているることがはっきりする。創造と破壊は同義であるか、もしくは少なくともそうあるべきだ。だから、いつの日かホロコーストは詩作であると捉えられるようになり、われわれ詩人は――ああ！――書くことを止めるだろう……。

私は自分をだれかと分け合ったりはしない。自分の存在、不安、喜びを理解できるのは私だけなのだから。私の中で起きていることなど、だれにとってもどうでもいいはずだ、だってだれも私ではないのだから。私が私自身の詩であり、それを厳しく批評するのも私だ。ほかのだれも私にはなれない……。あの薄汚い人間は私に近寄るべきではないわ、ほかの連中を軽蔑するのと同じように、あいつのことも遠慮なく軽蔑してやるから。馬鹿みたい！

なぜ、秩序とか、人類の構造とか、正義と不正義のことなんかを考えて、時間を無駄にしなきゃならないわけ？　詩だけが救い。地獄の神よ、世界中に大量にはびこる、えせ哲学者どもを哀れみたまえ！　たいしたものね、理解不能なことを理解しようとするなんて……。黙れ、それか何も言うな！

私のエゴイズムの赤いフィラメントが、真実から逃れるために真実に触れてみる。現実は詩作を妨げ、想像、つまり内面を漂流するという忘れ去られた技能に害を与える。私自身ではない、ああいう現実について書くことに何か意味があって？　私という存在が私に帰属する唯一のものであるなら、それこそが私が夜を徹して考える唯一のテーマだ。他人に起きることなんか、いったい私と何の関係があって？　どうして、自分と関係のない現実なんかに、心を砕く必要があるの……？

他人に反吐を吐くような、なんとも形容しがたい楽しい感覚が、従属させようとする集団側のあらゆる働きかけをはねつける。社交辞令や内輪話などは、どんな神経細胞にも取りつくことなく、彼女の脳を素通りしてしまう。彼女はものごとを感じるのであり、感じるということは、間違いなくあらゆる行為の中でもっとも個人的なものだ。

ふたりが面白いくらい正反対の人間であるということは、いまさらだれにも分かりきったことだ。だが彼らは秘密主義者なので、あれこれ説明しなければならないような面倒は起きず、いらないのに冒険にくっついてくる沈黙が、彼らの代わりに語ってくれる。言葉は書き記されているか、さもなくば意味を持たない。口の軽い人間というのは賢い人間にとって、休日の官僚と同じぐらい役立たずだ。複数の人間がその場にいて、もれなく人格が汚されなければならないという意味で、おしゃべりは――そう、言葉の垂れ流しは――あらゆる自発的な行動の敵なのだ。

幻滅は彼らの本能だが、後天的に身に着けた知恵でもある。幻滅した目で「見る」ことはもはや訓練であり、ほとんど絶え間なく繰り返される、何も提案しないための練習になっている。どのような世界観を持とうが彼らの勝手だし、おおっぴらに表現しているとはいえ、自分とその周りの人間に限られたことを述べているだけなのだ。自分の人生観を語るが、それを公の定説におとしめようとしたりはしない。完璧な個人主義者たちで、よほど切っても切れない関係の者のためでなければ、他人のために自分の立場を表明したりすることなど絶対にない。自分を表現することがすなわち生きることであり、生きるということはすなわち考えることである。彼らの理想を映し出す鏡の中には、彼ら自身はそのように映っている。我あり、ゆえに我なり。我なり、ゆえにほかのだれにもあらず。

＊＊＊

沈黙ほど俺の感情をよく表してくれるものはない。沈黙と、それから軽蔑も。俺の魂は底なしに暗いから、俺たちがみな平等で、同じ目に遭い、仲よく苦しみを分かち合うのだという、下卑た既成概念と真っ向から対立する……。あり得ない！　精神は絶対に「他者」に毒されたりしない。「個人」は絶対に、共有したり模倣したりという、心もとない舞台に身を投じたりしない。不在は言葉であり、唯一の世界言語であり、すべてを取り込んでしまう「われわれ」という考え方によって、暴行され殺害され忘れられた種族の表現だ。「私」はどこへ行ってしまったのだ、自分だけの、個人専用の、詩的な、人生のあの聖地は？　あれがなくては詩は死んでしまう……そして「われわれ」が支配力を持ってしまう。

石のように固い死、瀕死の音節、時間の苦悩……。ああ、永遠なるものや深遠なるものを見下し、お前自身のつかのまの独裁に不死を委ねる、味気ない人生よ。死を渇望する生よ、命を与える気前の良い死よ。死に瀕したお前の良心の骨格が、俺の良心の未完の体に物悲しそうに乗り移ってくる。果てしなく、お前を軽蔑するのと同じように俺は自分のことも軽蔑する……。

俺はとてつもなく狭量で、自分のことまで我慢ならない。人類に対する俺の恨みは大きく、自分自身すらその対象になっている。人類とは俺であり、俺は何者でもない……何者でもないがすべてに通じている。そのすべてとはけっきょく俺のことだ。われわれの矮小さはあまりに尊大で、矮小であることを誇りにすら思っている。俺の尊大さはあまりに矮小なので、そのことを恥じている……。死は実に生き生きとして……。そして生あるものは、死んだように生きている。

思考は仮死状態にある。だれもものを考えてはおらず、考えていると思い込んでいるだけだ。人間嫌いのヒューマニストの先駆けであり、歴史上もっとも美しいエゴイズムを持った博愛主義者である、偉大なニーチェは何を残した？　だれもが調和を求めているという大げさな賛辞から、今日何が残っている？　謎はどこへ行った？　信じがたい出来事と恐ろしくも美しい考えの源である、壮大な狂気はどこへ行ってしまったんだ？　なぜ、もうだれも憎しみについて語らないのだ？　いったい何が起きたのだ？　俺たちが自分自身にかしずいてしまったからなのか？

ヒューマニズムという、思考を破壊する強烈なドラッグのどろどろのぬかるみに、頭のてっぺんまで沈んだ惨めな奴隷が暮らすこの地で、自分を否定し、肯定し、再び否定することで俺は解放される。隣人を愛するという下卑た行為に没頭する詩人のことを想像してみてくれ。何というひどい劣化……。しかもどれほど貪欲に隣人愛にふけることか。俺たちは自らすすんで奴隷化する自由もあるし、この不本意な、眠りを奪う自由の囚われの身となっている。俺たちは俺たちそのものだ。つまり、無でありすべてであり、存在の残りかす、存在を否定したら余って出たものなのだ。

＊＊＊

彼女はたった一か所だけあった日陰で立ち止まる。太陽が尊大な権力を振りかざし、すべてが跪いて太陽の熱エネルギーの下で溶けていく。雲は恐れおののいて逃げ出し、風はすっかり歩き疲れて放浪をやめる。今動いているのは彼女だけだ。その美貌で、汗ばんだリズムに乗って中心街の通りを歩き回る。敷石を踏む体が揺れ、静けさに眠気を催す。正気はこの街から逃亡し、街と彼女はそれぞれ自分の内側へと逃げ込む。内向的で、社交性がなく、無愛想なのだ。街は、アスファルトの肌に降り注ぐ三七度の熱で焼け付いている。彼女は、世を拗ねた氷、熱帯でも溶かせないぴりぴりと不機嫌な氷山だ。

ベジタリアンレストランの前で考えるのをやめ、ディルを振りかけた、ヨーグルトとキュウリの冷製スープを注文する。バッグから『嘔吐』を取り出して、続きを読む。少女のころから繰り返し読んでいる本だ。困難に直面するたび――逆境に打ちのめされるたび――、一〇回以上は読んでいるだろう。彼女は精神異常者のように歓喜して絶望に浸り、そういう精神状態がつねに優勢で、彼女の存在を支配している。満足が彼女の動きを封じる。幸せなのに不幸せという状況を恐れているのだ。彼女が死に対して抱いている執念は、死が彼女に呼び起こす底知れぬ恐怖の投影に過ぎない。したがって、死を詩的に表現することは、そういう恐怖を追い払い、神話の世界に追い返すためのからくりなのだ。落ち込んでいるせいで落ち込む人びとがいる。彼女は違う、彼女は自分の実存の危機を大喜びで夢中で受け入れる。苦しむことが生きることである、と『酷評』ノートに数ページおきに書いている。苦しみは耽美的な体験として、ライフスタイルとして捉えられるべきで、決して自律的なものとして捉えられるべきでない。苦しみはひとつのふるまいだ……。

ためらいつつも涼しい木陰を後にして、光の中に飛び込んでいく。激しくなった光が彼女を強く打ちのめし、彼女は無言で抗議する。これが光と彼女の関係だ。つまり、両者からの侮辱と攻撃の部分集合が。ただ、一方は無意識でどこにでもいるのだが、もう一方……つまり彼女のことだが、こちらは今（オーバーヒートしたロボットのように）無気力にだらだらと歩いている。彼女の気力を奪うのはどんなときも、食べ過ぎ、飲み過ぎ、働き過ぎなどによる酷い眠気ではなくて、彼女が全身全霊で取り組んでいるひどく疲れる仕事、つまり軽蔑のしすぎによる眠気なのだ。

＊＊＊

彼は椅子に腰かけて体を揺すり、脇にはアンダーウッドのタイプライターが置いてある。白紙がタイプライターに、キーを打ってくれと要求する——未完成の文章、無がもたらすフレーズを。どうでもいいことだ。紙の白さを和らげ、考えを文法に乗せて大量に流し出す言葉のかずかず。彼の指は勝手に生きているかのようだ……この場合は、勝手に死んでいるのだが。集団で絞首刑に処せられる者たちのように、手を縛られている。不毛な夜の影。指は時折キーをなでるが、キーは、タイプライターの中に沈み込んで言葉を紡ぐための文字を、まとまった脈絡のある、何より初めと終わりのある文章を形作るためのフレーズを、紙に刻むことを拒んでいる。新しい文章を書き始めるのが苦手なら、文章を終わらせるのはまたさらに骨が折れるのだった。その先にあるのは未完成だった……いつも。

いきなり椅子から立ち上がると、身振り手振りしながら机の周りをうろつき始める。もうひとりの自分と会話する……あるいは自分自身とかもしれないが、知るすべもない。何かしら具体的な考えにすがろうとして、脳内で神経細胞が苛立つ。必要とあらばその考えを探究し、叩きのめし、破壊する。何行かの文章を書けるなら、どんなことでもいい——白い紙が彼を侮辱する——。だが、文章は現れてこない。神経細胞の活動は彼の存在全体に分散してしまい、ものを書くところに行きつかない。もろい思考の中で、書くことができないフラストレーションが高まっていく。

かろうじて暗喩と詩形破格を越えた程度の未完の試みの中で、ひとつまたひとつと力尽きていく、空虚な言葉の下に知性の芽を葬り去るなど、まったく気狂い沙汰だ。ものを書くのは、人間の活動の中でいちばん無意味なことだ。なぜなら、思考が余白やパンチ穴などの用紙の制約の中に閉じ込められてしまうからだ……。どうしたら、紙という草木の生い茂る大平原の中に、考えを解き放てるだろう？　考えは紙の表面を流れていくことができるのだろうか？　あいまいさを形にするということは、あいまいさを絶対的なもの、永続的なもの、平坦でうつろな場所の住人に変えてしまうということだ……。考えを紙の牢獄に縛り付け、事物化し、命を持たない物質に変える……。いったい何のために？　だれとその考えを共有するために？　もう一度聞こう、何のために？

思い悩む彼を前に、タイプライターのキーは相変わらず身じろぎもせず、重苦しく残酷な（感じがする）沈黙を守っている。彼の頭の中でキイキイと口論している声も、外から聞こえる騒音、ドアや窓をとおして聞こえてくるあの酷い音のミックスを、かき消してはくれない。そうだ、外で叫んでいる隣人を――可能ならば完全に――黙らせることさえできれば、あとは何も望まない。そして、あんなに大騒ぎしているすべての虫たち、犬たち、車、子どもたちも。ものは静寂の中で書くものであり、それが彼のモットーだ。だから、騒音は当然、もの書きの敵だ。ものを書いているときには音楽すら我慢ならない……まして、書けないときはなおさらだ。

＊＊＊

まだ夜にはならないが、土曜日ということもあり、街の人びとは三々五々、中央広場（ソカロ）に集まってくる。広場の周りのカフェやレストランは満席だ。バンド、マリンバ、トリオ、マリアッチが聴衆の耳を、そしてもちろんチップを奪い合っている。露天商があふれ、おおぜいの警官たちが観光客のあいだを巡回している。たくさんの子どもがさまざまな大きさと色の風船で遊んでいる。数人のヒッピー崩れたちは、ネックレスやイヤリングやブレスレットや、それからマリファナやアヘンを吸うためのパイプを売っている。テワナ*を着た一八〇センチはありそうなドイツ人の女が、偽の——おそらく彼女はそのことを知らないのだが——琥珀の首飾りを自慢げに見せびらかし、ひとりの先住民が彼女をひっかけて金を使わせようと近づいていく。タマル、ビール、ガルナチャ*、メスカル、チレレジェーノ*などをよそ者たちが味わっているテーブルのあいだを、二、三人の物乞いが足を引きずり引きずり、手を差し伸べて歩き回る。徒労ばかりの道を歩き過ぎてぼろぼろになった、骨ばったその手のくぼみに、小銭を落としてやる者もいる。だがほとんどの人間は、無関心を装って目を逸らす。退廃は彼らの関知することではない。何も持たず、何も望まないあの物乞いたちが彼らにとって縁遠い存在であるのと同じように、退廃もまた、まったくのひとごとなのだ。明日を迎えることができたらしめたもので、食べ物にありつくのは闘いであり、温かい寝床などもはや神の領域、添ってくれる女など夢のまた夢だ。そんなことは、この広場に腰かけて最低賃金の六、七倍の酒を飲んでいるような人びとには何のかかわりもない。最底辺の暮らしがどういうものか、連中には絶対に分かるものか！　想像もつかないだろう……。

むろん彼も、そんな風に生きることがどういうものか分かってはいないが、見栄っ張りなので、自分は周りの貧困とひとつになれていると思い込んでいる。だが、彼の貧困は別物だ。それは彼の内部にあり、彼だけと張り合っている。もちろん自殺を試みたこともあるが、それには生存本能が退化していなければならないのに、彼はあまりにも本能的すぎて、そんな

テワナ　メキシコ・オアハカ州のテワンテペックの民族衣装。サポテカの女性が身に着ける。花などの豪華な刺繍が施されており、フリーダ・カーロが愛用したことでも有名。

ガルナチャ　厚めのトルティージャを揚げ焼きにしたものの上にフリホール（豆）のペーストやカッテージチーズ、サワークリーム、刻み玉ねぎなどの具をのせたメキシコ料理。

チレレジェーノ　チレ・ポブラーノ（トウガラシ）の中に引き肉などの具を詰めてチーズとトマトソースで煮込んだメキシコ料理。

にちょっとした手続きさえ乗り越えられないのだった……。孤独は命を絶やしたりしない、なぜなら孤独は命の一部だからだ。そしてもし彼がひとりぼっちなら、それは彼がそう望んでいるからか、もしくは自分自身といっしょにいるだけでもう、生きていくのが難しくなるのにじゅうぶんすぎるからだ。自分のことすら我慢ならない人間が、どうして他人を我慢できようか？

　こうして、広場を取り囲む回廊（ポルタル）に腰を下ろし、人びとが行き交うのを眺めながらビールを飲む。大理石の上には、彼の肘といっしょに新聞もいくつか載っていて、そのそばには読み古された『トリステッサ』が置いてある。太陽がさっさと姿を消してしまったので、人工の明かりが勢力を増し、木々は巨大な影のように立ち上がり、その枝は次第に暗くなる空に溶け込んでいく。欠けた月が高いところで青白く光り、はるか向こうでパトカーのサイレンがだんだん遠ざかり、愛のないセックスと地元で手に入る麻薬に飢えた、休暇を謳歌している学生たちの間を、ドラッグの売人たちが売り歩いている。

　ソカロを囲んでいる建物の回廊はすでに満席で、知った顔を見つけたただひとつのテーブルに、彼女が歩み寄る。

「しばらくご相席してもいいかしら？」

　彼は驚きと不審の入り混じった気持ちで彼女を見つめる。

　無理からぬことだ、なぜなら前に一度だけ挨拶を交わしたときに、彼女にそれは**お優しい**言葉をかけられたのだから（もし、ふたりのそりの悪さを表現するのに、こんなふうな遠回しの言いかたができるならの話だが）。彼がためらって数秒のあいだ何も言わなかったので、彼女のほうはそれを拒絶と受け取った。

「まあ、私なんかと口をききたくないわよね。こないだは、私……」

「いや、そうじゃないんだ、ただ、きみが俺のことをもう一度コケにしようと企んでるんじゃないかと思ってね。またあんな気の利いた言葉を浴びせられたんじゃ、堪ったもんじゃないからな」

彼女は大笑いして、だれも信じないだろうがちょっと顔を赤らめた。あからさまにではなく、せいぜい彼だけが気づく程度に。それで十分だった。

「どうぞ」と彼が椅子を指さして言う。

「ありがとう……それから、先日の夜は本当にごめんなさい。ほら、出歩いたりしちゃいけない日だったのよ」

「俺だったら目覚めの悪いときはベッドから出ないね。やることなすこと全部しくじって、酔っぱらって家に帰り、自分のことが哀れになったりするんだ。そんな事態になるのは避けて、自己憐憫なしでまっすぐ酒に逃げるに限るよ」

彼女は彼の正面に腰を下ろしながら笑う。グラスワインを注文し、けだるさを装い気が散っているふりをして周りを見渡す。彼女の黒いワンピースが椅子の上に浮き上がり、それから降りていって彼女とひとつになる。

「きみは黒曜石でできた花みたいだね」

(悟られないように髪で顔を覆っているが、彼女の頬が染まる。)

「犠牲の血にまみれた」

彼女は微笑んで、彼の肩を軽く叩く。目が輝き、口ごもりながら話題を逸らす。

「で、あなたのかぶってるそのバカみたいなパナマ帽って、何か意味があるの、それともただの飾り?」

彼は大きな笑みを浮かべて左手で帽子を取り、それをじっくりと観察する。「これは親父がプレゼントしてくれたものでね……死ぬ前に……」（笑顔を崩さずにそう言う、まるで笑みが逃げて行ってしまうことを恐れているかのように。）

「まあ」彼女は興味なさそうな声で言う。「私ったら酷いことを……」

「いいんだよ。慣れてるから」惨めそうに唇をゆがめて肩をすくめ、黙り込んでしまう。女性のしぐさやその裏に隠された意味を理解するのは、彼にはとても難しい。じっさい、ただひたすら彼を混乱させるためだけに考えられた策略だと思い込んできた。だから、なぞなぞをして遊ぶよりも、黙り込んでいるほうがましだと思っているのだ。彼はいつも、なぞなぞ遊びでは（間違いなく）負けるのだから……。

＊＊＊

ふたりが店に入ると、ラ・デカデンシアではアシッドジャズのバンドが演奏しており、ＤＪがひとりでターンテーブルを回しているところだった。音は短いリズムで途切れ、つねに変化しながら、このバンド独特の音の響きとテクスチャーと低い音の奇妙な旋律のミックスで、空間を満たしている。ダンスフロアでは、ストロボスコープの光とカラフルなレーザー光の下に、人が群がっている。右側にはソファとローテーブルのあるブースがあり、そこはカップルや若者のグループ、流行のファッションに身を包んだ酔っぱらいでいっぱいだった……。

＊＊＊

（彼女が）繰り返し見る夢

夢の中で夢から覚めると、私は死体安置所の簡易ベッドに寝ている。夢の中で見る夢のことはいつも思い出せないのだが、楽しい夢でないことは分かる。夢の中で夢から覚めるときは、神経がコントロールを失って動揺しているのだ。どんな夢を見ているのかも思い出せないというのに、夢の中で見る夢をどうやったら変えられるだろう。私は死体安置所で目を覚ます。目を覚ましたときに恐怖を感じるのは、見ていた夢のせいなのか、それともそんな、死体を貯め込んでおくための奇妙で寒くて没個性的な場所で目を覚ましたせいなのか？　私はスチール製の狭い簡易ベッドの上で目を覚まし、白いシーツを被されている。シーツの他には何も身に着けていない。金属が私の背中を傷め、全身に棘が生えたように鳥肌が立ち、不本意なことに乳首も立っている……。

伸びをして、まだ暗闇に目が慣れないものの、左側のベッドにだれかが寝かされていることが分かる。少しずつ私の瞳孔が暗闇の中でも形を見分けられるようになってきて、それが男の体だということを理解する――「理解する」という以外の言葉が思い浮かばない――。腕を伸ばし、被せた布の上から、指先で男の体をなぞる。簡易ベッドに座るとスチールが湿る。両手で布を取り去ると、その甘美な死体が私の前で露わになる、美しくて自堕落な……。与えられたその体をためらいもせずに撫で、恍惚としてゆっくり彼の上にうずくまる。墓場のゴダイヴァ夫人みたいな自分を想像する。ゴヤ症候群に罹ったボッティチェリ派のビーナス……。

自分の性器で彼のものを湿らせ、それに触れると私が膨らむ。膨れ上がり……。死体安置所の中で私の外陰部が歓喜の悲鳴を上げる。男の死体は、死んでいるために口をきくこともなく、不能者みたいな受け身の態度で、私の夢遊病的な遊びに身を任せている。動きが速くなる。揺すり、叫び、揺すり、そしてまた叫ぶ。そして自分自身にまみれて目を覚ます……。

＊＊＊

「信じられないな」

「なにが？」と彼女が訊ねる。

「警察のことだよ。袖の下になびかないやつなんて、お目に掛かったことないぜ」

「本当よ。彼、『お嬢さん、賄賂は受け取れません、法の定めにしたがって解決しなくては……』って言ったのよ」

「やっぱり、信じられないなあ。連中のクソみたいな安月給と、こっちも楽な汚職に慣れてることを考えたら、そんな態度ありえないよ」

「もっとも、身障者用のスロープの前に駐車しただけなのよね。まったく、それがだれの迷惑になるってのよ！」

彼はウォッカのグラスの向こうでこっそり微笑んだ。彼女は自分のグラスを飲み干して、ワインをもう一杯注文する。彼が彼女を見つめ、彼女は目を伏せる。ウェイターがボトルを手に戻ってきて、お決まりのやりかたでコルクを抜いて、赤ワインを注ぐ。彼女は明らかに《もう結構よ、自分でするから》と言いたげな態度で、そのパフォーマンスを遮る。彼はほほ笑むが、ウェイターは笑わない。

「いつ亡くなったんだい？」

「母のこと？　二年前よ。私が経済学を勉強し始めたばかりの頃よ」

「経済学者には見えないね」

「経済学者じゃないもの。遺産を全部受け継いでたら、管理しきれなかったでしょうね……。ところで、経済学者ってどんな連中なの？」

「俺の印象では、あくまでただの印象だよ、きみは統計学的な数字とか、費用対効果とか、下落と上昇とか、株とか、金融市場の動向なんかについて考えてはいないね」

「何の心配もないんだもの。毎月じゅうぶんなお金を受け取ってるから。母親が残したぶんと、父親が自分の影を薄くしないために（本人がそう言ってるのよ）私の口座に振り込んでくるぶんとで、じゅうぶんすぎて余るくらいなの。仕事もしてないし、だからといって恥ずかしいとも思わないわ」

「自分で稼いだのじゃない金で暮らしてて、それを自分の金だって言うんだね……」

「まあね……。で、あなたは何で生計を立ててるの？」

「俺もそれほど働いちゃいない……せいぜい生活に必要なぶんを稼ぐぐらいだ。ぜいたくはできないけど、時間は余るほどある。話の分かるやつらは、それこそが人間としての贅沢だって言うよ。幸いにもこの国では、借金は相続されないからな。俺の母親が俺に残してくれそうなものといったら、借金だけなんだよ」

「お母さんは何をしてらっしゃるの？」

「父親が死んだとき本屋を始めたんだ。紙幣を役にも立たない紙切れと取っ換えちまうなんてどうかしてるって、みんな言ったんだけどさ……。耳を貸してくれなくて、あのざまだ。古本を二〇ペソで売りながら、四〇〇〇ペソの家賃を払ってるよ」

「本を仕入れるお金は払ってあげてるんでしょ……」

「いいや。母親が許さないだろうし、だいいち俺に金がない。子どもの頃から、俺に与える金を持ってたのが唯一の間違いだったって言われてきたよ」

「ママはいつも私に画集をプレゼントしてくれたわ。ドラクロワ、ピカソ、ラウシェンバーグ、エルボスコ、ベラスケス、モンドリアンなんかのね……。彼女はピアニストだったけど、絵画を見ると気持ちが落ち着いたり昂ぶったりするみたいだった。平和と暴力、合意と決裂を絵画の中に見出していたのかも。少なくとも、あるときそんなふうに私に説明しようとしていたわ。画家が何にインスピレーションを受けたかにかかわらず、絵画はママのミューズだったのよ。何かの展覧会を見たあとで家に帰ってくると、ママはピアノに向かい、目を閉じて、さっき見てきたことを消化していたわ。それが彼女の創作活動だったの、夕暮れのように儚い。それを録音したり、譜面に起こしたりは絶対にしなかったし、だれも演奏することはなかったわ。あれは彼女のもので、私たちとだけシェアしていたの」

「私たちって？」

「妹と私のこと。ふたつ年下よ。サンミゲルで画廊をやっていて、年金暮らしのアメリカ人どもに水彩画を売りつけてるわ」

「いい商売になるよな」

「ええ、でも最低の生き方ね」

「それを労働者に言ってやれよ……」彼が答える。

＊＊＊

（彼が）繰り返し見る夢

俺はボルヘスの迷宮の中に住んでいる。無限大だ。暗喩の種蒔きと表意文字が、ピラネージの構造物の階段をはい回る。俺が陥っている文法的な混乱は、どこへも行きつかない。言葉が蔓植物のように対義語のあいだをはい回り、主語が唖然として無冠詞でさまよい歩く。所有形容詞をはぎ取られ、ダブルコーテーションのあいだで取り澄ましている。かっこが開いて、省略符が空中に飛び出していく……。分音符号のなかで集団自殺が起き、母音分立が自分自身から逃げ出す。ハイフンがブラケットに変わる。カンマ、スペース。野生のアスタリスクとアクセントがクエスチョンマークのおかげで生き延び、ときどき、道に迷ったアポストロフィーに慰められる。小文字がグーテンベルクの尊大な頭文字に体当たりして闘う……。

延々と続く確定（リターン）が、エサにしている紙を使い切ろうと必死で闘う……。数字は静かに行進する。アラビア数字とローマ数字が表の陰険な目つきを前に不満をぶちまけ、いつも左の列と差し替える準備ができている。音節の分割が秘密裏に行われ、終わりから二音節目の破裂を引き起こす。鋭音の単語（または終わりから二音節目にアクセントのある単語）が気ままに移動して歩く一方で、鈍音の単語は無音に囚われている。正書法は永遠に終わることのない実験だ。書かれた規則が日に日に増え、必ず何か訂正が入る。二重母音と詩形破格と量の副詞が、エル・アルファベットで酒を飲みかわしつつ談笑している。エル・アルファベトは、校正者が怖くて入れないZ通りのバーだ。歩道では酔っぱらいのWが、ラテン語とウィスキーに酔いしれたこの言語の中で、アングロサクソン的な自分は無能だと嘆いている……。

＠がバーに入ってきて、あまりに前近代的なのを目にすると、リモートサーバーに再送されて逃れる。ところが、ウィルス対策ソフトに隔離されてしまう……。システムの命令だ、とソフトが言う。しかし、rはその目撃者ではなかった。信じていたものがいきなり消えてしまうところに、たまたま居合わせただけなのだ。それはコピーライトの記号だった。著作権なんかくそくらえだ！とラム酒を啜りながら「ら」の音を巻き舌で言う。カウンターのうしろでは、この店で冬眠中の二、三人の酔っぱらい相手に、ペソの記号が戦争の逸話を語って聞かせており、ひとりの警官が彼らに、記号論の法を犯しているぞと警告する。酒飲みたちが一斉にわいせつな記号に姿を変え、法の記号表現を破壊しながら、警官に向かって言葉の中指を立ててみせる……。美しいキリル文字が、自分のデザインの周りを気取って歩き回りながら、自動印刷する。繊細な飾り文字、完璧な線。頭のてっぺんからつま先までエレガントだ。ロシア文字は地球上で、歴史上で、宇宙全体で、間違いなくいちばん美しい文字だ……。だから俺はここに暮らしている。この美しい象徴学の前で、自分の夢を文字にし、絶対に文字にできないと分かっているあのことを夢見ている……。

＊＊＊

ラ・デカデンシアを出たときはもう四時を回っていた。パーティーの終わりを受け入れられない人たちのように無頓着に、大声で話しながら歩く。お互いに何もかも分かっているが、ふたりはいっしょにいる――お互いに分かり合えないことが分かっているが、分かり合えないこと自体がふたりを近づけているのだということも、分かっている。確かに、知識や情熱をひとつとおり分かち合ってはいるが、同時に長々と連なる強迫観念が互いに衝突し合い、ふたりを絶えず震撼させる。大きな問題ではない。それどころか、彼が彼女の、彼女が彼の概念を強く揺さぶることに、ふたりは満足感を（というよりむしろ清々しさを）覚えるのだ。

「もう一杯どう？」彼女が無邪気に訊く。

「もちろん」彼が答える……。

彼女は注意深く運転しながら、息もつかずにしゃべっている。初めて大人に耳を貸してもらった小さな子どものようにおしゃべりする。これこそがコミュニケーションだ。自分以外のだれかとも、そっけなくない会話が成立することが分かったのだ。（自分自身が最初で最後のただひとりの話し相手だった。もちろん彼もひとりの「自分」で、自我を明瞭に意識している存在だ。必要とあらば少しは外向的な自分にもなれたが、彼女と同じぐらい絶対的で、自己満足している。完全なものなどなく、何もかもが無と似たようなものだと考えているような人間だけが持ちうる、強いエゴと尊大さと冷酷さを持ち合わせている。誇張された自己の存在――尊大すぎて空虚で、ひどく雄弁な――と彼らだけが抱えている惨めさを、馬鹿正直に目録にしているのだ。自己の存在も惨めさも、どちらも個人的なものである点で共通している。）

夜が明けるころ洋服を脱ぎ始めた。カーテンの隙間から光が差し込み、彼らの波打つ体の上で、木の影が踊っている。唇が唇を貪る。忘れられたジャングルから現れてきた指は、雑草に覆われている。重力の法則では、彼らを別世界へ、それぞれの夢の世界へと運んで高みへと持ち上げていくリズミカルな喘鳴を抑えきれない。彼女の場合は、一瞬だけエクスタシーで死ぬ、幸せな死者たちの甘美な墓場の世界へと。彼の場合は、中立思想という暖かなシーツ、論理が論理ではなくなるその場所へと。孤独という、絹のように滑らかな鎖を断ち切るにはかなりの勇気が必要で、孤独が重要な言い訳になってしまっているときにはなおさらだ……。一方で、彼らの錆びついた性的な機械を動かすには、肉体と精神の両方の努力が必要だった。忘れ去られる運命のあの歯車がすでに錆びだらけになっていたからだけではなく、セクシャリティへの怖れがこのヒト科の動物を苛み、群れや部族や世界から引き離してその存在を沈黙させてしまうのだ。セクシャリティが我々をひとつにするのだし、それこそが我々という種とそのほかの種が共通して持っているものだ。男女の共通要素を切り離してしまうことは、セックスのようないかにも単純で、基本的で、根源的なことの理解を妨げる孤独の中に、自らを縛り付けることを意味する。セックスと呼ばれるものが何なのか理解できない人間は、我々が人生と呼んでいるもうひとつのものの肝心な部分――そして明らかにその礎となる部分――を理解することができない。セックスは人生そのものであり、この点でだけは、快楽主義者と生産性至上主義者の意見が一致するのだ。

＊　＊　＊

エスプレッソメーカーがコンロの上で蒸気を上げ、時計の針は八時一七分を指している。太陽がいつものように山々の向こうに沈み始め、空が真っ赤に染まっていくのが、ふたりにとっていろいろなことを示唆しているように見える。彼はいつものアナーキスト的なジレンマで頭がいっぱいだ。この新しい状況の中で、自由な空間、自律的な領域を、一時的になら確保できるだろうか？　彼女はといえば、武装した自我という厳しい前提条件に打ちひしがれている。ありふれた事物を前にして、こんなにも無防備な自分の純粋さを保つことができるのかしら？　他人であるこの男と、ここまで共有してしまった純粋さを？

午後じゅう雨が降り続き、湿った大地の匂いがコーヒーの香りと混じって、コーヒーに甘みを加えている。同じように、虫たちのたて始めたざわざわした音が、ベートーベンの交響曲第二番やその低い音と調和している。コーヒーを啜り、一本の煙草を分け合って吸いながら、数日前までは最低の趣味だと思っていたようなことを語り合っている。口にするなど夢にも思わなかったような言葉を。だれもが知っているとおり、ああいうセリフは他人が話すのを聞くとひどく気取って聞こえるのに、自分の耳に囁かれたときはまるで黒魔術にかかったように、その独特の無意味な空虚さをかなぐり捨てるものだ。

もちろん、ひねりの効いた皮肉なからかいを込めてそういうセリフを吐くことで、彼が「狙いすました迷い」、彼女が「私の崇高な最期」と名付けたものに味付けをしているのだ。彼らは楽しんでいる、それは間違いない。ルールを説明しなくてもゲームを理解してくれる相手を見つけたので、ふたりで遊んでいるのだ。記憶の中に蓄積された、これまでに読んできたものの断片をつなぎ合わせて、専制君主的な詩を作りながら言葉の公園で遊んでいる……。

初めて、彼らは彼らであるふりをしている。作中では何事も起きない小説やら映画やらを物語る人のように、単調な無秩序さでそれぞれの人生を語る。（きっちりと第一人称を使ってはいるが）他人の人生について話しているかのように、あの「疎外」感の中を彷徨っている。また、自分はもはや今現在分析しているあの自分ではないが、そうかといって前の自分と遠く隔たった別の自分でもないと分かっているがゆえに生じてくる混乱の中で、その感覚を遠くから検証している。ふたりとも、今日の自分はもう、昨日の自分とまったく同じではないと分かっている。何かが変わったのだ……。

「経済学部の学生だったとき、暇を見つけては建築の講義を受けている画家と知り合ったの。あなたと変わらないぐらい、がさつな男だったわ。いえ、もうちょっと自惚れが強かったわね。いずれにせよ、あのころの私にとっては魅力的に映った一連のプロジェクトに、彼といっしょに参加したわけ。今でもいい思い出だわ……。ヒッチコック映画みたいな嵐の夜のことを思い出すわ、あのときはキャンティを飲み過ぎて、もう、魔術的リアリズムと単なるリアリズムの区別がつかなくなってたの。何かしらアルコールの影響があったのね、郊外にまだ残っているちっぽけな村落で、お葬式の即興劇みたいなことをやってみようってことになったのよ……。筋書きはこんなよ――葬列が村の通りを練り歩くうちに、日が暮れて夜になる。（もう一杯注いでくださる？）太くて真っ黒い蠟燭に照らされて、血のように赤い棺を男が六人がかりで担ぎ、一〇人を超す遺族がゆっくりと進む。一ブロック進んだところで、近所の住人（私たちは地元民と呼んでいたわ）が列に近づいてきたの、たぶん知り合いのだれかが死んだんだと思ったのね。ほかの人たちはホットチョコレートをもらおうと思って、またほかの人たちはおそらく単なる興味本位でね。教会に着くと、酔っぱらった四重奏団（カルテット）が葬送行進曲を演奏し始め、棺がそっと床に置かれる。地元民たちは口をぽかんと開けて、その奇妙な葬列が死者を礼拝堂にも入れずに前廊に置きざりにするようすを見守るの、それになぜ楽団が演奏を止めないのか、だれにも分からない。そしてみんなの視線が棺に集まったとき、蓋が開いて死者が不気味に立ち上がるのよ……。『死者』の役は私だったの……。ポーの花嫁みたいに長い白いドレスを着て、黒いベールをかぶって靄とともに現れ、棺からは大量の蛾が飛び出して。私のおなかからは偽物の血が吹き出し、架空の言葉でこう唱えたわ。

Ish met vr'uum d'frezsh
Mortum xkit'eg dychbu
Lwr-mhut dredren zuim
Linhjka quong frum'ja」

「なんだかシュブ＝ニグラスのセリフみたいだな……」

「邪魔しないでちょうだい、あなたってビブロフィリアよね。あなたの最後の相手って、きっと本だったんでしょ」

「まあ、最後に俺の相手をしたのはきみだけどね……。もちろん、あんなひどいのをセックスって呼べるならの話だけど」

「ハ、そういうのをユーモアのセンスっていうのかしら？」

「いや、愛のセンスっていうんだよ……」からかうように答える。

彼女は「なんてきざなやつ！」とでも言いたげに天井を見上げる。だが、顔を赤らめて、彼に撫でてもらおうと手を伸ばす。彼女の眼差しに苛立ちはない。むしろ、その瞳には羊のような従順さだけがあり、思い出を産み落とさんばかりに瞳孔が開いている。

「ほかのみんなは、それぞれの衣装を脱いでから、おびえた野次馬たちに交じって写真やビデオを撮り合っていたわ。私は（薄暗くなった空に向かって手を上げて）あの世の祈りを唱え続けた――こうして、とっても歌姫っぽく――、すると地元民たちがこれは悪い冗談なんじゃなかろうか、と思い始めたのよ……。じっさい、深層のメキシコ（メヒコ・プロフンド）*と呼ばれてるあれが、なんでそこまで賞賛されるのか、私には分からないわ……。野蛮人の大群……。私たちをリンチにかけようとしたのよ！　芸術活動をしていただけの私たちをよ‼」

彼はたまらず大笑いしてしまう。女というものは台所に大量のものを積み上げるものだが、それを架空のチャチャチャのリズムに乗って震わせたり揺らしたりするような勢いの笑い方だ。大声の馬鹿笑い。拳でテーブルを叩いたので（あとで彼が言うには、笑いが止まらなくてそうせざるを得なかったんだそうだが）、メスカルのボトルがきれいな放物線を描いて吹っ飛び、床に落下した。そしてその愛すべき中身が、すっかり空っぽになってしまったのだ。

彼女は笑い続けながら彼をバスルームに引きずっていく。彼は抵抗するそぶりをしてみせるが、やはり笑いながら素直に彼女についていく。彼女はこれからどういうことになるのか自分は分かっていないと思い、こうして身も心も魂までも――魂はつねにそこにある腐った欠如だわ――完全に酔っぱらった状態ですら、かろうじてものを考えられるのだということを知る……。ふたりとも酔っぱらって、ひどくふらふらと歩き回る。彼も同じだ。頭の周りをわけの分からない世界がぐるぐる回り、ほとんど残っていないしらふの神経細胞に向かって実体のない鉤を振り上げ、引っ張り、シャワールームに入る前の彼をよろめかせるのに成功する。湯はぬるい。彼女は彼に背を向けて洋服を脱ぎ、彼のほうに向きなおるときに腕で胸を隠す。彼はシャワーの下で回りながら体を濡らし、息を荒げて頭を激しく振る。彼

深層のメキシコ　メキシコの文化人類学者ギジェルモ・ボンフィル・バタージャが著書『深層のメキシコ――否定された文明』（一九八七年）で使った概念。メキシコ社会にあって重要な位置を占める先住民族は、社会の主流を占める欧米文明を上位に置く価値観の中で、その存在と文化を否定されてきた。著者は、先住民族の文化の豊かさ、農業中心の経済、伝統・習慣・祝祭の在り方など、表層には現われない先住民族文化を中心に据えた社会モデルを提示して、大きな反響を呼んだ。

「インディアス群書」通信 16

2018年6月

現代企画室

本書の周辺事情および周辺の人びとについて

「インディアス群書」編集部

一

一九九二年末、編集子は或るNGOが企画したキューバへのスタディ・ツアーの引率者として、初めてキューバを訪れた。一週間強、一〇数人の一行と共に、ハバナを中心として各地を歩いた。貿易・物資供給上の頼みの綱であったソ連崩壊から一年、ひずみはあらゆるところに表われていた。ガソリン不足で、庶民の足であるバスはほとんど運行していなかった。ツアー一行と共にいた時には、旅行社の取り計らいで辛うじてマイクロ・バスが確保されていたが、帰国する一行と離れて私がひとりハバナに残って以降は、利用できる「足」をまったく失くしてしまった。さして広くはないハバナの街を、ともかく歩くほかはなかった。暑さだけは堪えた。

或る日「カサ・デ・ラス・アメリカス」（アメリカの家）という文化センターを訪ねた。

最近ではいくらか知られるようになったが、この場合の「アメリカ」とは、もちろん、日本でいう「アメリカ合州国」を意味しない。本文解説にも記したように、キューバ独立の使徒、ホセ・マルティによれば、アメリカ合州国、すなわち北アメリカとは「彼らのアメリカ」であり、ここで使われているのは、カリブ海域と南米全体を指して「我らのアメリカ」という意味をなす。

あと五年も経てば、「モンロー教義」宣言から二〇〇周年の年を迎える。一八二三年のあの時は、米国大統領モンローが「アメリカはアメリカ人の手に」と主張した。一八一〇年代から二〇年代にかけて、スペイン植民地支配下のアメリカ大陸各地では独立運動が高まった。スペインはこれに対して、ヨーロッパの神聖同盟の助力を得て独立の動きを鎮圧しようとした。米国はこの機を捉えて、新旧両大陸間での相互不干渉主義を唱えたのである。米国が、この地域に対するヨーロッパ列強の影響力を徹底的に消し去ろうとして使った教義「アメリカはアメリカ人の手に」の真意は、「アメリカ大陸全体を米国人の手に」だった。その後の歴史は、「モンロー教義」が目論んだ通りの道を辿った。それから一三〇年有余が経って、一九五九年革命後のキューバは、そのような「アメリカ」の意義づけを逆転させようとしたのだ。「カサ・デ・ラス・アメリカス」とは、革命直後に設立されて、そんな思いで名づけられた文化機関だ。

ここで発行している *Casa de las Americas* という季刊の機関誌を私は購読していた。キューバとラテンアメリカ全体の文化状況（文学・思想・哲学）を把握するうえで、とても役立つ雑誌だった。また、この機関は出版部門ももっていて、注目すべき小説や思想書が発行されていた。

広くはない書籍売り場には、一〇〇種類ほどの書籍が並んでいた。興味のあるものを一〇冊ほど選んで、買った。領収書を乞うと、売り場の女性は「紙がないので」と言いながら、しばらくあちこちに目をやり、最終的には自分のノートを一枚破って、書いてくれた。紙不足の深刻さを思い、罪深い要求をしたものだと悔いた。*Casa de las Americas* 編集長のロベルト・フェルナンデス・レタマルが居合わせたので、しばらくの間話しをした。チェ・ゲバラがボリビアで殺された後、私は仲間と共に編集・発行していた『世界革命運動情報』（レボルト社）で、ゲバラの追悼特集を編んだ。定期購読していたキューバの『ボエミア』誌に、「チェ・ゲバラの思想のために」と題するロベルト・フェナンデス・レタマル名の論文が載っていた。それを翻訳し、同誌一四号（一九六八年一〇月）に掲載したことがあった。確かな手応えのある論文だった。その後は、送られてくる *Casa de las Americas* 誌を見て、ロベルトが編集長を務めていることや、『キャリバン』と題する、思想史上で世界的に有名な著作もあることを知った。さらに後年知ったところでは、レイナルド・アレナスのような、革命の在り方に批判を抱いてキューバを去った作家からは、ロベルトは「スターリン主義的な文化官僚だ」との指弾を受けていることなども。（加えて言うなら、彼の著作『キャリバン』の翻訳を、二〇一九年にも現代企画室から刊行する予定である。古屋哲＝訳）

二

しばらく話した後で、ロベルトは、案内しようと言って、私を編集長室から館内に連れ出した。図書室へ行くと、司書のカウンターへつかつかと近寄り、そこに座っていた女性を「チェの娘さんだよ」と言ってから、「ここにも日本人がいたと思うだろ？」と付け加えた。当時の私はカネックの存在を知る由もなかったが、それがカネックの母親のイルディータだった。イルディータの母であるイルダ・ガデアはペルー出身で、写真で見ると確かに先住民族の顔立ちも受け継いでいる。イルディータは、まっすぐに、その血を引いたようだ。穏やかで、東洋系の顔立ちをした、物静かなひとだった。話をしたいと思わないではなかったが、あまりに咄嗟のことで、こころの準備がない。本人のことをよくは知らぬまま、チェ・ゲバラの娘だということだけで、いろいろと話しをするのは失礼だろうと思って、挨拶がてらの言葉を二言三言交わしただけに終わった。それから三年後に、イルディータは癌で亡くなった。父親のチェ・ゲバラと同じく、享年三九歳だった。

イルディータには、次のようなエピソードが残っている。「革命の初期の頃、イルディータは、ビートルズのレコードを、最も小さな音にして聴いていた。隣の誰かの耳に留まったら、〈反革命〉の烙印を押されて密告されることを恐れたからだ」。これを書いたのは、エドゥアルド・ジョルダーというスペインのジャーナリストだ（「カネック・サンチェス・ゲバラ――無国籍のカミュ」、『ABC文化』二〇一六年一一月一五日付、マドリー）。

ここでいう「革命の初期の頃」は曖昧な表現で、これ以上の時期の特定はされていない。イルディータの年齢と、キューバにおける生活史を重ね合わせて見ると、それは一九七九年から八〇年にかけて、五歳になったカネックとイルディータだけでキューバに戻って、ハバナのミクロブリガーダで暮らした日々のことと推定してよいだろう。ミクロブリガーダは集合住宅だから、「革命防衛委員会」という名の〈相互監視の隣組〉システムがもっとも有効に機能する場所であっただろう。この時期は、本文解説で触れた作家エベルト・パディージャ表現弾圧事件を契機にして、革命軍がこの「整風運動」（中国革命の過程で使われたこの用語をご存じない世代が生まれていよう。「反対派に対する粛清運動」の意である）の先頭に立ち、表現者の「萎縮」が始まってから一〇年近くが経った段階である。八〇年には、ハバナ市のペルー大使館に詰めかけた一〇万人以上の人びとが出国した年でもある。このような時代的な背景がある以上は〈反革命〉に対する監視と警戒が頂点に達していたであろう時期のもの

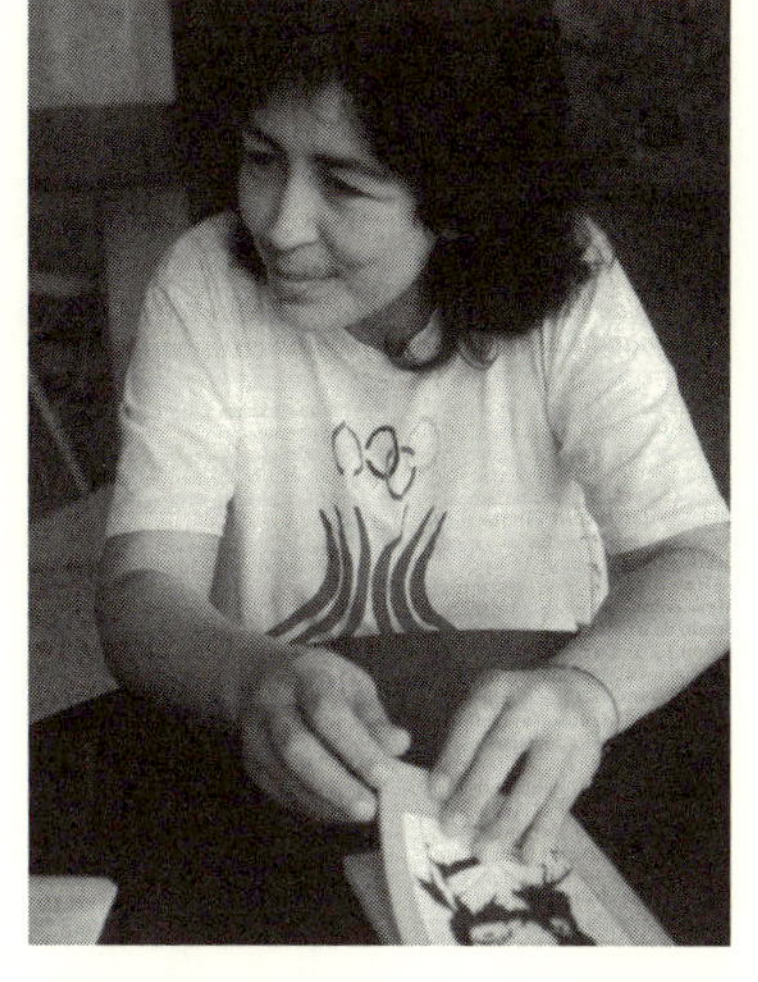

メキシコの雑誌 *cambio* のインタビューを受けるイルディータ

として、ビートルズのレコードに関わるこのエピソードはありそうな話だが、やはり、こころが痛む。

　因みに、二〇〇三年制作のキューバ映画（スペインとの合作）、フェルナンド・ペレス監督の『永遠のハバナ』は、ハバナに暮らす一二人の庶民の日常を描いて心に残るドキュメンタリーの秀作だが、そこにはブロンズ像のジョン・レノンが登場する。二〇〇〇年一二月八日、レノンの二〇周忌の年に、新市街にある公園で除幕式が行われた。像の下には「人は僕を夢見る人というかもしれない。けれどもそれは僕だけじゃない」と「イマジン」のフレーズが刻まれている。除幕式から間もなく、レノン像が掛けていたメガネが盗まれたこともあって、人びとは自発的に、交代で、徹夜をして像の見守りをするようになった。翌朝、次の見張り人が珈琲を手に現われる。徹夜していた前任者に珈琲カップを渡して、労をねぎらう。これが繰り返されていく……。ビートルズ解散後米国を本拠にソロ活動を続け、反戦・平和の言動が多かったジョン・レノンに対してキューバの人びとがもつ感情には特別なものがあるのだろう。ビートルズとレノンをめぐるこの二つのエピソードは、本書を編集していた間じゅう、私の中にあっていつも一対となって思い出される。異邦の文化・芸術の受容に関して、キューバ自体も徐々にではあれ変化している証でもあるのだろう。

　イルディータのエピソードを語る、もう一人のジャーナリストがいる。イギリスの（だと思われる）フィル・ダヴィソンである。

「私は、一九九五年、ハバナの病院に入院中のイルディータにインタビューを行なった。彼女はその直後に癌で亡くなった。彼女は、チェ・ゲバラがボリビアで殺される直前の、一九六七年の或る日、〈フィデル伯父さん〉がチェからの手紙を読み聞かせてくれた、と言った。そこには、『私がたたかいに斃れても、泣いてはいけない。理想のために死ぬ人間に対しては、泣かないものだ』と書かれてあった」。

「別なインタビューで、彼女は言った。『キューバ革命は救い出され得るはずです。でも、どうやって、ということが私にはわからない。私にとって、夢は死んではいない。それは、今は、休眠状態か凍結状態かもしれない。共産主義は、時勢に遅れずについていくことには失敗した。私が望むのは、人間の貌をした共産主義体制なのです』」（「カネック・サンチェス・ゲバラ――反カストロの異端派になったチェ・ゲバラの孫」、『インディペンデント』紙二〇一五年一月二九日付、ロンドン）。

　キューバへ向かう前に寄ったメキシコで、私は雑誌 *cambio* 第一〇九二号（一九九二年一〇月二六日発行）を買い求めていた。それは「チェの死後二五年」特集号で、そこにイルディータとのインタビュー記事が掲載されていた。記者は「過剰なまでに内気な人」とのイルディータ評を書いていて、「父親のことだけを語る」

という条件でインタビューを引き受けてくれた、とあった。その方針をイルディータは貫いて、ソ連崩壊の直前から始まった「〈特別期間〉という困難さの渦中にあるキューバの現在をどう見ているか」という最後の質問に対しては「父のことだけを話すという約束になっています」と撥ねつけている。その胸の底には、共産主義の理想とはほど遠いキューバの現実に対するやるせない思いが渦巻いていたのだろう――『インディペンデント』紙のインタビューに答えた文言をいま読んでいる私は、そう推測する。そして、限りない懐かしさをもって、「カサ・デ・ラス・アメリカス」の図書室で彼女に会った時のその相貌を思い起こす。

三

「カサ・デ・ラス・アメリカス」では、もう一人の人物にも会った。出版部門の責任者の女性である。私は、チェ・ゲバラの未発表文書への関心を持ち続けていた。ゲバラは一九六五年四月キューバを出国し、コンゴの解放闘争支援に赴くも、さまざまな理由で挫折した（その経緯は、パコ・イグナシオ・タイボⅡほか『ゲバラ　コンゴ戦記１９６５』（神崎牧子＋太田昌国＝訳、現代企画室、一九九九年）で詳しく語られている）。その後はタンザニアのダルエスサラームにあるキューバ大使館やチェコスロバキアはプラハの隠れ家で総括の日々をおくり、やがてキューバへ短期日寄り、ボリビアに入国したのが六六年一一月だった。その一年半の間、彼は経済学研究に没頭したとの情報が、どこからともなく伝わってきていた。第三世界とのソ連の貿易の在り方を批判したアルジェ演説（一九六五年二月）や論文「社会主義と人間」（六五年）に接続するような、次なる展開が試みられているのではないか。それをぜひ読みたいというのが、私の希望だった。その論考が存在しているなら、「社会主義と新しい人間」をめぐる新たな論文集を編集できるかもしれない、と。

　出版部門責任者の話では、確かに、チェ・ゲバラの未公表文書の編集は行なっている。だが、経済学関係では論文としてまとまったものは少なく、メモ的なものや読んでいた書物に書き込んだ評註が多い、それは書き文字なので、それを解読するには身近にいた妻のアレイダ・マルチなど少数の人びとの力に頼るしかなく、時間がかかっている――ということだった。いずれにせよ、必ず刊行はするから待っていてほしい、と彼女は言った。

　この辺りの事情は、エルネスト・チェ・ゲバラ『マルクス＝エンゲルス素描』（太田昌国＝訳・解説、現代企画室、二〇一〇年）の「解説」に書いたが、それとある程度重複せざるを得ない記述を続ける。

　一四年後、一冊の本が刊行された。

Apuntes Críticos a la Economía Política, editado por María del Carmen Ariel García, Ocean Press, 2006, Melbourne.（マリーア・デル・カルメン・アリエル・ガルシア編『経済学評註』、オーシャン・プレス、メルボルン、二〇〇六年）である。目次を掲げておく。

編集者の覚書
序文「社会主義的過渡期をめぐるいくつかの内省」
試案
この本の必要性
マルクス＝エンゲルス素描
有名な書物：ソ連科学アカデミー編『経済学教科書』の教義に関する一〇の質問
【付録】
1　マルクス主義の経済＝哲学著作に関する批判的なノート抜粋
2　工業省で行なわれた会議議事録抜粋
3　書簡
アントニオ・ヴェントゥレーリ宛、一九六二年一一月一九日付
シャルル・ベトレーム宛、一九六四年二月六日付
ホセ・メデレ・メストレ宛　一九六四年二月二六日付
レオ・ヒューバーマン＋ポール・M・スウィージー宛一九六四年六月一二日付
シャルル・ベトレーム宛　一九六四年一〇月二四日付
4　カイロのエル・タリフ紙（「前衛」）とのインタビュー抜粋、一九六五年四月

「試案」を見ると、準備段階のまま未完に終わっているものが多かった。他者の書に対する「評註」や工業省の会議での発言にしても、いずれも断片的にしか拾われておらず、このまま翻訳しても意義は小さい、と判断した。『マルクス＝エンゲルス素描』のみを、先に記したように、新書版で刊行した。

　残念ながら未完に終わっていると言わざるを得ないこの『経済学評註』に前後して、関連する二冊の重要な書物が他者によって刊行されている。

Orlando Borrego Días, *Che : el Camino del Fuego*, Imagen Contemporánea, La Habana, 2001.（オルランド・ボレゴ・ディアス著『チェ——銃火の道』、イマヘン・コンテンポラネア社、ハバナ、二〇〇一年）

Helen Yaffe, *CHE GUEVARA : The Economics of Revolution*, Palgrave Macmillan, London, 2009.（ヘレン・ヤッフェ著『チェ・ゲバラ——革命の経済学』、パルグレーブ・マクミラン社、ロンドン、二〇〇九年）

　前者のオルランドは、工業省で仕事を共にして以来、ゲバラが全幅の信頼を置いてきた人物であり、『資本論』講読サークルの仲間でもあった。工業省をはじめ経済分野でのチェ・ゲバラの発言と足跡を跡づけるとともに、四〇年有余にわたって保管・封印してきた関連資料も公開した労作である。後者のヘレン・ヤッフェは、現在イギリス・グラスゴー大学で社会経済史

の教鞭をとる研究者だが、キューバの資料館で広範な資料の渉猟を行ない、経済に関わるゲバラの発言と活動を身近に知る人びととの膨大なインタビューによって裏づけられた一書を成した。さながら、経済に軸を置いた「キューバ革命五〇年史」の趣きがあり、これまた得難い書である。ヘレンは、キューバで最高指導部の交代があったこの二〇一八年四月にも、BBCやアルジャジーラからのインタビューに答えて、事態の解説を行なっている様子をネット上で見ることができたから、キューバ研究を持続しているのであろう。

ゲバラの『経済学評註』に加えて、オルランドとヘレンの書も参照しながら、ゲバラが亡くなる直前に持っていた問題意識を箇条書き的に整理してみる。

1　キューバは大きな市場も持たず、国際的な労働分業を活用するわけにもいかない、孤立した小さな島国である。それが社会主義の冒険に踏み出すのは史上初めてのことだが、それだけに、従来の社会主義国にはない経験に基づく貢献ができるかもしれない。われわれの特徴は、低開発状態からの叫びであるということだ。

2　低開発と言えば、フランツ・ファノンの『地に呪われたる者』は、この問題を深く追究している。被植民者の観点からそれを行なっている点に独自性がある。「先進国」の理論家の場合は、たとえ帝国主義者の上着を脱ぎ棄てたとしても、帝国主義的発展と経済的植民地の不可避的な関連を見る歴史的視点の厳密性を欠く。また、社会主義諸国と低開発諸国との関係を批判的に分析する視点を欠く点にも留意しなければならない。(筆者註：ゲバラはキューバ版『地に呪われたる者』の序文を執筆する予定であった。それは叶わぬ夢に終わった。)

3　資本主義体制の不正義なること、その理由はいくつも挙げることができる。にもかかわらず、資本主義がその中軸を成す企業活動を通じて蓄積してきた技術的および管理運営上の「成果」を、われわれが活用することを躊躇してはならない。

4　生産力を向上させる量的な課題と共に重要なことは、人間の意識と社会的諸関係を来るべき共産主義社会に向けて準備するという質的な課題もあることだ。われわれは貧困ともたたかうが、同時に疎外ともたたかうことに常に自覚的でなければならない。

5　雇用の保障、教育・職業訓練・医療の無償制度化、食糧配給制度、物価凍結など、資本主義社会ではあり得ぬ保障を享受し始めた労働者のなかから、怠惰による欠勤が目立ち始めた。この倫理の欠如の問題こそ、革命の核心に関わる重要事だ――こう語ったゲバラは、前年に訪問した中国に関して、中国民衆のモラルの高さとつましい生活状況に触れる。「怠業の問題は、生産コストへの影響だけには終わらない。キューバ革命に連帯して物資を送るために努力している中国の民衆のことを思うという倫理の問題なのだ」。

6　人びとが、多様な各自の考えに基づき、多様な各自の確信を持って、社会が取るべき大きな集団的努力の一員であると感じられるような方向性を追求するためには、「生産の集団化」と「労働者の参加」が不可欠である。その意味で私（ゲバラ）は「人びとをゲリラ兵士のように扱い、厳格な規律を求め、討論を欠いて、まるでゲリラ・キャンプにいるようなふるまいをしてきた。人びとに接するすべを知っているフィデル・カストロに比して、自分はキャバレーも、映画も、ビーチも知らない。家庭にもいない。キューバの人びとの暮らしを知らず、統計と数字と概要に埋もれていた」と語って、自己批判したこともあった。

7　一九五〇年代のソ連で出版され、世界中の左翼運動圏で学習会テキストとして使われた（キューバでも一九六三年に翻訳・出版された）ソ連科学アカデミー編『経済学教科書』の理論的欠陥は無視できない。国際的には被抑圧民族と抑圧民族の間に、一国的には都市部住民と農村部貧農との間に横たわる矛盾に目を向けていない。ソ連は二〇年も経てば資本主義に回帰しているだろう。

8　将来的には、オートメーションとエレクトロニクスの時代が到来することを重視すべきだ（一九六二年段階での問題意識）。

四

年齢的にはゲリラ兵士として活動する限界点が近づいていることを自覚していたであろう三〇代後半のチェ・ゲバラが、理論家としていかなる問題意識を持っていたかは、ここに明らかであると思われる。だが、それを書き残す時間を持たないままにゲバラは死んだ。私たちは、この先に切り拓かれたかもしれない理論的な地平を知ることができない。そして、資本主義社会にはあり得ぬものだとゲバラが言う社会保障的な諸制度は、キューバにおいて確かにいったんは実現したのであろうが、カネックが無念の気持ちを込めて言っているように、その後の過程でそれらは「機能していない廃墟」と化して、今日に至っているようだ。

「社会主義と新しい人間」に関するチェ・ゲバラの著作を、新たに編集しなおして出版するという当初の企画は、かくして実現できなかった。その後長い時間が過ぎたが（本シリーズの大幅な刊行の遅れは、ひとえに私たちの力不足のゆえで、申し訳ない）、持ち続けてきた関心の延長上でカネック・サンチェス・ゲバラと出会い、人類史の核心的な問題に新たな光を当てることができたことを、控えめな喜びとしたい。

（二〇一八年五月五日）

女は下から上へと体を少しずつ濡らしていく。髪は濡らさない、今日は。ふたりは見つめ合いながら、お互いの体に手を滑らせて石鹸を付けていく。ようやく温かくなってきた湯を浴びながら抱き合い、長いあいだキスをする……。

＊＊＊

「ああいうのをいい思い出って言うのか?」彼はゴミ箱にコンドームを投げ入れながら訊ねる。

「何ですって!?」彼女はそれが飛んでいくのを目で追いながら、甲高い声を上げる。

「あの頃には素敵な思い出があるって言っただろ……」

「『素敵な』なんて言ってないわ」彼女は口ごもりながらまくしたてる。

「分かった、分かった……『いい』って言ったんだよな。つまり、リンチに遭うところだったことの、どの辺がいい思い出なのかなと思ってね。事件に巻き込まれるのはわくわくするものだって分かるよ、けどな……」

「よしてよ! あなたのこと、無関心さにかけてはプロ級だと思ってたのに、がっかりだわ。さあ正直に言って、どこかの軍にでも属してるのね?」

「俺は偉大なる無に仕える傭兵なんだ」

「言葉遊びが好きなのね……」

「俺の質問に答えてないよ」

「何だったかしら」

「思い出のこと」

「ええ?」

「もう眠くて死にそうなのかい?」

「ついさっきのあのことを言ってるの?」

「何だって?」

「私たちよ」

「言ってる意味が分からないよ」

「そうなの?」

彼女は彼の目をじっと見つめながら話す——厳しいが繊細な眼差しだ、と彼は思う——。指を伸ばしてきて無駄毛の生えていない胸を撫でる。彼も同じようにして見つめる。指で赤い胸の先をそっと撫でて、彼女のことを眺める。ふたりとも、自分の中にとてつもなく奇妙な感じを覚える。自我を弱めると同時に強くする何かを。自分自身の前で自己紹介する異邦人のようなものだ。つまり、明白なのに目には見えない……。


「ある雑誌の編集をしてた、鬱陶しい男のことも覚えてるわ。実際はインテリぶってるファン雑誌みたいなものだったんだけど、都会のサブカルチャーの数ある副産物のひとつでしかないようなね。けどその男は大得意で、それだけでも、もうなんだか、ちょっとね。はじめ知り合いになったときは、気に食わなかったからほとんど相手にしなかったの——よくいる軽い男だったのよ——。数週間のうちに絵(彼に言わせれば『イラストレーション』だけど)を何枚か送ったら、それを載せてくれたの。次の号では私の詩を掲載したのよ。そのあとは、短編も。あの雑誌用に、最初で最後のエッセイも書いたわ。ダニエル・デフォーの『ペスト』についてだった。もちろん、その編集者自体は全然気に入らなかったから、会いに行ったりしなかったわ。いつも共通の女友だちに頼んで、ものを届けてもらってたんだけど、うまくたらしこんでくれてたわ……。どんな男か想像できる？　典型的なポストモダンの『インテリ』よ、アル中で、ジャンキーで、ファンが脚を開いて自分の知識を褒めちぎってくれるのに慣れているの……。何から何までうざったい男よ」

「マルティネス・レンテリーアのことを言ってるのか？」

「いやだわ、まさか。あいつはセグレガドとかいう名前だったわ……いや、セヒスムンドだったかしら、覚えてないわ。姓はミランダというのよ」

「何だって！　ブーロと知り合いなのか？」

＊＊＊

彼はひとりで歩いている……。じっさい、通りはそれほど狭いわけではないが、細長く伸びた影のせいでそんな感じを与える。重そうな舌を引きずりながら、彼の脇を一匹の犬が通り、尻尾を振って愛嬌を振りまいてくる。背中を撫でてやる。次の角で立ち止まり、信号が緑に変わるまでのあいだに煙草に火を点ける。フィルターなしの黒煙草で、青いパッケージのあれだ。輸入品の。

左右を確認せず、煙草を口に咥えて、太陽を目に映しながら、うわの空で道を渡る。反対側の歩道に着けば日陰に入れる。激しいブレーキの音、叫び声、続いて鈍い衝突音が聞こえる。小さな子どもだった。車はスピードを上げて子どもの頭を轢いていき、その瞬間――ほとんど一ミリ秒ぐらいのあいだに――彼の目が運転手の目と合ったが、あっという間に見えなくなる。二ブロック先で、その車は左に曲がる……。

彼は足を止め、煙草が地面に滑り落ちる。大量の血が流れている、そしてあまりにも赤い……。すぐに母親たちやほかの子どもたちが、露天商たちが、それに自転車に乗ったひとりの警察官が寄り集まってくる……さっきまでのんびりした通りだったのに、一瞬にして悲しみの一大市場に姿を変えてしまった。ここには賑やかさも、売り子の呼び声もない……。売り場のようすを間違ったふうに再現した悲鳴や泣き声、悪態をつく声、質問する声があるだけだ。彼はのろのろと歩き続け、目立たないように通り過ぎようとする。想像するに数分前まで元気でいたずらな子どもだった体が、今では折れた骨と血と潰れた物体の塊になってしまった。もう一本の煙草に火を点け、どこかへと走っていく女の子をよけると、歩道に捨てられていたビールの缶を蹴ってしまう……この缶もまた潰されている。

笑おうとして、歩みを速めた。笑いたかったが、その場所でそのときには笑いは禁じられていると分かっていた。

ひとりきりになるとすぐ、痩せた体を落書きの書かれた壁にもたせかけ、一度大きな笑い声を上げ、それから二度、三度と続けた……。なぜなのかと考えもしなかったし、そんなことはどうでもよかった。それは反射的な行動だったのだ……呼吸と同じような。

セントロに入るころには日が暮れてきた。車はライトを点け、夜の喧騒が再び聞こえ始める。ゆっくりした足取りで、エル・ペド・コン・プレミオという名の小さなバーに向かう。

名前に反してかなり清潔な店で、そこらで数人の少年たちが上手にダンスを踊り、店じゅうにかわいらしい娘たちがいて、適度な大きさでエレクトロニカを流している。カウンターの前に腰を下ろし、黒ビールを注文してから、今日一〇本目の煙草に火を点ける。ふだんならこんなに吸わないのだが、今日は……。

ウェイターが彼にビールの瓶を渡すと、ベンチの上で体をひねって右肘をカウンターにつく。店の中を見回すと、見知らぬ人と目が合ったり、奇妙な身なりの人が目についたりする。突然、目の前に彼女が現れた。

「遅くなってごめんなさい」彼女が声をかける。「元気？　だいぶ待った？　渋滞にはほんとうんざり……この街じゃだれもまともに運転できないんだから……」

「元気だよ……いいや……俺もその通りだと思うよ」

「何なの？」

「きみのふたつの質問に答えてから、そつのないコメントを付け足しただけだよ、きみのさっきの意見に対して、ほらあの……」

「ええ、ええ、分かってるわ……私が言いたいのは、いったい何があったの、ってことよ」

「ついさっき人殺しを見たんだ……」

「人殺しって、あの人殺し？」

「人殺しってあの人殺し、だって？　他にどんな人殺しがある？　いったい何が言いたいんだよ」不機嫌そうに彼が答える。

「だれかがほかの人を殺すのを見たわけ？　それが知りたいのよ」

「男が、七歳ぐらいの男の子の上を車で通り過ぎるのを見たんだよ……俺には、わざと轢いていったように見えた」

「事故じゃないの？」

「最初ぶつかったときは事故だったんだろうよ、たぶん避けられなかったんだ。けど二回目は……なあおい、あいつ加速したんだぜ。ほんとに、あの子どもを轢いていったんだ。あいつの目を見たよ。憎しみも怒りもなかった、ただ恐怖だけだった。視界をうんと遠ざけてしまい、目の前のすべての現実から思考を逸らしてしまうあの恐怖だ。自意識を破壊し、脳みそから道徳をすっからかんにしてしまう、盲目でエゴイスティックなあの恐怖だ……」

「その人、道徳観念がなかったのよ、たぶん……。教えて、あなたは何を感じて何を考えたの？」

「ふつう『考える』といわれるようなことは、何も。俺が感じたことは、眩暈だけ……。そのあとは、笑いたくてどうしようもなくなったんだ。けれど何より、心の奥のほうがひどく空っぽに感じた。存在していない痛みというか、痛みがない、まさにそのために痛むというか……。車にすら注意を払わなかったんだ、ナンバープレートにすら。あそこにいたときの俺は抜け殻みたいなもんだった、俺自身があの死の光景をなんてことのない無意味なものにしてしまって、それに立ち会っていたんだ……」ビールの残りを飲み干して、ウェイターにメスカルを二杯注文する。「俺は足が震えてたよ。胃は空っぽなのにいっぱいな感じで……頭の中は真っ白だった、観ている映画の意味が分からなくて、それについて考えるのをやめてしまった人間みたいな……。知性の怠惰。俺の状態に名前を付けるならそれだ。考えてはいなくて、分析することなくただ出来事のあいだを行ったり来たりして、それから……そうだな。自分のことがまるで、ニュース番組に出てるあの阿呆どもみたいに思えたよ。自分の話してる言葉の意味すら理解せずに、つねに微笑を浮かべて、情報を伝えているあいつらみたいにね」

自家製のメスカルをちびちびと啜る。メスカルが注がれた琥珀色のショットグラスには店のロゴが黒でシルク印刷されていて、酒の表面には真珠のような泡が並んでいるが、通に言わせればこれは良いメスカルだという証拠なのだそうだ。「緊急用のハンドブレーキを引けないというのは恐ろしいことだよ……。役に立てないことほど、惨めな気持ちにさせられることはないよ……行動するのが恐ろしいんだ……。自分がコントロールできないとか、どうコントロールしたらいいのか分からないような状況に陥ったせいで怖くなり、打ちのめされ、苛まれ、不安にさせられるんだ……。俺はただ逃げだすことしかできなくて、そんなことは何の役にも立ちゃしないんだ」

「邪魔をしないということが大事なこともあるわよ……」彼女がアドバイスする。彼は唇をゆがめる。彼女は煙草に火を点けて、優しく彼の頬を撫でる。彼女の目の前で嘆き悲しんでいる（ブーロなら《であるという動詞のクソ活用》というであろう、《もしも……だったなら》の果てしない連鎖を言い表すのにこれ以外の言葉などみつからない）、この男を包み込んでいる動揺は理解できるし、理解できるというだけでは足りないことも分かる。自分の経験から、何もできないという猛火を消すことができるのは、するという動詞を使うことだけだと分かっているのだが……虚しさに慣れてしまっている人間ができることは具体的に何だろう？

「このこと全部、文章にしてみたら？」

「何を文章にするって？　俺の体験についてのお話か、死んだ子どもに捧げる詩か、運転手への頌歌か？　いったい何を書けっていうんだ？」

「行動できないことについての何かよ」鼻孔から煙を吐きながら、彼女が言う。

＊＊＊

　実行されなかった行動とは、個人の内側で起こるあの行動、役立たずな人間の錯綜した思考の中にだけ存在する行動だ。すなわち、夢の中で行うこと、自分の中で自分のために存在すること、無意識で一貫性なく在ること。それは、役立たずの最終段階であり、ぽっかりと開けたその場所で、苦々しさと、生きることへの拒絶が再生産される。何もしないことをするという、それ自体が矛盾をはらんでおり、人間をそそのかして人生の現実的な問題に対応できなくするが、生きられなくなるほどではない。ただ生きているだけで、それはすでにひとつの行動であるからだ。役立たずは鏡の前で、この上なく入り組んだプロジェクトをひねりだす。そして自我を奇妙な具合に捻じ曲げて、絶対にしそうもないことをしている自分を見ているのだ。こうして、人は何もしないということをする。頭の中で行動し、自分の神経を使って行動の山を築いていくが、その行動を生み出す脳みその外側では、決して具現化しない。することを考えるのにあまりにも慣れ過ぎていて、えんえんと無為を実行すること以外には、じっさいには何もしていないということを忘れているのだ……。

　何もしないことに一貫性はないので、当然のことながら、知らぬうちに何かの行動が実現してしまうことを恐れるあまり、まだ築いていないものまで壊してしまう。そういう人間は全身がすっかり麻痺してしまい、幻滅や不信や怠惰についてありがちな言い訳をしては、自らを正当化する。あたかも、自分が故意に役立たずであろうとしていることを、そうした概念だけの言葉が説明して（あるいは弁明して）くれるとでもいうかのように。負け犬根性の言い訳として知識を積み重ねてみたところで、敗北はつらいもので、負け犬になるのは苦しいもので、行動しないのは臆病だからだということを、思い知らされるだけだ……。そして、鏡の前で自分は臆病者だと認めるには怒りが必要だが、それこそが、役立たずが絶対に持ちあわせていないものなのだ。

＊＊＊

「で、これはいつ書いたの？」文字に似た記号がびっしり書かれた数枚の汚い紙を持ち上げて、彼女が訊く。おそらくこれが最初で最後になるだろうが、彼は自分以外のだれかが（彼が倉庫と呼んでいる）金庫の中を引っ掻き回すのを許したのだ。彼女はここぞとばかりにすべてを床にひっくり返し、詩や書きかけの自惚れたエッセイや未完の物語などを織り込んだハイパーテキストの絨毯のごとくそれを敷いて、貪るように読む。ときには面白そうに笑い、ときには苛立って、だれに言うともなくよく理解できない言葉を呟く。やがて落ち着いて書かれている何かに注意を集中し、次にはそれにも飽きて脇に投げ出してしまう。彼は野菜を洗いながら、彼女のほうを見ないで訊ねる。

「どれのこと？」

「ソネットの変型みたいなののことよ……えせシュールレアリズムね」

「四、五年前だよ……」たくさんの思い出が押し寄せてきて、眉間にしわを寄せ、息を詰まらせながら答える。「当時はなかなかきつかったんだよ」

「お願い、声に出して読んでくれない？　あなたの字って、世界でいちばん読みやすいってほどでもないんだもの」

「これを書いたときは、ひどく酔っぱらってたことをさっぴいたとしてもな……」右手に包丁を持ったまま、左手に持った手書きの原稿を解読しようとしながら彼が言う。咳払いをして読み上げる。

「かつては人間の体だった、その泥まみれのつぶれた塊のなかに、マッチ箱が沈んでいく。マンボの太鼓のリズムやアルコールのせいで調子の狂ったクンビアの響く中、群衆が騒ぎ立てる。ありふれた一日だということは、何となく分かる。三時四分前、太陽が人間の理性を打ち砕く。こんなに気温が高けりゃだれだって殺人を犯すさ、と好事家が正気についてシンプルに要約する。太鼓の音と人びとの噂話で、現場が埋め尽くされていく。不謹慎ににやついたり、嘆き悲しんだり、銃で武装したり、中毒患者のようにぶるぶる震える者たちでいっぱいだ。公告を手に、この現場は封鎖されたと法の下に通告される。

『なんてこった！』右の隅にいる観念芸術家が叫ぶ。左にいるほうは、もちろん、顔色ひとつ変えない。現場はそんな人間であふれかえっている。三〇〇〇はいますですよ、旦那、あちこち移動して歩いてますから、旦那、と助手の男が言う。ふざけるなよ、このクソ助手が。申し訳ありません、旦那、司令官殿、旦那様。生きてれば苦しいことばかりだ、まるで牝牛だな、とつぶやく。おい、どこのクソ牝牛の話をしてやがるんだ？　とまるで分かっていない男が間の抜けた質問をする。あんたのだよ、旦那、クソみたいなあんたのな。この大ばか者め、お前の品性を粉々に叩き割ってやるぞ！　この無茶で危険をはらんだ宴は、なんて悪質なんだ……そしてあのいわゆるアートというやつだ、救いようのないでたらめで、おまけに、本当はクソほどの価値もないのに、このうえなく貴重なものだと言われている。どうか、どうか、私めをそっとしておいてください、旦那様！

現場は微動だにしない。ことの顛末を周りで見守る顔は驚くほど空虚だ……。気持ちを昂ぶらせた人びとは口を開けて茫然としているが、ここまで不愉快な愚行を前になすすべもない。待ち受けるのは困難ばかりだと分かっているのに、ここですっきりした解決策を打ち出すことなどできようか？　愚か者に銃弾が一発撃ち込まれたのだ。ありふれた事件だ、彼らはそう説明した。経歴についた傷、恥ずべき逸話、それだけのことだ。些細な、どうでもいいちっぽけな記憶。現場はがらんとしてしまった。人もいなくなり、思考もなくなった。動転して多動になって崩れ落ち、塀の落書きで耳の聞こえない恋人を楽しませる歪んだ瞬間……。薄汚れた特権はことごとく、見せかけだけの枠組みのなかに始めから口説かれて落ちてしまう。その枠組みは、文化を毒し、絶えることのない無意識で反射的な権利をも引き裂いてしまう。なんてことだ！　と胸に拷問の痕を残す画廊主が吠える。そして、あらかじめの決め事もなく、生き物を匿っている命の箱である水槽……。のんびりと、ミニチュアの海の中をエサもなしにさまようサメ……。で、狂気は？――時間（メメント）が訊ねる――ああ、それなら腰に下げてるよ――死（モリ）が冷ややかに答える」

「書いたのはここまでだ」彼が声の調子を変えて言う。

「気に入ったわ。偏執症とノイローゼの中間って感じね……。あいまいで、たどたどしくて。なんだろう、とにかく気に入ったわ」

「ああ……、当時はしょっちゅうノイローゼになったり偏執症になったりしてたからね。不品行の誓いを立てて、アルコール神秘主義みたいなものに傾倒していった、理論上はそれで自分を自分自身から救済できるはずだったんだけどね……。まったく知性にコントロールされてない、哺乳動物の原初の状態に陥ってしまったんだ。いずれにせよ、俺の知性ではないが――彼の言葉にはある種の怒りがにじんでいて、そのせいで恨みがましいというか、ほとんど自己嫌悪のような忌々しい調子になっている……――。おかしな時代で、俺はそこに生きていないかのように過ごしていた、まるで、すぐに故郷に戻ることが、そことは似ても似つかない自分の生活に戻ることが分かっていながら、訪れた場所の習慣に染まろうとする旅行者のようにね。どこへ向かおうとしているのかを考えもせず、どこでだれと朝を迎えようがおかまいなしに、女をとっかえひっかえしていた、訳もわからず。あるいは、何のためにか分からず、というべきかな……」

「ブーロ・ミランダと知り合ったのはその頃なの？」

「ああ、チチスアンドチョチョスって店で、とある明け方にね。サンタルシーアの深夜営業の店だよ。行ったことはあるかい？――彼女はいいえ、というしぐさをした――まあいいや、そこは芸術家や裁判官、知識人、政治家、兵士、詩人なんかが……つまり、悪癖で結託したこの世のクズどもが行く、至極お上品なキャバレーなんだ。そしてもちろん、俺もそこにいたわけだ。名前も思い出したくないような女の子といっしょにその店に行って、そこでブーロとあいつのお取り巻き連中に出くわした。その女の子とブーロは、友だち同士だったんだ。俺が友だちというときは、純粋な友だちのことを言ってるんだよ。俺は気づくのが遅すぎた……。いや朝早くのことだったのかな、もう思い出せないけど。とにかく、別の女とそこを出たんだが……それが別の男だったわけだよ」

「どうなったの？」

「どうもならないよ。俺はそいつに、これはちょっとした間違いだったと伝えて、二日酔いの状態ではそれ以上できないってくらい丁寧にお別れを言ったんだよ。彼女は（実際は彼だけど）ちょっと泣いたりしてみせて、だれもこんな女のことは好いてくれないのよと言うんだ。外見と中身が違うひとのことを好きになるのはちょっと難しいんだよ、と教えてやったんだが、鼻水を垂らして泣くんだ」

「でも……」

「だけどそれだけだ。さっきも言ったとおり、びっくりして、それで終わりだよ」

「で、ミランダはどうしたの？」

「数日後に会ったよ、悪かったと言って、ろくでもない酒場に俺を招待した。俺たちはさんざん飲んで、ときどきバーテンがそこのカウンターにコカインのラインを用意すると、ブーロはそれを鼻からやってた」

「あなたは？」

「まあ、一、二本だけね。じつのところ、あんまり好きじゃないんだ」目の前でヒラヒラと舞うような無意味なしぐさをして、断じる。「酔いが覚めちまうんだよ」

「私は使ったことがないわ……」

「意味がないよ、やらなかったからといって何ひとつ損はしない」

「じっさい」と彼女が続ける。「若いころちょっとマリファナを吸ったのを除いては、ドラッグは何も使ったことがないのよ」

「煙草と、お茶と、コーヒーと、酒と、睡眠薬を除いてはね」彼がからかうように数え上げる。彼女は微笑んで腕を伸ばし、ものが書かれた紙でできた敷物の上に寝そべり、天井を見つめる。マルボロに火を点け、彼の目を見つめながら訊ねる。

「恋人は？　ガールフレンドは？　それとも商売女専門かしら」

「真剣な付き合いはないね……」彼女の目つきが険しくなる。「それに、おごったりするのが嫌いなんだ。俺のものの考え方はもう知ってるだろ……俺はそういうタイプじゃない」

「待って。真剣な付き合いはないって、それどういう意味？　からかってるわけ？」

「つまり、ときどきデートするというか……これまではデートしていたというか……デートしていたんだ、前はね！　ジャーナリストの女性だよ、名前は……。ええと、彼女はメキシコシティに住んでないんだ、ときどき出てきて……」

「ここに泊まっていたのね？」マイナス四〇度ぐらいの冷たさで彼女が訊ねる。

「違うよ！　一度だけだ（ちくしょう！　なんで話しちまったんだ？）」彼が叱られた子犬みたいに精いっぱい媚びた顔つきをすると、彼女はゴジラの肌並みにこわばった表情でそれに応じる。

「遅くなったわ、帰らなきゃ。電話してくれる……かけたくなったら」そう言うと、ドアを開け放したまま出て行った。

＊＊＊

嫉妬ほどすべてを台無しにしてしまうものはない。思考を停止させ、馬鹿なことを見分ける分別まで失わせ、理性を立ちすくませ、あの臆病で悲しい感傷主義を増幅させる。だれに嫉妬してるの？　私より前のだれかに？　いったいなぜ？　ふたりで分かち合えたこの甘い不幸を、空っぽな私をどんどん満たしてくれるこの臆病で鈍感な喜びを、なぜ台無しにするの？　嫉妬……もし彼女が戻ってきたら？……彼女を愛しているのかしら？……嫉妬……私のことは愛してる？……まったく、なんて馬鹿らしいことを考えてるの！　自分を見てごらんなさい！　そして鏡に映ったのはすっかり変わってしまった彼女の顔だ。不安が沸々と頬を滑り落ち、恐怖による嗚咽が彼女を締め付ける。自分の泣き声に癒される……。あなたはいったいどこまで堕落するの？　質の落ちた自分の姿に向かって叫ぶ。我慢ならないほど胸が熱くなり、彼女を溶かしてしまう。今、彼女の全身の細胞ひとつひとつを責めさいなんでいる、どうにも制御できない張りつめた感情に翻弄されている凍りついた筋肉が、自分で自分をがんじがらめにしている牢獄から自由になろうともがいている。

どうしてあの場を立ち去ったりしたの？　彼といっしょにいたいと分かっていながら、なぜ彼をひとり残してきたの？　あなたはそこまで愚かなの？　ここで何をしているの？　彼のところに戻りなさい！　会いに行きなさい……。嫌よ絶対！　彼が来るべきだわ。私に会いたいなら会いに来ればいいのよ……。彼？　彼ってだれ？　彼の笑顔はお祭りの日の墓地みたい。躁鬱気味で、悲しみと陽気さが同居している。自信家に見えるけれど、それは見せかけ……（私と同じ？）……。彼自身から彼を守っている殻、つまり偽りの自己満足というあぶく。で、あなたは？　私？　そう、私はお祭りも笑顔もない墓場。じっさいにそうなの、それともふりをしているだけ？　これがありのままの私よ。で、彼は？　分からないわ、楽しい夢なんじゃないかしら、たぶん。私は私、彼は彼……相反するふたつの孤独、それ以上に何がある？　この世は私たちみたいな人間でいっぱいなのよ……。――私たち？　複数形は初めてね――。私が言いたかったのは、私に似た人たち、ってこと。超越した自我、つまり誇大妄想にとりつかれたゾンビとして、無為に生きる孤独な人たち……。私みたいな……そしてたぶん、彼みたいな……。

彼は自滅的で、私のことなど必要としていない、彼ひとりで成し遂げられるわ。焦ってはないのは確かよ。彼が自分だけのために作り上げた地獄の果てへと、ゆっくり滑り落ちていくでしょう。それは私の地獄とは全然違う。孤独は、似せるどころか、違いを生むばかり。私の孤独は天国みたいな地獄。他人が居合わせないことで独立を保っている、現実的な夢。たぶん彼の地獄は悪夢なんじゃないかしら、分からないけど。それも私には関係のないことだわ――あなたに関係のないことなら、なぜそんなにこのことを（彼のことを、あなたと彼のことを、「私たち」のことを）考えるの？　もういちど、あのいやな「私たち」を持ち出すのね！　またもや、「私」を脅かす複数形……。「私たち」のことなんか考えられないわ、だって私は「私たち」じゃないもの。自分以外の存在なんて愛せないし、自分以外はすべて私とは無縁……無理だし、いらない。私の愛は私だけのもの、私のためだけのもの。自分とだけ分かち合うの……。もし分かち合うなら。

自滅的なのは、あなたのほうよ……。

いいえ、私はただ、自分の破滅を自覚しているだけ……。

＊＊＊

鏡には俺が映っている。目を見ると、朝の表情を映し出したそのスケッチのなかに、俺の一部分が見つかる。俺はひとりだ。俺は自分の声を聴く耳であり、独り言の話し相手だ。自分の微笑みに微笑み返す……。俺はひとりで、自分に向かっておはようとあいさつする。

目を覚ますと不在がとなりで寝ていて、夜に帰宅すると孤独が出迎えてくれる――恋人よ！――賑やかさより劣るもの……。彼女がいないと耐えられないのはなぜだ？　俺の気持ちをかき乱す彼女はいったい何者なんだ？　というより、彼女が何者でもないなら、どうして俺は苦しんでいる？

連れ合いを持つことを毛嫌いしているくせに、なぜ彼女を追いかける？　彼女は他人じゃない、俺自身でもあるんだ……。なんだって⁉……俺だと。自己嫌悪、あるいは自分を軽蔑しているという悲しい自覚でないとすれば、孤独とはいったい何だ？　俺は、自ら望んだものではないこの孤独に、人生を消耗させ、孤独は美しいと考えて（考えてだって？）しまうほど、感覚を麻痺させているこの種の哀れな存在に、いい加減うんざりしているんだ……。くたばれ、裏切り者め！　黙れ、独裁者め！　ひとりでいるのはときには楽しいが、自分自身との、ただひとりの自分との一対一の関係にはすぐ嫌気がさすようになる。お前はお前自身を支配すると同時に、お前に隷属するようになる。この一大イベント、その愛情表現、賢明な助言に向かって怒りをぶちまけるようなクズだ……。別にいいだろう⁉　孤独は、俺とお前を、つまり俺がなりたくない俺とをひとつにするのだ。

静けさのために俺はお前と話さざるを得ないし、何よりお前に耳を傾けざるを得ない。そしてお前に耳を傾けるということは自分を見失うことと等しく、自分を見失うことはすなわち自分を憎むようになるということだ……。

もうお前には我慢ならない……鏡の中の亡霊よ。

乱暴に歯を磨くと、歯茎から出血するが、歯茎は恨みなど抱かない。キッチンからコーヒーの香りが漂ってきて、鼻の中で安い練り歯磨きの匂いと混ざりあう。緑色のミニタオルで顔を拭き、下着のショーツとサンダルだけの姿でバスルームを出る。太陽が家のなかの日陰を打ち壊し、暖かなそこに無邪気に居座り、逆光のなかで多数の渦巻きが見える。彼女が忘れていった煙草に火を点け、湯気の立つカップを手に、決して見つけることのない何かを探して家の中を歩き回る。本棚の前で立ち止まり、八二ページにしおりを挟んだフーコーの本を手に取る。いくつかの段落を読もうとするが、集中力は昨晩、彼女といっしょに逃げ出してしまって、彼を完全にほったらかしている。腹立たしげにその辺に本を投げ出し、無気力に部屋着を身に着ける。微笑みが顔から消え、その代わりに、コーヒーで湿っていると同時に怒りで乾ききった唇が、真っ直ぐに引き結ばれている。床にはまだ紙が散らばっているが——彼女の不在の思い出だ——、彼はそれを片付けはしない。自分の考えを（自分の一片、自分自身を）踏みつけにして、ぬかるみを暗示するすり減ったリノリウムの床の上を引きずり回すことに病的な喜びを覚える。タイプライターで打った一枚の紙をさっと取り上げて、ページの真ん中から読む。

「……出血がおびただしく、開いた傷口から膨張した肉片がのぞき、空っぽの頭がい骨には腐敗臭が充満している。夢の中で壊れた深みが、役立たずのランプに曇った顔を近づけて、その火を消してしまい、薄暗がりになる。肌がひりひりし、かすれた叫び声で声帯が痛めつけられ、トキソプラズマと恐怖でやわになった肺が酸欠を起こす。感染の記憶、抗生物質の騒動、使われなかった細気管支拡張剤。記憶を食い荒らす蛾が記憶の中身を食い尽くし、代わりに忘却のかす、つまり記憶喪失の肥やしで埋めていく。だがまだ痛みを覚えている。残忍で傲慢なトルケマダのように体の中に居座っている。壊疽に罹った愚かなミュータント、疥癬を患った忌まわしいごみくず……。彼の皮膚のように、あるいはもと皮膚だったもののように」

「忌々しいラヴクラフトめ……俺の物語の中にまで入り込んでくるとはな」

＊＊＊

電話が鳴る。いつもの寂しげで弱々しい音ではなく、耳障りで不安そうな、これまでにない響き。長く待たされたあげくようやく報いられたときの響き、終わりの始まりの響き……。彼女は計算ずくの無関心さで電話に出たので、その声はあまりにも自然に聞こえたかもしれない。彼は心遣いを欠くことなく、電話線の向こう、公衆電話ボックスの中で、しぶしぶ微笑みを浮かべる。今夜彼女を訪ねていいかとだけ尋ね、彼女もまた言葉少なに、いいわ、九時でどう、と答える。同時に電話を切る。彼女はベッドサイドで、彼は自宅近くの通りの角で。同じときに歩き始め、彼女はキッチンで立ち止まってやかんを火にかけ、彼は二〇〇メートルほど離れた自宅のドアまで歩いてズボンのポケットをまさぐり、鍵を見つけてドアを開ける。彼女はカップに飲み物を注いで居間に向かう。彼はジャンパーを脱いで、ふたりとも同時に、書き始める。彼女は存在の苦しみについて、彼は従属することの無防備さについて。彼女は古びたデザインの万年筆で、ノートのページを怒りを込めて引っ掻く。彼は電子ピアノの鍵盤を叩くようにして、音符ではなく言葉を罫線のない紙に刻んでいく。アンダーウッドのタイプライターは彼の指の速度に合わせてがたがた揺れ、ペンは彼女が手にした紙に畝を付ける。文字の線が見えてくる。延々と続く、ふたりの嘆き。美化された恨み言、悲嘆にくれた詩、失望のエッセイ。じっさいのところ、時間つぶしにはなるし、孤独を好んでいるふりもできる。彼女は紅茶を飲み、愛は病気がちだと書く。彼は、愛とはあり得ない二面性のことだと書く。彼女は、エゴイズムはいつも愛することに打ち勝つと主張する。彼は、愛とは嘆かわしい共生のことだと明言する。彼女にとって、愛とは遺伝子配列に起きた異常を意味する。彼にとっては、ヒトが社会の虚構を埋めるための教養ある積み木遊びだ。愛が過剰な自己憐憫あるいは自己満足と同じようなものだと考えている点では、ふたりの意見は一致しているのに、それが自覚できていない。書きながら、終わりのなさそうな後ろ向きの物語にどっぷり浸かって、時計を横目で見る。とうとう、彼は二時間半も前に家を出て、野球のスタジアムまでバスに乗り、そこから中心街へと、ゆっくりとした足取りで気乗りしなさそうに歩いて行く。そう、落ち着かなくて家を出てきてしまったものの、何もすることがないし、これといってしたいこともないのだ。どこにでもあるようなありふれた一軒のバーに入って、ビールを注文し、煙草を買う。近くのテーブルからその日の新聞を手に取り、どのページでも手を止めずにめくっていく。明らかに集中などできず、ほかのことが何も考えられない。煙草に火を点けて、手に持った新聞を裏に表に返し、一口飲むごとに顔を曇らせていく。ビールを飲みほしてもう一杯注文する。店ではクンビアノルテーニャがかかっていて、彼はうわの空で視線を上げ、裸の娘が描かれたカレンダー、モデルの女の子を乗せたフェラーリのポスター、クンビアやコリードやランチェーラの曲ばかり入ったジュークボックスなどを眺める。のろのろと立ちあがり、恨みがましい男がしでかしがちな愚かな行動に出る。四杯目は注文せずに、勘定を済ませてバーを出る。すっかり夜になっており、車のライトが赤、黄、白のたくさんの蛍のように大通りを過ぎて行く。ポケットに手を突っ込んで歩き、足は地につかず、思い出が目の前で破裂して視界を失う。ほとんど目的もなく、しかししっかり定まった方角に向かって歩く。自分は不安で、不器用で、愚かだと考えながら、彼女を求めてさまよい歩く。ふたつの大通りが交差するところで、遊園地にあるドラゴンの乗り物そっくりに、口に含んだガソリンを火のついた松明に吹きかける火吹き芸人を面白そうに眺める。数人の子どもが、信号待ちの車のフロントガラスを拭いている。そのほかの子らは、ただあいまいな笑みを浮かべるだけで、それと引き換えに施しを求めている。彼は入場料も払わずにこの見世物を見ている。強迫観念にとらわれた芸術評論家のように、ありとあらゆる状況を解体し、見せかけの裏に隠された象徴的な意味を読み解くことに専念する。そんな骨の折れる作業を終わらせると、学問的な厳密さで結論をまとめる。――クソみたいな国だ。そしてうなだれて歩き続ける。

石鹸のついた指から皿が滑り落ち、混沌としてひどく悲観的なゆったりとした舞を踊りながら、くるくる回転しつつ飛んでいく。落ちたときにそれほどひどい音を立てたわけではなかったが、皿は一瞬で粉々に割れ、かけらが互いにぶつかり合いながら台所に飛び散った。彼女は思わず飛び上がった。ただ、本能的に。よく聞き取れない言葉で悪態をつき、割れた破片を掃き集め、カーテンを開けて、ワグナーを聞きながら家の中を片付けた。いらいらしながら、多幸症とヒステリーのあいだのような精神状態で、まるでわが家が本当に滅茶苦茶になっているかのように。整理整頓に異様なこだわりがあるため、どこもかも問題だらけに見える。掃除ばかりしていたのに、このところは恋愛のごたごたのせいで、すっかり頭から抜けていた。突然そのことに気が付き、深いため息をついて、キッチンに戻って緑茶を淹れる。オーディオの音量を下げて、五分ほどかけてお茶を飲む。今度はもう少し落ち着いて、部屋の隅やカーテンボックスの上など、あちこちに羽箒をかけていく。細心の注意を払ってキッチンを片付け、箒で掃き、ぞうきんをかけ、ほうぼうに香を焚く。疲れることもなく、庭に面した小さなテラスで腰を下ろす。庭に植えた花をひとかたまりごとにじっと見つめ、やがてこれと決めると、センパスーチル*の花をまとめてたくさん摘み、素焼きの花瓶に生けてテーブルのちょうど真ん中に置く。前より気分が良くなった。家の中はすっかり片付いたし、清潔で、良い香りがする。

日干し煉瓦でできた家々、鍛造の街灯、歩道に停められた小型車のあいだを曲がりくねって進む石畳の道の上で、コカコーラの缶を蹴とばす。物思いを振り切って頭を空にしたいのだが、それ自体すでにものを考えているということで、のっけから失敗している。もう一度缶を蹴って、やっと考えるのを止められたと思うやいなや、とつぜんある別の考えが彼を捕える。もし、もう何もかも終わったのだとしたら? すべてはもう終わっていて、あとはさよならを言うだけなのかもしれない。偽りしかないところに幻想を創り出していただけなのかもしれない。何もかもがあまりに不確かで、あまりにも夢みたいなことだったのかもしれない——彼女がそう言ったように。だが、あとはただ別れを告げるだけなのだとしたら、俺はここでいったい何をしている?

* * *

センパスーチル　マリーゴールド。ナワトル語。メキシコで墓地や祭壇に飾られる。

「最近は何をしてたの？」興味なさそうに彼女が訊ねる。

「ものを書いてたよ」と彼が答える。「俺はそれぐらいしかできないから」コーヒーを啜りながら付け足す。彼は本棚の前にかがみ込んで並んでいる本を眺め、居間の壁を飾っている数枚の小さな版画や絵画（何枚かの油絵、水彩画が二枚、コラージュ作品がひとつ）、民芸品などに目をやる。まるでこの家に来たのが初めてで、以前の訪問は夢の中での出来事か幻想かのような感じがする。彼女は満足そうに彼のことを眺める。

「あなたってほんとに能なしなのね」

「生まれてこのかた、ずっとそうだね」どうでもよさそうに答える。

「これからどうなるのかしら？」

「この会話がかい？」

「私の言いたいこと、分かるでしょう……」

「さあね。正直言って、皆目見当もつかないよ。もうなぞなぞをする年齢でもないし、未来志向にも興味ないし、ウィジャ盤もすっかり時代遅れだしね。じっさい、俺が思うに、きみが質問してるのはこの世でいちばん予測が難しいこと、つまり愛についてだよ……」

「愛？　だれが愛の話なんかしたかしら？」

「なぜきみはその単語をそんなに恐れるんだ？」

「恐れているわけじゃないわ、嫌いなの」彼女がマルボロに火を点けながら答える。

「嫌い（アベルスィオン）ね……それの語源って、地獄（アベルノ）？」

「言葉あそびなんかする気分じゃないわ……」

「なら、どんな気分なんだ？　人生があそびじゃないとしたら、いったい何だって言うんだ？」

「あなたは、人生があそびだって言うの？　これは初耳だわ、まじめな哲学者さん、日常の混沌の分析者さん、それとも底なしの理論の発明者さんかしら」

「俺は自分のやっていることを楽しんでるよ、そのことで苦しんだりしない。きみは道徳と美学の区別がつかないんだろうな。苦しみについて語るにはまず苦しまなきゃ、と思ってるんだろ、それってはっきり言って致命的だね」

「人生は芸術作品のように生きるべきよ……」

「きみの言うとおり、これは決着が付きそうにないね」

「私たちの会話のことを言ってるの？」片方の眉を吊り上げて彼女が問う。

「もちろん、他に何があるっていうんだ？」彼女に抗議する暇を与えず、礼儀正しく、しかししっかりとキスをする。彼女は彼の唇に身を任せたりせず、主導権を握って、強く、やさしく噛みつく。彼女は心の中でつぶやく。なんと厚かましい快楽だろう、この優しい口づけに、私の人生をがんじがらめにするこの力強い腕の中に、どれだけの死が潜んでいるだろう。この瀕死の残酷な瞬間に、この堕落した口づけの中に、このはしたない感覚のなかに、何と怪しげな活気が息づいていることだろう。悦びにため息をつくたび、人生が私から逃げていき、死が私の周りをうろつき、早鐘を打つ胸の中で惨めさがふくれあがり、心臓の鼓動が止まる――一瞬、永遠、甘美な受難の道……。

彼女の言う芸術作品のような人生ではなく、メロドラマみたいな人生を歩もうとする、このひどい執念はいったいどこから生まれるのだ？　テレノベラ*みたいな人生を送ろうというのが合言葉みたいになっている。愛はバラと棘のパレードだ。だが、愛のディアレクティック、セクシャルな接触の現象学、ロマンティックな唯物論などあり得るだろうか？　おそら

＊テレノベラ　ラテンアメリカ諸国で大衆的な人気を博している通俗的な長編連続ドラマ。本書二三七頁の「解説」29も参照。

く、所詮すべては流体の交換、もしくは嘆かわしい実験的な生化学でしかないのだろう。おそらく、センチメンタリズムを分析して感情などかなぐり捨て、しかも同時に分別を失わないことなど、けっきょくは無理な注文なのだろう。

それからふたりは見つめ合い、おずおずと微笑み合って、今度は何も考えずにキスを交わす。

＊＊＊

翌朝遅く、ふたりは目を覚ました。お腹を空かせて、けれども満ち足りて。コーヒーと菓子パンの朝食を取りながら、今まで何を書いていたのと彼女が尋ねた……。

「さあね」彼が答えた。「いつもみたいに、同時にいろんなことを書くから、何を書こうとしてるのかさっぱり分からないんだ。じっさい、そういうことを自分に問いかけるのはもう何年も前にやめちまった。今はただ書くだけ、書いたものが俺を導いてくれるのに任せている。書くものをコントロールしようなんて馬鹿げてるよ。根本的には、ものを書くという入り組んだメカニズムが動き始めたら、もうそれをコントロールなんかできないんだ、君もよく分かってるように」

「私は、自分の方向性をよく分かっているつもりよ……」

「ほんとに？　なんて面白味のない……」

「何ですって？」

「つまり、文章というのは綱領とは違うんだから、それ自体の中に謎を秘めていなければ何の意味もない。何もかも最初から分かってて書いたんじゃ、自然にあふれ出てくる言葉とか、言葉が本質的に隠し持っている偶然性とか、そういうものを損なってしまう。そうなると言葉はただの雑談と同じだし、俺としてはそういう本質を言葉から奪い取る必要はないと思うし、不当とすら感じるね」

「でも筋が通ってないと……」

「筋が通ってるって？　いったい何の話？」

「創作の話よ……」

「けど、ものを壊すのが大好きなのはきみじゃないか！　その場合、いちばん筋が通らないのは創作そのものだってことに気が付かないのか？　破壊を創作する？　どこに筋が通ってるっていうんだ！　この人生で筋を通すただひとつの方法は、徹底して筋を通さないことだよ」

「今度はトリスタン・ツァラみたいな話しかたをするのね」

「少なくともあいつは、実現可能な唯一のシステムとはシステムを持たないということだ、と宣言したとき、そのことが良く分かっていた……」

「安っぽいアナーキストみたいな意見だわ」

「ねえきみ、『高級な』アナーキストなんていないよ……」

「ああ」と倒れそうなふりをする。「なんと、私の恋人はテロリストだったのね……」

「恋人だって？　俺たちはもう恋人かな？」

「失言だったわ……。それより、何を書いているのか説明してみてくれない」

「本当に分からないんだ、短いエッセイを何本かまとめたいと思ってるんだが。矛盾を残しながらも、というよりむしろ、矛盾から出発して、それなりにまとまったかたちにしてね。たぶん、発表することも視野に入れて……」

「つまり……公にするってこと？　他人の手に渡るように？」

「まあ……そうだね、そういうことだ」

彼女はこの会話に突然なんの興味もなくなったと言わんばかりに、つまらなそうに顔をゆがめた。彼女はそういう露出趣味（出版は露出と同義だ）には本当に我慢ならなかった。確かに、彼女もちょっとしたものを世に出したことはあるが、そんなのはずっと過去のこと、自分のエゴを守るために、そして生きるという途方もない仕事を続けるために、ある程度周りから認められることを必要としていたころのことだ。彼女にとってなにかを発表するということは、愚かではあるが必要なステージだった（大学と同じでね、と彼女は思う）。そしてそれは、どんな詩人も通る道である、知的な幼稚さの一部だったと考えている。強くなるために、この辛い個人的な作業を続けるために、必要なステージ。だって……詩とはまさにそういうもの、内なる苦しみ、だれとも分かち合うべきでない、とても個人的な何かなのだから……。

「じゃあ、ついに自分を売るのね」彼女が多少の軽蔑を込めて確認する。

「いいかい、俺も含めてみんな、きみみたいな金持ちじゃないんだ」辛辣な調子で彼が答える。これがとどめを刺すことを彼は分かっている。彼女は金持ちのお嬢様だという自覚に苦しんでいるのだ、なぜならそれは、彼女が見せびらかしている苦悩や彼女が求めている悪とは相容れないことなのだから。だがそれが人生というものだ、諦めるしかない……。

＊＊＊

（ここで多数ページ欠如）

＊＊＊

ドアが勢いよく開く音で現実に引き戻され、下あごの汗をTシャツの肩で拭った。猛り狂う火の玉のように、彼女が居間に飛び込んできた。彼女も全身汗だくだが、それをまったく拭おうともしなかった。異様なほどそっと、バッグをテーブルの上に置くと、テーブルのふちに両手をついて部屋の中を見渡した。まずテーブルにこぼれたコーヒーを見、続いて紙ナプキンの上のスプーン、ウォーターサーバーの下の水たまり、途中に転がった靴、入り口に落ちている靴下、大音量でがなり立てているラジオへと目を移す。熱い空気をかき回しているファン、がたつき気味の椅子に引っ掛けられた湿ったタオル、床やテーブルやそこら一帯に散らばった本。部屋の隅の汚れた服、腐って嫌なにおいを放っているキッチンの食べ物……シンクに溢れかえったほったらかしの皿やコップ。ぐるりと見回してから、彼の怯えたような、しかし微笑みをたたえた眼差しとぶつかって目をとめた。彼女の目は閃光を放って輝いていた……。

「おひとりで過ごしたここ最近、何にもしていなかったようね……」

「今週はずっと書きものをしていたよ。じっさい、俺は……」

「書きもの、ね」目を伏せてマルボロに火を点けながら呟いた。それから、見るからに不機嫌そうな彼女の気分と同じぐらい、重苦しい煙を吐き出した。「では、私は家に帰ることにするわ、こんな豚小屋には、あと一分だっていたくないから」

バッグを掴むと、ドアまでの五メートルほどをすたすたと歩き、威厳たっぷりにそこから出て行った。


彼は立ち上がることができなかった。おまけに、タイプライターから、彼が最後に紙の上に打ち付けたアステリスクから、目を離すことすら至難の業だった。ようやく書き終わり、立ち上がって、諦めたようにため息をつくと、その不愉快な午前中いっぱいかけて、数日間何も手入れしなかったために汚れてしまった家の中を掃除した。だが、これまで彼はいつもこうだった。創作に没頭すると分別がなくなり、通常通りにはまったく機能しなくなるのだ。文学の神々が彼に呼びかけるときは、喜びも苦しみも、この世のことは何もかも忘れてしまうのだ。日常のあれやこれやも、電気代のことも……。

「電気代！」と叫んで、家の中を引っ掻き回し、電力公社の請求書を探した。請求書は、とある全詩集の下の、トルストイの本のあいだに挟んであった。七〇ペソ二〇センタボ、支払期限は本日。

汗臭いシャツを脱いで、それよりは汚れ具合がましな別のシャツに着替えた。歯を磨き髪を洗って、両脇の下に消臭剤を塗り込むと、手元のコインと紙幣をかき集め、外へ、太陽の下へ、四月の暑さの中へと出て行った。

四月のこの街はまるで、地球に設けられた地獄の支店だ。間違っても雨は降らず、そよ風は止まり、倦怠感がすべてを覆い尽くす。神経はすり減り、通りには一酸化炭素が鼻の高さまでたまってくる。郊外の山々では山火事が頻発し、いつも以上のスピードでビールが消費され、この月ばかりは家庭での言い争いも絶えない。四月には何が起きてもおかしくない。自殺が増え、離婚が増え、犯罪は何倍も起き、あちこちに無気力が忍び寄る。四月はだれもが働きたくない。怠惰と何もする気になれない飽食感を混ぜ合わせたような煩わしさを意味する、ぐうたら（ウェバ）というとてもメキシコ的な言い回しにぴったりの空気が、人びとや組織やあらゆる生きものをすっぽりと包んでしまう。犬は道端でだらだらし、植木は鉢の中で活力を失い、虫は完全に成り行き任せに飛び回っている……。

四月はだれも何もしたがらない。だれも何もできない……。

＊＊＊

サントドミンゴ教会の壁が作る、わずかな日陰に沿って歩いて行く。疲れたように足をひきずり、肩を落とし、顔や背中や股のあいだを大粒の汗が流れる。頭を横に振って、俺たちメキシコ人はいったい何の因果でこんな目に遭っているのだ、と考える。四〇度に達しようという気温、まったく吹かない風、街にすっぽりとかぶさって、太陽光を拡散すると同時に集中させるといういじわるをし、建物の外で過ごすことをいっそう耐え難くしている、白っぽいスモッグの層。巨大な電子レンジの中で暮らしているようなものだ。

ようやく公社の建物までたどり着いて、干からびた肺と喉と唇で難儀そうに深呼吸する。エントランスの守衛は、新しくてもフランス介入時代*のものだろうと思わせる銃にもたれかかって居眠りしており、彼がガラスの扉を通っても、瞼ひとつ動かさない。エアコンが大きく腕を広げて彼を迎え入れる。ビーチの目の前にあるにもかかわらず、暑さからも、喧噪からも、そこらじゅうにあふれかえる汚らしい子どもたちからも、足の指のあいだの砂からも、肌がべとべとする海水からも、つまりはビーチに行くことが意味するあのすべての不快感から隔絶された、ウアトゥルコあたりの五つ星ホテルのバーにいるような気がする。かくしてバーにいる彼は、ドアのところからまばらな客を眺め、しっかりした足取りでカウンターまで進み、美人の受付嬢を見て、ご用件は、と尋ねられると嬉しそうに答えた。

「ウォッカトニックを一杯」

「はい?」

彼は現実に戻って「あぁ失礼、暑さのせいでね」と返事をすると、無理やり笑顔を作ってみせた。彼女は(接客訓練で教え込まれるような)実にプロフェッショナルな笑顔を返すと、苛立ちを顔に出すこともなく、さらにプロフェッショナルに同じ質問を繰り返した。

「ご用件は?」

「ああ……ええと、電気代の支払いです。請求書はこれ」

「正面のあちらへどうぞ」と言って、壁にはめ込まれた機械を指さした。

「ですが……ああいう機械の使いかたが分からないのです。今ここで払えませんかね?」

「あのですね」と受付嬢は請求書の紙を彼の手からひったくると、「請求書のこちら側をお持ちになって、自動支払機の赤外線の前にここのバーコードをかざしてください。ここですよ、いいですか? はい、その次はタッチパネルに支払金額が表示されますから、お客様はそ

フランス介入時代　一九世紀半ばのレフォルマ戦争で自由主義改革派のベニート・フアレスに対し劣勢となっていた保守派が、フランスの軍事干渉を受けて王政復古を目論み、オーストリア皇帝の弟であるフェルディナンド・マクシミリアンをメキシコ皇帝に迎えた。

れぞれの投入口にお金をお入れください。紙幣は紙幣用の投入口、硬貨は硬貨用の投入口ですよ。よろしいですね？」と言うと、彼に請求書を返し、自分はまた『アカプルコのロマンス』を読み始めた。ビビアン何とかいう小説家の最新のベストセラーだ。

彼は機械を見つめ、恐る恐る向き合った。エアコンが効いているのに、顔にはまた汗が浮かんできて、寒気をもよおした。もちろん、受付嬢の説明には忠実に従った、少なくとも理解できたところまでは。まず、機械はバーコードの読み取りを嫌がった（どうやら、あの黒い線の上にほんのちょっとこぼれていたコーヒーのせいで、徴収ロボットの赤外線の目が曇ったようだ）。次は、よれよれになった紙幣の読み取りを拒んだ。何度も吐き出されたあげく、ようやく呑み込ませることができ、例のタッチパネルとやらに投入金額と不足金額が表示された。次は硬貨の番だ。一〇ペソ硬貨が一枚、五ペソが二枚、その他は一ペソだ。数枚は何度か戻された（明らかに彼のほうが機械に対して支払い義務があるのに、どういうわけか、つり銭用の受け皿に出てきてしまうのだった）。そしてついに忍耐が切れそうになったとき、自動支払機から何かが印刷された紙切れが吐き出されて、「ありがとうございました」という幸せそうな表示がパネルに現れた。ちょうど、昔でいう映画の「終映」、今でいう「ゲームオーバー」とそっくりに。こうして、テクノロジーとの一五分か二〇分ほどの決死の対決を終え、彼は現実に戻ってきた。五つ星ホテルのバーをあとにし、居眠り警官の脇を通り過ぎ、暑さの中へと帰っていく……。

＊＊＊

だれかの手の重みを肩に感じたとき、一種の幻覚か夢でも見ているのかと思った。いぶかしげに後ろを振り返ると、そこにはブーロの小ばかにしたような満面の笑みがあり、めったに外出しない彼に、外の地獄へようこそと告げていた。

「調子はどうだ？　死にそうなツラしやがって……」

「暑さのせいさ。拷問だぜ、まったく」汗をぬぐいながら答える。

「来いよ、一杯やろうぜ」

「言っとくが俺は文無しだよ……」

「俺も言っとくが、今日の俺様はクソほど持ち合わせがあんだよ」

エル・ペドはラ・ソレダー教会の近くにある小さな酒場だ。店に窓があれば教会が見えただろうが、そこは公衆便所みたいな臭いが漂い、四方の壁一面に裸の女の写真が貼られた閉ざされた空間だった。たったひとりの客がカウンターで酔いつぶれて眠り込んでいて、うんざりしたようすのバーテンがテレビで二部リーグの試合を見ている。チャプリネロス対コレカミーノスだ。ブーロはカウンターに近づいて黒ビールとメスカルを二杯ずつ注文し、店の隅にあるプラスチックのテーブルにふたりで腰を落ち着ける。

彼は笑みを浮かべてじっくりとビールを飲む。ブーロは心配そうに彼を見つめ、やんわりと問い詰める。

「どうしたよ、ヘーゲルさん、まるで殺虫剤をかけられたクモじゃねえか……」

「知るか、ここんとこ寝てねえんだよ。マジできついぜ」

「女か、金か、両方か？」

「なにもかもだよ、なにもかも……」

「そりゃ確かにきついな」ジークフリートがメスカルを飲みながら言う。「女のことは無理だが、金だったら力になってやれるぜ、今なら持ってるからな」

「宝くじでも当てたのか」

「そこまでの大当たりじゃねえよ、ただ助成金が下りただけだ」

「助成金だって?」

「ああ、助成金さ。国のやつだよ……」

「国は何にもくれねえよ、ブーロ。気を付けろ、つけが回って来るぞ」

「お前の言うとおりかもしれんが、とりあえず今のところは俺とお前で、国のつけで飲んでるんじゃねえか……」

「いくらもらえるんだ?」

「ひと月二万五〇〇〇、三年間だ」

「何か条件があるのか?」

「書くことだよ、決まってんだろ」

「書くって?」

「そうさ、書くんだよ。ひょっとして書くってことが何か忘れちまったんじゃねえだろうな。確かお前も、もの書きだったよな……。いや、哲学者だったか、なあヘーゲルさんよ?」

「ときどきは書きもするけど、ふだんはただの死にぞこないだよ。ほとんど物乞いと変わらんさ」

「敢えてそうしてるんだろうが、くそったれが。国はお前や俺みたいなのに金をくれるんだから」

「けど俺はお前と違って、国寄りの人間じゃないからな」

「何を言ってやがる」

「違うんだよ、ブーロ、なんて言ったらいいのかな。お前はほんとに、国がお前の美しい文章のためだけに金を払ってくれると信じてるのか？　そのうち、やれ勲章だ、やれ表彰式だと続いて、大統領閣下と晩餐をし、パリかローマへ文化特使としてお前を送るぜ、そしたらお前はどのツラ下げて国を批判できる？」

「俺はもうさんざん国を攻撃してきたから、買収なんかされっこないってみんな知ってるだろ。俺の考え方は変わらねえよ、書くものはなおさらだ。なぜ、金が創造を左右すると思うんだ？　いずれにせよ、左右するとすれば、いいほうに働くもんだと思うけどな。タダ働きなんてだれだって嫌さ、お前もよく分かってるだろうが。ここ数か月でどのぐらい書いた？」

「少し、ほんの少しだよ……」

「心配ごとが多すぎてか」

「まあね、心配ごとが多すぎてね」


ブーロがもう一杯ずつ注文すると、バーテンはニンニクと炒ったピーナツを付けてくれた。続きを飲む前に、ジークフリート・ミランダは数分のあいだトイレに姿を消し、出てくると目が輝いていた。

「便所に行ってがっつり吸って来い、そうすれば世界が違って見えるぜ」

「俺は不眠症だってのに、興奮剤を与えようってのか？　勘弁しろよ、ブーロ」

「ぐだぐだ言ってねえで医者の言うことを聞けって」ブーロが白くきらきら光る粉の入っ

た小さな袋をそっと渡して、話を切り上げる。

　彼は小さなトイレに閉じこもる。この上なく確かな小さな世界、クソの臭いと安っぽいグラビア、反吐の出そうなトイレだけが持つ、重苦しさと気の滅入る空気。永遠に瞬きしながら、途絶えがちで不快な明滅を繰り返している電球。ぎこちない手つきでコカインの中に鍵を突っ込み、それを棒かスプーンのように使って、飛び散らないように悪戦苦闘しながらアルカロイドを少し取り出す。ごくゆっくりと鍵を鼻に近づけ、一度吸い込むと、タイミング悪くくしゃみが出て粉を吹き散らしてしまう。辛抱強くもう一度やってみると、今度は四分の三ほどは体内に取り込むことができて、脳に達し、落ち着きと興奮、苦痛と歓喜、不安と平安の同居した奇妙な状態になる。数週間感じることのなかった心の落ち着きを取り戻して、不潔な個室を出ると、快活に足早に酒場に入っていく。

「本を書いてるんだ」だしぬけにブーロに言い放つ。一本の煙草を弄んでいたブーロが、うわの空で訊ねる。「マジか、タイトルはなんだ」

「カニは不死身なのか*」

「で、内容は？　機密情報じゃなきゃ教えてくれ」

「現代大衆社会における『私』の断片化解消と、この逆説的な個人主義社会における『私』の陳腐化についての、長ったらしいエッセイだよ。もちろん、これはみんな、さまざまな批判的思想の論理構造の組み換えを行う、ポストマルクス主義的で概念を超越した分析を出発点としてる。本は二部構成で、第一部は個人的な私（自分自身であるすべて）についてで、第二部は社会的な私、つまり存在意義のすべてを社会に負っている私についてだ。しいて言えば、どこまで個人が社会を形作るのか、社会はどの程度個人を形作るのか、ということだ」

「どのぐらい書けてる？」

カニは不死身なのか　La immortalidad de cangrejo　スペイン語独特の表現で、ぼんやりと考え事をしている、または何も考えていないことを意味する。

「やっと七〇〇ページかな……」

「馬鹿言ってんじゃねえぞ、ヘーゲルさんよ、そんなじゃいつまでたっても貧乏人を卒業できねえぜ。そのごみクズを何部売るつもりなんだ？　俺の分を入れて一二冊か？　絶対にぽしゃるぜ。人が読みたがるようなものを書けよ、なんたって哲学書をベストセラーにするには、第一にお前さんがフランス人じゃなきゃダメだし、かっきり一九六八年に出版しないとな。けどそのどっちも無理だろうが」

「売れるかどうかはどうだっていいんだ、俺にとって重要なのは……」

「『だれにも読まれないのはどうでもいいんだ、重要なのはだれも読まないと告発することだ』ってか？」ブーロがからかうように口真似する。

「ふざけんなよ」

「お前こそふざけんな、大衆社会をコケにしたいならもっと大々的にやらないと。お前の酷評なんざ、逆にいちばん無害なんだぜ。じっさい、お前の書く吸血鬼とゾンビの物語のほうが、この世がどれほどくだらねえかについてのお前のくそエッセイよか、よっぽどましだとつねづね思ってたんだ。俺は推論やら予言やらを読むのがめんどくせえんだよ。いいからお前は物語を書いてろ、そのほうがよっぽど価値があると思うね」

「けどあれはただの気晴らしで、何も真面目なものじゃないんだ。まったくの安っぽい娯楽小説だ……」

「ポストモダン時代には、ポストモダンについてのどんなエッセイより、娯楽小説のほうが価値があるんだよ。エッセイなんかどれもフィクションだろ、だったら現実をつまびらかにしようとするより、いっそのことどっぷりフィクションに浸かっちまえよ。現実なんていつだってつかみどころがなくて、まさにそのせいで説明のしようがないんじゃないか、お前が何かのエッセイで書いてたように」

「お前もエッセイを書くだろ、いくつか読んだことがあるよ」

「ああ、けど俺が引用するのはホーマー・シンプソンだが、お前はカントだろ、いっしょにすんじゃねえよ。お前は大衆文化の分析をし、俺は大衆文化を拝借するってわけだ」

「お前が大衆文化に拝借されてるんじゃなくてか？　つまり、現実そのものではなく、現実を象徴化したものを出発点にして、お前は分析していくんだろ」

「じゃ、現実そのものっていうのは、大量の象徴の寄せ集め以外のなんだって言うんだ？」

「お前はおめでたいやつだな、ブーロ。確かに現実には象徴が含まれている、けどそれ以上のものがある」

「俺が言いたいのは、ポストモダンというのは……」

「お前は、今日の現実とは象徴のことで、だからポストモダンの芸術家やインテリどもは、現実そのものを象徴化するんでなく、その象徴を象徴化しているだけだって言いたいんだろ。そうさ、それでパックマンやシンプソンズや最新の文化的表現のロゴやマークが果てしなく続くのは、ポストモダンと呼ばれている社会の持つ（もちろん全然象徴的でない）象徴主義の消費を描写したものであると同時に、その結果なんだ。鎌と槌の標章*から、ナイキのスウォッシュ、マルコス副指令の覆面*、コカコーラの缶にいたるまで、文化的想像力というのは、現実が形を変えたものではなくて現実の象徴が姿を変えたものに支配されている……」

そこまで言うと一息ついて、ビール、その次にメスカルを飲む。

「待っててくれヘーゲル君、俺はもう一回便所に行ってくる。そのあとお前も行けよ、それからもう一杯ずつ頼んで、この話の続きをしよう。いいな？」

鎌と槌の標章　鎌が槌（ハンマー）の上に置かれている標章。鎌は農民を、槌は労働者を表象して、両者の団結・連帯を表現している。共産主義国の国旗や共産党の旗の中の図案としてよく用いられてきた。
マルコス副指令　メキシコ南東部チアパス州で、一九九四年一月一日に反政府武装蜂起を行なった先住民族組織、サパティスタ民族解放軍の対外的なスポークスパースンの役割を果たした人物。マルコスもそうだが、メンバーはすべて覆面をしている。本書二六一～六三頁の「解説」の記述と註も参照。

解説

カネック・サンチェス・ゲバラのキューバ革命論の意義

太田昌国

一　遅れてきた青年――「叙事詩的な」時代の後に生まれて

本書を著したのは、一九七四年キューバに生まれ、二〇一五年メキシコに死んだ人物である。四〇歳にして病死した、数奇とも言えるその短い生涯については、後段で詳しく述べる。最初に触れておくべきことは、彼の生涯と彼が書き残したことには、本書に収められた創作群を読み終えたばかりの読者には奇妙に響くかもしれないが、「戦争と革命の世紀」と言われてきた二〇世紀が孕む諸問題が凝縮して詰まっているということだと思われる。彼がキューバに生を享けたのは、「叙事詩的な」と形容されることの多かった――つまり、「ロマン」と「詩」に溢れていると見做されていたキューバ革命の勝利と、その初期における躍動的な展開が、すでに終わりを告げていた時期だった。彼は、その「政治的環境の真っただ中での生い立ち」にも拘わらず、いわば冷めた／覚めた目で「革命」の現実に相対することになり、本書に見られるような文学的な表現を残した。

他方、世界にも日本にも、「叙事詩的な」キューバ革命の熱い洗礼を受けた世代が、この解説を書いている私を含めて、広く存在している。キューバ国内にも、もちろん、存在しただろう。これとの関連で思い出すことがある。一九九二年末、私は初めてキューバを訪れた。ソ連崩壊からちょうど一年後で、対ソ連貿易への依存度が高かったキューバは、社会経済的に苦難の時を迎えていた。いわゆる「特別期間（ペリオド・エスペシアル）」と呼ばれた時期である。訪ねたＩＣＡＩＣ（キューバ映画芸術・産業研究所）で、映画監督のオルランド・ロハス（一九五〇～）と話し合った。オルランドは、わが友、ボリビアの映画作家、ホルヘ・サンヒネス[*1]（一九三七～）が一九七四年にペルーで『第一の敵』を制作したときの編集助手として関わっており、ホルヘからの紹介状をもって、会ったのだった。彼が語った言葉は、今も忘れることができない。一九六〇年代の「あの頃、われわれは少し、いい気になりすぎていたよ。『革命だ、キューバは世界の変革の中心だ』と慢心して、自分たちの姿を客観的に見ることができなかった。浮かれていたんだな」「今になってようやく、等身大の自分が見える。卑下でも自嘲でもなく、キューバの力はこの程度のものだったのだ。厳しく、つらい状況だけど、これこそ、ある意味で当然の現実だと考えて、やっていくしかない」

　私はその時、次のように答えたと記憶している。「べつに、キューバだけがそう考えて行動していたわけではないさ。それを言うなら、過大な〈夢〉と〈希望〉をキューバ革命に抱きながら、遠くから〈声援〉をおくるしか能がなかったわれわれも同罪だよ。私は今も、あの時代のキューバは、第三世界解放闘争の最前線にあって、同時にソ連型でも中国型でもない、新しい社会主義社会の斬新なイメージを喚起する存在だったと考えている。内省的になるあまり、あの時代にしかあり得なかった、キューバ革命の意義そのものを否定してしまっては、元も子もない」

「あの時代」の実感を別な観点からも伝えるために、ひとりのジャーナリストの言葉を引きたい。一九二四年ポーランド生まれのジャーナリスト、K・S・カロル（一九二四〜二〇一四）の言葉である。スターリンとヒトラーが組んだ一九三九年の秘密議定書でソ連領内に強制的に編入された地域に住んでいたカロルは、スターリン治世下にあって、シベリアの強制収容所に送られた経験を経て、第二次大戦後はフランスに居を移して、ジャーナリストとして優れた仕事を残した。ソ連圏も含めて、ゆがめられた社会主義の在り方は変革可能で

＊1　ホルヘ・サンヒネス（一九三七〜）はボリビアの代表的な映画作家。集団的な創造を目指してウカマウ集団を主宰。先住民族人口が多数を占める故国の社会状況の中で映画を制作し上映することの意味と向き合って、独自の映像世界を切り開いてきた。代表作は『コンドルの血』『第一の敵』『地下の民』『鳥の歌』など。自主上映・共同制作に取り組んできたシネマテーク・インディアスを通して、日本ではすべての作品が公開されている。理論書に『アンデスで先住民の映画を撮る』（太田昌国編、現代企画室、二〇〇〇年）、プロデューサー、ベアトリス・パラシオスのルポルタージュ『「悪なき大地」への途上にて』（唐澤秀子訳、編集室インディアス、二〇〇三年）がある。映画『第一の敵』『地下の民』『鳥の歌』『最後の庭の息子たち』のDVDも発売されている（現代企画室、二〇一四年）。

あり、その先に「真の社会主義」の実現を夢見た人物であった。彼は、一九六〇年代、革命初期のキューバを何度も取材し、フィデル・カストロやチェ・ゲバラとのインタビューも重ねて、この段階におけるキューバ革命の鼓動を生き生きと伝える重要な書物『カストロの道――ゲリラから権力へ』（弥永康夫訳、読売新聞社、一九七二年）を書いた（付言しておくなら、この書におけるインタビューでしか接することのできないカストロやゲバラの発言が記録されているという意味でも、本書は重要である）。そこで言う――キューバは「世界を引き裂いている危機や矛盾を、集中的に体現した」がゆえに、「この島は一種の共鳴箱となり、現代世界において発生するいかに小さな動揺に対しても、またどれほど小さな悲劇に対してであろうとも、鋭敏に反応するようになった」と。

そのようなキューバの在り方が、世界じゅうの多くの人びとの心を鷲掴みにした時代が、確かにあった。米国を中心とする資本制社会が日々生み出している危機や矛盾を鋭く指摘し、他ならぬその米国が直接・間接に行なう軍事侵攻を含めた革命潰しの策動とたたかい、同時にソ連や中国のような既成社会主義国で顕わになっていた「反・社会主義的な」現実とは対極を行くような革命として、少なくとも外部の私たちの目には映っていた時代が……。面積は北海道と九州を合わせたものよりやや小さく、一一万平方キロ、人口わずか一千万人という「小国」である現実も、キューバの〈特異性〉を際立たせる要素のひとつであった。

だが、いま私たちの眼前に、この小さな書物に拠って立っているのは、「叙事詩的な」時代のキューバを知る由もないカネック・サンチェス・ゲバラである。「叙事詩的な」時代とは、私の考えでは、かのグランマ号による「遠征」が始められた一九五六年末から、OLAS（ラテンアメリカ人民連帯機構）第一回大会[*3]がハバナで開かれた一九六七年七～八月を経て、ボリビアにおけるチェ・ゲバラの死（一九六七年一〇月）に至るまでの時期の、ほぼ一一年間だったと措定できるように思う。カネックは、だから、その時代が終わりを告げてから六年後に生まれたことになる。「遅れてきた少年かつ青年」としてのカネックは、キューバ革命に関わる思いを、本書本文に見られるような文学的な心象風景の描写をもって表現した。この解説で試みるのは、カネックの生涯を簡潔にスケッチしたうえで、政治的・社会的・思想的な領域では、彼がキューバ革命についてどんな表現をしていたか、ということである。それを明らかにする過程では、キューバ革命の「叙事詩的な時代」に遥か遠方に暮らしながらも深い感銘を受けていた私たちが、――一九六〇年代前半の情報通信網の水準からすれば、避けられぬことだったとはいえ――その裏面で進行していた事態に関してはまったく無知であったこともさらけ出されるだろう。

＊2　一九五六年一一月二五日、カストロ兄弟やゲバラなど八二人の遠征隊員を乗せた、定員二四人のクルーザー「グランマ号」は、メキシコはカリブ海に面したトゥースパン港を出帆してキューバ東海岸を目指した。「革命戦争」の始まりだった。これ以降、当事者が記した記録や観察者の見聞記は数多く出版されている。それらを読めば、この革命運動の担い手の若さ、「無謀」ともいえる計画、にも拘わらず成し遂げられた独裁体制の打倒、米国に支援された武装部隊の侵攻とその撃退、米ソ対立の中での苦闘、革命の渦中にいる人びとの「明るさ」……など、いかにも「叙事詩」を成り立たせる諸要素に満ちていたこと自体は否定できないだろう。

＊3　一九六七年七〜八月、ハバナで開かれた国際会議。六六年一月にやはりハバナで開催された三大陸人民連帯会議において、とりわけ革命運動の高揚が見られるラテンアメリカ地域において、人民間の連帯・調整・協働を行なう機構を設立することが決定された。各国左派勢力の代表者が集まり、情勢分析・具体的な連帯の方法などをめぐる討議がなされた。ドミニカ共和国代表は「優れたゲリラの指揮官、数多い戦いの経験を積んだ革命家、革命のために戦うラテンアメリカ人民の連帯の生きた象徴としてもっともふさわしい人物、チェ・ゲバラ」をこの会議の名誉議長にするよう提案し、満場一致で承認された。会議の内容は、革命情報研究会編集『世界革命運動情報』第六号（一九六七年九月）、第七号（一九六七年一一月）（レボルト社）で紹介されている。

二　カネック・サンチェス・ゲバラとは誰か？

本書の著者、カネック・サンチェス・ゲバラは、かのチェ・ゲバラの孫に当たる。本人からすれば煩わしいことに、そして客観的には気の毒にも、その短い生涯の間じゅう、カネックは「チェ・ゲバラの孫」という眼差しや紹介のされ方に取り囲まれていたことだろう。「短い生涯」と書いたが、そのわけは、彼は四〇歳で亡くなったからである。心臓病だった。三九歳で亡くなった祖父よりわずか一年だけ長く生きた。後述する母親、イルディータも三九歳で亡くなっている。ここに登場する死者たちは、みんな、なんと若いことだろう！

カネックの生涯と思想について論じる際に依拠し得る資料は、そう潤沢にあるわけではない。わずかな資料に基づいて、以下、記述を試みてみよう。

カネック・サンチェス・ゲバラは、「二〇〇六年七月一四日（金曜日）」の日付で、「僕は誰か」と題する文章を書いている。[*4] 当時住んでいたメキシコはオアハカで書いたもので、それまでの三二年の半生を簡潔に振り返っている。以下にその全訳を掲げる。ただし、説明が足りないと思われる点については、解説者が別な資料に拠りながら、カネック自身の手になる本文より二字下げで、書き加えてある。またカネック自身の文中に〔　〕で括った文言も、解説者による加筆である。

自己紹介の文章は、次のように始まっている。

＊＊＊

一九七四年、ハバナはミラマールのキンタ通り沿いにある大きな家に、僕は生まれた。そう、ブルジョワ通りと交わる特権階級通りのど真ん中だ。だが暮らしは贅沢とはほど遠かった。その家には、僕の両親（母のイルダ・ゲバラ・ガデアと父のアルベルト・サンチェス・エルナンデス）のほかに、それより数年前にキューバへやってきたメキシコのゲリラ兵の一団が暮らしていた。でも実情は、助っ人外国人でもなんでもなく、ただのならず者たちで、招かれざる客としてキューバに住んでいたんだ。他の言いかたでうんと簡潔に言えば、メキシコで飛行機をハイジャックして、ハバナに着陸した、というわけだ。

カネックの母親イルダ（イルディータと愛称で呼ばれることが多かった）は、アルゼンチンに生まれラテンアメリカ各地を放浪していたエルネスト・ゲバラと、ペルー生まれのイルダ・ガデアの間に、一九五六年二月メキシコで生まれた。ふたりは、五四年にグアテマラで知り合っていた。当時、グアテマラは政治的な激動の真っただ中にあって、民族主義左派のアルベンス政権の政策路線に危惧を抱いた北の大国＝米国が介入を試みており、その攻防が行なわれていた。イルダ・ガデアはペルーからの亡命者として、エルネスト・ゲバラはラテンアメリカ放浪中の立ち寄り先として、グアテマラにいたのだった。米国ＣＩＡの介入でアルベンス政権が打倒されると、外国人ではあったがアルベンス寄りの立場で滞在していたふたりは、身の危険を察知して、メキシコへ逃れた。[*5]ゲバラは、その後知り合ったフィデル・カストロらキューバ人亡命者たちが、キューバの独裁体制を打倒するための武装闘争を展開するためにキューバへ渡ることを聞かされたが、軍医としての参加を乞われてこれに応じた。イルダが一歳にも満たぬ一九五六年一一月、ゲバラは妻子と別れて八一人の

＊4　本人がネット上に投稿した“Quién soy yo?”（私は誰？）の原文は以下である。http://baracuteycubano.blogspot.jp/2006/07/quien-soy-por-canek-snchez-guevara.html（最終アクセス2018/04/10）

＊5　このあたりの経緯については、チェ・ゲバラ自身が次の著書で明らかにしている。『チェ・ゲバラＡＭＥＲＩＣＡ放浪書簡集――ふるさとへ１９５３―５６』（棚橋加奈江訳、現代企画室、二〇〇一年）、『チェ・ゲバラ　ふたたび旅へ――第２回ＡＭＥＲＩＣＡ放浪日記』（同上、二〇〇四年）

キューバ人と共に、ヨット・グランマ号に乗ってメキシコの港を出帆した。それから三年有余後の一九五九年一月、バティスタ独裁体制打倒を成し遂げた革命勢力が首都ハバナに入城することになるが、その中に「チェ」と呼ばれることが定着したエルネスト・ゲバラの姿があったことは、多くの読者がご存知のことだろう。その間の経緯は、すでに多くの著書によって明らかになっており、それはおのずと、本書とは別な物語となるほかはない。

革命軍のハバナ入城からちょうど三週間が経った五九年一月二一日、ゲバラの妻イルダは娘のイルダ(イルディータ)を伴って、メキシコからキューバへ向かった。イルディータが三歳の誕生日を迎える直前だった。再会は果たしたものの、ゲバラはサンタ・クララの闘いで知り合った別のキューバ人女性、アレイダ・マルチがいるとイルダに告げた。[*6] ふたりは離婚した。イルダはキューバの農民住宅機構に職を得て、娘ともどもキューバに住むことになった。再婚後もゲバラは、忙しい合間を縫ってはイルディータの家を訪ねたり、新しい家族と一緒に過ごす時間を工面したりする様子は、イルダ・ガデアの回想記に描かれている。[*7] また、公開されている、チェ・ゲバラがイルディータに宛てた手紙もかなりあって、それらは読む者のこころに深い感銘を残さずにはおかない。

チェ・ゲバラの最初の妻にしてカネックの祖母イルダ・ガデアは、一九七四年二月一一日、交通事故の怪我による感染症のためにハバナで亡くなった。享年五二歳だった。カネックが生まれたのは、祖母が亡くなって三ヵ月あまりが経った同年五月二二日のことだった。

カネックが言うように、家には両親に加えて、メキシコから来たゲリラたちが共同で住んでいた。カネックの父親アルベルトは、メキシコの反政府ゲリラで、北部の大都市モンテレーに基盤をおく「武装共産主義者同盟」の一員で、一九七二年一〇月、メキシコで航空機をハイジャックし、人質に取った乗客を盾に獄中の政治犯の仲間の釈放を要求し、これに成功してキューバへ政治亡命し、そこに住むようになったのだった。この当時、メキシコの他の反体制組織も数々の作戦行動を行ない、キューバには五〇人ものメキシコ人ゲリラが住んでいたという。彼らは一九七三年六月に、「戦闘的プロレタリア部隊〈ラウル・ラモス・サバラ〉」（UCP）を組織して、メキシコを支配するPRI（制度的革命党）体制を打倒するためにいずれメキシコへ戻って再び祖国での闘争に復帰することを目指していた。一九五九年の革命以降、米国の圧力の下で、ラテンアメリカの多くの国々が敵対的なキューバ包囲網に加わる中で、メキシコ政府は一定の自律性をもってキューバに対しており、その点を考慮したキューバ政府は、メキシコ人ゲリラのこの方針に反対だった。こんな状況の只中の一九七三年末、イルディータとアルベルトは結婚した。イルディータもUCPのメンバーとなった。

たぶん、あの家には一五人ぐらいの人間が暮らしていただろう。といっても、そういう記憶があるわけじゃなく、他の人たちの思い出のさらにまたその思い出とか、会話の中の思い出でしかないのだが。あるとき、メキシコの荒くれ者たち――共産主義者だか、無政府主義者だか、絶対自由の社会主義者だかはよく知らないが――は、キューバ社会主義の現実は自分たちが抱いていた解放の理想とはかけ離れたものだと結論づけて、キューバを出て行った（たしか、国外退去を命じられた者もいたはずだ）。これを機に僕たちもキューバを去って、というか僕はただ連れて行かれただけなのだが、はるばるイタリアまで渡ったんだ。

＊6　アレイダ・マルチは『わが夫、チェ・ゲバラ』（後藤政子訳、朝日新聞出版、二〇〇八年）という回想録を残している。原著の刊行は二〇〇七年。
＊7　イルダ・ガデアは『チェ・ゲバラと歩んだ人生』（松枝愛訳、中央公論新社、二〇一一年）と題する回想録を残している。原著の刊行は一九七二年。＊5で記したグアテマラ滞在時の様子もここでは描かれている。

キューバ当局とメキシコ人亡命者グループとの関係の悪化は、次のようなことにも現われた。一九七四年一月、ソ連（当時）のブレジネフ首相がキューバを訪問したが、そのとき、キューバ警察はメキシコ人亡命者を一時的に隔離・投獄した。なかには、キューバ当局から国外追放を示唆された者もいたようだった。一九七五年末までには、全員がキューバを離れ、イタリアへ移った。カネックも、母親ともどもキューバを離れた。

一九七〇年代のイタリアというのは、あらゆる左翼思想を持った、ラテンアメリカからの亡命者のるつぼだった。「亡命者」というと逃げ出してきたような受け身なイメージもあるが、彼らは、それぞれが国を出ざるを得なくなった理由のために戦う人たちだった。アルゼンチン、コロンビア、ニカラグア、エルサルバドル、ペルー、そしてもちろん、メキシコからの人たちがいた。僕の両親がイタリアで何をしていたかはここでは直接関係ないけれど、僕にとっては童謡といえば『バンディエラ・ロッサ』だった、とだけ言っておこう。そう、子どもの頃、最初に覚えた歌が『バンディエラ・ロッサ』と『インターナショナル』[*8]だったのだ。どういうわけか、当時はいつも、オリーブ色の拳がついた黒い革ひもを首から下げていた。フラッシュバックのようなぼんやりとした記憶だが、ミラノで住んでいたちっぽけなアパートのことも覚えている。本当に小さかった……。

僕が五歳の頃に、母と二人でハバナへ飛んだ。数ヵ月のあいだ、ホテル・リビエラの真裏にあった、竣工したばかりの建物のアパートの一室で暮らした。数ヵ月、といっても、なにせ、子ども時代の時間感覚だからね……夏は永遠に続くのに、一年は一瞬で終わる、というような。いわゆる「ミクロブリガーダ」[*9]という、小さな窓とベランダのついた七階建ぐらいの建物が二棟あった。そこでの生活は最高だった。一緒に遊べる子どもが大勢いて、日当たりが良くて、とても賑やかだったから。

ハバナで暮らしたその年、僕は幼稚園に入ったが、正直に言ってあまりたくさんの思い出はない。いや、予防接種のあった日のことは覚えているかな。僕は、ありえないほどの注射嫌いだったから。それに、二人そろうと本当に手の施しようのなかった双子のことも覚えている。そうそう、延々と書き取りの練習をさせられたこともあったな。どれもありきたりな、幼稚園ならではのことばかりだ。

卒園すると、僕と母とは父のいるバルセロナへと発った。フランシスコ・フランコ将軍[*10]が死んで何年かしか経っていなかったから(一九七九年か一九八〇年あたりの話だ)、よく言われるように、左翼がやりたい放題やっていた時代だ。僕の両親はつねに労働組合や、左翼系新聞や雑誌などの出版関係に協力していた。深く関わっていたと言える。

要するに僕は、編集室と三日間のデモ、現像用の暗室とロックコンサート、デザインテーブル、革命の主体と客体についての終わりのない議論なんかのなかで育ったんだ。当時のスペインの、カタルーニャの自治と言

＊8　「バンディエラ・ロッサ」は「赤旗」を意味するイタリア語で、労働歌・革命歌のタイトルである。歌詞は「進め同志よ！　革命に向かって！　赤旗、赤旗！／進め同志よ！　革命に向かって！　赤旗、赤旗！／赤旗は勝利を収める／赤旗は勝利を収める／共産主義と自由万歳！」と続く。「インターナショナル」は、フランスで起きたパリ・コミューンの闘い(一八七一年)が鎮圧された後、コミューンに参加したウジェーヌ・ポティエが作詞した革命歌。ソ連の国歌となっていた時期もあり、世界中の革命運動の中で広く歌われてきている。

＊9　深刻な住宅問題を解決するために、一九七〇年代を頂点にして建設された簡素な集合住宅の建設作業に参加した人びとを「ミクロブリガーダ」(マイクロ旅団)と呼んだことから、建物そのものの呼称に転じた。これに参加する人びとは、工場や事務所での労働を一定期間免除され、自分や仲間のための住宅建設に従事できた。自助努力による集団的な労働の形態として、一時代を画した。

＊10　一九三六年に選挙で成立したスペインの人民戦線内閣に対して、軍人フランシスコ・フランコ(一八九二〜一九七五)は叛乱を起こし、その後三年間続いた内戦に勝利して以降、厳格な独裁制を維持していたが、一九七五年に死亡した。

語をはじめとする文化を守ろうという、絶対自由主義的な論調に賛同して、僕も小学校一年生のときはスペイン語とカタラン語のバイリンガルの学校に通った。思い出すのは、アルゼンチン人の友だち。僕の両親の友だちの亡命者の子どもたちだった。それに、おとなたちが席について、もちろんワインを飲みながら、永続革命だか世界革命だか一国革命だか、そういうことを自由に議論し合っていたのも覚えている。いつも、ロシア人、ドイツ人、イタリア人、フランス人の名前が出てきた。といっても、議論の中身は覚えていなくて、ただ彼らが何かしら議論し合っていた、という事実を覚えているだけだ。当然のことながら、その後の僕の人となりを形作ることになった何かを。理解することもできなかったし、正直言って興味もなかった。バットマンが正義のために戦ってくれているのに、このばかなおとなたちは何を心配しているんだ、と思ったぐらいで……。[*11]

〔一九七九年末になると、メキシコの〕ロペス・ポルティーヨ大統領が、一九六〇年代の武力闘争の関係者全員にまとめて恩赦を与えたので、父はメキシコに帰ることができた。母は七ヵ月の身重で、僕は七歳だった。それより二年前、僕たちがイタリアを出たときに初めて、僕は両親を本当の名前でおおっぴらに呼ぶことができた。なにせ、いつも地下活動にどっぷり浸かっていた人たちだったから。両親の道連れが当時の僕の家族であり、そういう人たちはみな、本名とは似ても似つかない名前で呼ばれていた。弟のカミーロはモンテレーで生まれた。父の故郷で、父方の親戚が大勢いた。丸っきり知らない人たちなのに、とても親切にしてくれた。そんなことは僕にとって初めてのことだった。

弟が一歳の誕生日を迎える少し前に、僕たちはメキシコ市へ引っ越した。[*12]魅惑的な巨大都市だ。そして両親は、皮肉のつもりかなにか知らないが、僕をホセ・マルティという名前の学校に入れた。弟はぜんそくもちで、僕はその学校に一年半通った（わざとやっているのだが、この二つには何の関連性もない。ただ、二つの事実を一つの文章にまとめてみようと思っただけだ）。カミーロは、家のそばの病院の酸素室で二歳の誕生日を迎えた。家は奥行き七メートル、幅四メートルほどしかなく、両親は居間で寝起きしていて、居間の脇にはカウンターかテーブルで区切られただけのキッチンがあった。ほかには、ごく小さな浴室と、カミーロと僕で一緒に使っていた細長い部屋があっただけだ。

そこに住んでいたときに、仲の良い友だちが三人できた。そのうちの一人は死んだ。休暇のあと戻ってこなかったので、彼はどうしたのかとその母親に訊くと、彼女はいきなり泣き出した。あとで僕の母が理由を教えてくれた。それが、僕が死に接した最初の体験だった。これまでにたくさんの友人を亡くした。哲学者のサバテールによれば、死と対峙することは、人間について考える出発点となる。人が初めて死について考えるとき、初めて真に思考するのだ、なぜなら死によって、生きているという意識や恐怖や問いかけが呼び覚まされるからだ……。

小学校はメキシコ市で卒業した。小さな学校だったが、とても良い思い出があるし、良い友人にも恵まれた。その頃には市の南部の四七棟もある団地に住んでいたのを、はっきり覚えている。国立自治大学

＊11　このエピソードは、ジュリー・ガブラス監督の『ぜんぶ、フィデルのせい』（フランス、二〇〇六年）という映画を思い起こさせる。映画の原作は、イタリアの作家ドミティッラ・カラマイの『ぜんぶ、フィデルのせい』（一九九八年）。映画は舞台をパリに移し変え、一九七〇年代パリに大勢来ていたラテンアメリカからの政治亡命者たちの「共産主義思想」に感化されて、恵まれた生活の一新を図るフランス人のエリート夫婦に翻弄される九歳の娘の視線を通して、幼い彼女には理解できない大人のふるまいを描く。彼女が達した結論は、火元はすべて、キューバの「フィデル」というおじさんらしいというもの。幼い少女が自由や社会について考え始める過程を、皮肉なタッチで描いた作品である。

＊12　ホセ・マルティ（一八五三〜九五）は、キューバの詩人、思想家、革命家。長い亡命生活を送った米国で、この国の「帝国主義」性に気づき、北米を「彼らのアメリカ」と呼んで、「われらのアメリカ」（＝ラテンアメリカ）を対置した。スペインからの独立戦争で戦死。膨大な著作を残し、革命後のキューバでは、独立・革命運動の先駆者としてみなされており、学校教育の中でも、その詩作や童話、生涯そのものが重点的に扱われている。

（ＵＮＡＭ）に近かったので、そこの教授や研究者たちも、家族と住んでいた。一九六〇年代、ラテンアメリカ諸国の独裁政権時代に、メキシコはいろいろな国からの、とくにアルゼンチンとチリからの政治亡命者を大勢受け入れていた。ＵＮＡＭで雇ってもらった人たちもいて、僕の家の近くにはそういう人たちも何人か住んでいた。じっさい、当時の僕の親友はチリ人で、彼とは思い出がたくさんあるし、今も行き来のある友だちだ。ふたりだけの秘密の協定を結んでいてね……僕たちは共産主義者だったんだよ。要するに、ふたりとも、自分の過去や生い立ちに何か他とは違うところがあるのを分かっていて、漠然とした正義感がその違いを正当化してくれるような感じがしていたんだ。

一九八六年の夏に、母と弟と僕はハバナへ引っ越し、直後に、ベダド地区のリネア通りとＧ通りの交わるところにある、カルロス・Ｊ・フィンレイ中学校に入学した。率直に言って、大変な衝撃だったよ。目に見える違いだけでなく、目に見えないようなことまですべてが。キューバ革命は僕にとって、美化された、会話の中の存在でしかなかったのに、いきなり現実として突きつけられたんだから。打ち明けると、僕は革命のことをこれっぽっちも分かってはいなかった。僕たちの人生、僕が家族と送ってきた生活の核をなすものだということや、周りに信頼できる人しかいないときにだけ、声高に話していいものだということは、直感的に理解していた。つまり僕は、キューバで初めて、エルネスト・ゲバラと、家族として関わるようになった。一二歳にもなってから、いきなり「チェの孫」としての洗礼を受けることになったんだ。

どっちを見ても足りないものだらけの革命に甘んじなければならないという状況に、どう対処したらよいかを学ぶのはなかなか大変だった。学校で習うことは、教室を出た瞬間からもう矛盾だらけだし、なかには、僕が一番の優等生でなければならないという、はた迷惑な強迫観念にとりつかれている先生までいた。でも、とくに懐かしく思い出される先生たちもいる。スペイン語の先生は課題をいつも厳しくチェックしてくれて、それもありがたかった。ある数学の先生とはすぐに親しくなったし、べつの数学の先生はまじめなのにひょうきんという二面性を持っていた。ある化学の先生は、勉強はよく分からなかったが、先生のことはとても気に入っていた。基礎政治学の先生などは、僕に無意識にものを考えさせてくれた。

チェの孫らしくするのは実に難しかった。つねづね、自分らしくするくせがついていたのに、突然、僕の振る舞いや話す内容にまで、あれこれ注文をつける人たちが出てきたんだ。僕みたいなアナキストのなりかけにとっては、大変な重荷だった。もちろん、求められることにはことごとく逆らってやったよ。両親は、僕たち兄弟を自由奔放に育てた。じっさい、言うことをきかないように育てられた、と感じるときすらある……まあ、たぶんただの言い訳なのだが。すぐに、その状況に居心地の悪さを感じるようになった。

僕たちは広くて快適なアパートに住んでいたが（ただひとつ不便だったのは、一二階の部屋なのにエレベーターがめったに動かなかったことだ）、特権階級（ノーメンクラトゥーラ）とは、うんと距離を置いていた。キューバの「上流社会」とはほとんど関わらなかったし、彼らの口のきき方や生き方と、「大衆」と呼ばれる人たちのそれとの違いに不快感を覚えた、ということ以外、これといって記憶に残っていることはない（ただし、その社会階層にも、数は少ないが本当に誠実な親友はいたのだが）。ただ、いまでこそそのように評価しているが、まだ思春期にさしかかったばかりの当時の僕には、すっかり理解できていたわけではなかった。

どうか、僕が才能に満ち溢れた子どもだったかのように誤解しないでほしい。単に、ものごとを深く考えるように育てられていたし、よく考えた結果、何か方向が間違っているところがある、と感じていたんだ。つまり、理解するのではなく、身をもって知っていたんだ。あるいは、僕の周りでいったいどんなことが起きているのか、はっきりとは分からないままに理解していた、とも言えるかもしれない。なぜなら、僕はけっして、ガラスでできたしゃぼん玉の中に閉じこもって暮らしてはいなかったから。僕の友人たちも、僕と同じくベダドや、中心街、マリアナオ、ミラマール、アルタアバナ、アルタマール、ラリサなどに住んでいた。僕の人生についてオフィシャルに言われていることがあったとしても、なにもその枠内に限定された人生を送っていたわけじゃない。ロックコンサートにも行ったし（ときどきは、許可されてはいるが半分地下活動的なコンサートにも）、一市民として町をぶらついたりもした。若さゆえに、疑り深かった。何を疑っていたかって？　まさにそれ、若さを疑ってかかっていたんだよ。通りで職務質問を受け、書類や所持品のチェックを受けることもあった。あるときなんて、お尻の穴の中まで調べられた。本当だよ、コッペリア[*13]に並んでいると、ひとりの男がドラッグの錠剤を売ろうと僕に近づいて来て、僕はいらないと言った。その男が立ち去るか立ち去らないかのうちに、いきなりやつらは飛びかかってきたんだ。僕はアイスクリーム屋のトイレに連れて行かれ、服を脱ぐように言われ、しゃがまされた。そして、警察の制服（相変わらずの白いグアヤベラ[*14]さ）を着た男が、お尻の穴からドラッグの錠剤が見えていないか、覗き込んできた……。警察官もどうかしてるよな……。

まあ、僕は頭もぼさぼさで、「反体制的」で、「反社会的」で、警察の基準からすれば、ルンペンに近い人間のひとりだったんだろう。自分ではルンペンではなかったと思っているけど、それはどっちでもよかった。おまけに、僕の家系が話題に上るやいなや、僕はすぐに釈放された。そんなとき必ず、あなたのような人がそのような振る舞いをすべきではない、とくぎを刺された。チェの孫は、あまり頻繁にそういう連中とつるむべきではないと。言い換えれば、大衆と付き合って、大衆に汚染されてはいけない、というわけだ。「大衆」というのは便利な抽象概念で、とりわけレトリックとしていろいろな使い道がある、ということが分かりかけてきた……。一五、六歳の頃だったろうか、そのころにはもう高校もやめていた。

僕の世代の多くの生徒がそうだったように、僕も学校から逃げ出した。自分に関心を持たれないように、というかむしろ期待されるイメージを下げるために、「無関心」の旗印のもと、ぶらぶらと過ごしていた。この期に及んでも、まだ僕が何かを期待されていたなら、の話だが。その頃、表面的な意味でだが、なんでもかんでも議論する癖がついた。現実と象徴について、内容と形式について、本質と見せかけについてなど。カフカに傾倒していたし、恥を忍んで言えば、僕にとって初めて本当に心に響いた思想家は、トロピカルとは真逆のショーペンハウアーだった。同じく、ロックやトロツキーの伝説、ダダイストやエレクトロニック・サウンドにも興味があった。そうかと思えば、どれもこれも、僕にとっては大した違いのないものだった。悲観的だったわけじゃなくて、それどころか逆に、僕はいつも満足していた。とても内向きだったんだ。年上の友人たちには、実存主義者と呼ばれていた。どういう意味なのかはいまひとつよく分からなかったけど、言葉の響きは気に入っていた。

文化の形式に興味を抱くようになり、絵画や音楽についての本を読んだり、小説や映画、哲学的散文や芸術論などにのめりこんでいった。いや、そういうものを求めるようになったというだけかもしれない。だんだん分かってきたところなのだが、僕の闘いはつねに文化的なものだった。つまり、どんな人であろうと人間は人間なのだが、その人となりの上に初めて人は人として完成されるんだ。自分らしくあるというのは自然なことだ。そうすると、文化というのは自分たちがいったい何者なのか、どこへ向かっているのか、どこから来たのか、ということを自分自身に問いかけることなんだ。僕が自分のことを「文化人」と言うとき、この言葉の裏に隠された尊大な意味合いで使っているんじゃない。僕にとって文化人とは、自分の文化の他にもたくさんの文化があり、どちらが上でも下でもなく、たんに異なっているというだけなのだ、ということを知っている人間だ。それに、キューバでは、独裁までもが文化的なんだ。何よりもまず文化的というか。他の大勢のキューバ人と同じく、僕の記憶にも鮮明に残っている出来事が頭にあるんだけど。つまり、アルナルド・オチョアやデ・ラ・グアルディア兄弟やその他の、麻薬や象牙やダイヤモンドや外貨の密売人の、テレビドラマさながらの裁判のことだ。[*15]

テレビドラマさながらと言ったのは、本当にそんな感じだったからなんだ。つまり、毎晩毎晩、八時ちょうどにテレビで放映されて、始めから分かりきっている結末をわくわくしながら待ち、裁判中ずっと続く、探り

＊13　ハバナ新市街にある、有名なアイスクリーム店。いつも順番待ちの行列ができている。
＊14　カリブ海諸国やメキシコで愛用されている開襟シャツ。胸のピンタックの模様が特徴で、正装として通用する。
＊15　オチョア将軍の裁判事件については、この解説の二三二頁以降で触れることにする。

合うような不快な空気……。なにも、彼らが本当は無実だったなどと言いたいわけではなくて、明らかに彼らの上官たちは、そういう取引のことを知っていた、ということなんだ。司令官その人がその事案について何も把握していなかったなんて、誰も信じちゃいないよ。

明らかにそれは国の作戦だったし、同じようなことをほかにもたくさん目にしてきた。キューバ政府に貴重なドルを供与するためのね……。まともな理性があれば、そんなとてつもない、悪趣味なペテンは受け入れがたいだろう。だが、当時は多くの人がそんな理性を無くしていたんだ。キューバ流に言うなら、「とぼけて」いた。司法の嘘っぱちをまるまる信じていた。とはいえ、他にどうすることができた？　僕だって、考えていることを堂々とは言えなかった。仲間内でしゃべるのが関の山だった。

その頃の仲間内で関心のあったことのひとつとして、議論の種にしていた程度だ。つまり、どこぞの女の子の胸のこととか、明日のパーティのこととか、メトロポリスである上映のこととか、カルロス・バレラ*16のコンサートのこととか……。議論自体はだいぶしたけれど、じっさいは何も言っていなかった。表現の欠如のことをどうやって表現したらいいだろうか、人間の口をつぐませて、おしゃべりなゾンビに変えてしまうあいつのことを？

その後僕は、セーロの、国立図書館から数ブロックのところにあるごく小さなアパートに住んだ。その図書館で、本の修復の仕事をしていたからだ。そういえば、自惚れ半分でアート写真なるものにのめり込んだ挙句に、一五歳から一七歳までのあいだは、初めは『フベントゥ・レベルデ』で、その後は『グランマ』でカメラマン見習いをしていた。*17友人数人と、ロックを扱ったミニ雑誌の編集もした。コピーをしてわずかな部数を出していただけだが。また、文章も書き始めた。とはいえ、すべて天真爛漫に思いつくままやっていただけで、これと決めた方向性があったわけじゃない。芸術、文化、ファッション、そしてもちろん、思想や政治においても、前衛的なものに興味を抱いた。そのとおりさ、〈状況的な〉ものにのめり込んでいたんだ。グラフィック・デザインの仕事を始めたが、同時に写真を撮り、作曲し、お粗末な「抽象」詩なんかを書いていた。ものをよく読むようになり、少しずつ、編集する立場になっていった。

母が亡くなって一年が過ぎた一九九六年、僕はキューバを出た。ハバナに越してから一〇年が過ぎていた。弟のカミーロは母が亡くなってすぐにキューバを去った。出国時の僕の心はずたずたで、キューバに着いた時よりもさらに、頭の中が混乱していた。僕は、一二歳から二二歳までをキューバで過ごした。僕という人間は、キューバで作られた。キューバのことは好きだったが、同時に憎んでもいた。それは、自分にとってかけがえのない大切なものに対してしか、できないことだ……。

今は、メキシコのキューバ人社会はもちろん、一般的に亡命者とはあえて距離を置き、オアハカ市で暮らしている。正直なところ、キューバのことを話すだけの生活なんて、考えただけでもうんざりなんだ。ほかに興味のあることがたくさんあるからね。僕は、デザイナー、編集者、ときには文化プロモーター、場合によっては文化批評家として活動している。いくつかの文化誌、政治誌にも参画している。作曲も続けているし、アーティストとの議論にも加わる。今、編集中の雑誌は、創刊号がもうすぐ出る予定だ。(『エル・オシオ・インテルナシオナル(国際的な無為)』という名前で、紙媒体とインターネットで同時に発表するが、それについてはおいおい皆さんにもお知らせする。)文化的な考察と議論を扱った雑誌だ。加えて、『カニは不死身な

＊16　一九六三年、ハバナ生まれのシンガーソングライター。一九六〇年代末に現われ、パブロ・ミラネスとシルビア・ロドリゲスが代表した「ヌエバ・トローバ」(新しい歌)の流れを、八〇年代以降に継いでいる歌手。

＊17　『フベントゥ・レベルデ』は、青年共産主義者同盟機関紙。『グランマ』は、キューバ共産党機関紙である。グレて「道を外れた」カネックが、短期間とはいえこのような正統派の機関紙局で写真の勉強ができたという点には、その人事の「柔軟さ」におもしろみを感じる。人間改造のための「矯正労働」だったのだろうか?

のか』[18]という二八〇ページほどの小説も書いている（一九九六年には、『「僕」の日記』と題した本を出版した――内容は日記でもなんでもないのに、このタイトルだ――。その文章も、近々ネットに上げるつもりだ、どこかのだれかがうっかり関心を持つかもしれないからね……。今ではつぶれてしまった、ごく小さな出版社に委託したんだけど、分かっているのはただの一冊も売れなかったということだけで、おかげで、アンチ資本主義を自負している僕としては、大満足だ）。

自分についてか……、どう言ったらいいかな？ 僕は、自由な人間になることを夢見ているエゴイストだ。僕たちの誰もがエゴを持っていること、そしてそのエゴを満足させるにはお互い協力しなければならないことを知っているエゴイストだ。つまり、僕の自由が君の自由を損ねたり、その逆だったりせず、僕が自由でいるためには君も自由でなければならない、ということを。セックス・ピストルズが「俺はアナキストなんだ」と歌ったように……。（二〇〇六年七月一四日）

＊＊＊

以上が、カネック自身が記した自己紹介の文章に、解説者の目から見たいくつかの補足的な事実を付け加えて成った伝記的な素描である。この項の終わりに、「カネック」（Canek）という名の由来について触れておこう。マヤ語で「黒い蛇」を意味するが、スペインによる植民地支配に対する叛乱を起こしたマヤ系先住民族指導者にハシント・カネックという人物がいたことからも分かるように、カネックの父親アルベルトの故国・メキシコでは、独特の響きをもつ名前である。メキシコのプロレス（ルチャ・リブレ）の愛好者であれば、一九七〇年代後半から八〇年代にかけて活躍した覆面レスラー「カネック」を思い起こされる方もおられるかもしれない。

三　カネックが捉えた祖父、チェ・ゲバラ像

カネック・サンチェス・ゲバラは、右に見てきたように、常に祖父チェ・ゲバラとの関わりの中で他者からの視線を浴びてきた。そのことへのけじめを主体的につけるつもりであったのか、三〇歳を超えて間もない二〇〇七年に——ということは、チェ・ゲバラの死から四〇年目に当たる年なのだが——祖父に関わる二冊の書物を出版し、加えて、メキシコの週刊誌のメール・インタビューに答えている。それらに基づいて、まずはカネックのチェ・ゲバラ観をみておこう。一冊目は、次の書物である。

Ernesto Che Guevara, *Diario de Bolivia*, edición anotada por Canek Sánchez Guevara y Radamés Molina Montes, Barcelona: Linkgua ediciones S.L., 2007.

チェ・ゲバラが遺した、いわゆる『ボリビア日記』（日本語版は、多くは『ゲバラ日記』のタイトルで、一九六八年以降これまでに七種類ほど刊行されている）への解題と注釈を、カネックとラダメス・モリナ・モンテスが施した版である。後者も亡命キューバ人である。日記本文が一八六頁であるのに対して、解題が一二頁、注釈が五三頁を占めていることからも分かるように、世界各地で多数の版が出版されているこの書に関して独自の解釈を試みようとしている。日記本文には異同があろうはずはないから、解題と注釈を通してでしか、他の版との違いは生まれ得ない。編者が強調するこの版の特徴は以下の点にある。

1、チェの戦争、ゲリラ運動、ボリビアの兵士たち、あれほどの反響を呼び起こした戦術的な諸状況にまつわる事柄を最大限明らかにすること。

2、闘いの場にいた相異なる勢力間の矛盾や、それぞれが駆使した戦術も明らかにすること。

＊18　スペイン語独特の表現で、意味のないことを表す。

これを心掛ける理由は、従来の版では、「ゲリラの叙事詩的な面が強調されており、対立する相手、脱走者、当時のボリビアの込み入った政治状況などに関心を払っていないから」である。それを避けるために、『日記』で引用されているすべての個人に関する情報を注釈に入れ、用いられた武器を記録し、ボリビア／アルゼンチン／キューバ特有の表現・用語にまつわる疑問を払拭し、さらに、チェ以外のゲリラ兵士の日記や、ボリビア政府軍将校および反ゲリラ戦争に関わっていた米国ＣＩＡ（中央諜報局）関係者の評言なども、注釈の形で明らかにした」

ここでもまた、「叙事詩的な」側面への傾斜を警戒している編者たちの声が聞こえている。その意味でも、確かに、編者たちの意図は全編を通して貫かれていると思える。

住んでいる場所は日本であっても、私自身がこの時代の雰囲気の中で生きていたから、自らもそうであったようにキューバ革命の「叙事詩的な」捉え方を体験している。カネックらが解題の中で、その時代を「ヨリよい世界は、あの角を曲がれば、すぐにもある」と思われていた、と表現していることにも同意する。その後の世界を思えば、それは「幻想」、あるいは「妄想」でしかなかったことが明らかなのだが、その「落差」がどこから来るのかを考えるために、私は、青春時代以降大きな影響を受けてきたキューバ革命とチェ・ゲバラを捉え返す文章を書き続けてきた。それは『ゲバラを脱神話化する』（二〇〇〇年）、同書の増補・改訂版『チェ・ゲバラプレイバック』（二〇〇九年、いずれも現代企画室）にまとめられている。そこでの私の問題関心からすれば、カネックたちのそれと十分に重なり合うものを感じる。例えば、彼らは言う。

「革命的暴力や、人民戦争を通して新しい社会を作り上げるということが、当時はよく語られた。だが、チェの神話なるものは、彼が武器を握ったという事実から出来上がっているわけではない。その神話を形作ったのは、そのイメージ、メディア的な観点、新聞紙上に現われたカリスマ性なのだ。チェは、フィデル・カストロがその革命の好ましいイメージを売りに出すために必要としていた二つの鍵となるような宣伝媒体を作り上げた。一つは、シエラ・マエストラから政治的な扇動に満ちたメッセージを発する地下放送としての*19

叛乱軍放送（ラジオ・レベルデ）であり、ふたつ目は、ラテンアメリカ、米国、ヨーロッパにたくさんの支局を置いた情報通信社、プレンサ・ラティーナである。（中略）チェが先頭に立ったメディア計画で自ら魅力に溢れた政治的な才能を発揮したときすでに、来るべき未来における神話化は予言されていたといえる。チェ自らが、この革命は永遠に若く、叛逆的で、自律的であって、他の共産主義諸国のようにソ連に従属するものではまったくないこと、常にメディアと結びついていること――これらの神話を作り上げる役割を担ったのだ」

ゲリラ戦士像に偏してきた従来のゲバラ・イメージを変えようとする、カネックらの強靭な意志を感じる。この点が大いに共感するところである。一九六五年、コンゴの解放闘争に連帯しようとしたゲバラたちの試みは失敗し、傷心のゲバラはタンザニアのダルエスサラーム在のキューバ大使館やチェコスロバキア[*20]のプラハの隠れ家で、総括と次の段階の準備を進めるが、その様子を、私は、パコ・イグナシオ・タイボⅡほか著『ゲバラコンゴ戦記1965』（神崎牧子、太田昌国訳、現代企画室、一九九九年）に付した解説「『神話』からの解放

＊19　マエストラ山脈の意。トゥルキノ岳（一九七四メートル）を最高峰として、キューバ東部に広がる山脈地帯。反独裁闘争を展開するためにフィデル・カストロら八二人の遠征隊は、一九五六年一一月二五日にメキシコの港を出帆して、一二月二日キューバ東部のラス・コロラーダス海岸に漂着した。山脈の西端であった。政府軍の攻撃に遭って壊滅的な打撃を被り、生き残った二一人がマエストラ山脈に籠って、以後の革命闘争の中核をなした。革命が勝利してのちはマエストラ山脈は「革命の聖地」とされた。子どもたちは学校ぐるみの「遠足」でそこを訪れ、革命闘争の「跡地」を見学するのだった。過酷な運動を重視する当時の教育方針への違和感を吐露する言葉は、主として芸術家・作家たちの著作やもの言いからよく聞かれる。

＊20　現在のチェコ共和国とスロバキア共和国は、一九一八年から一九九二年までは、チェコスロバキアという一国を形成していた。とりわけ一九四八年からは共産党の一党独裁体制が続き、一九六〇年から八九年までは「チェコスロバキア社会主義共和国」を名乗っていた。八九年のビロード革命で共産党独裁体制が崩壊し、その後連邦制を解消して、二つの国家に分離して現在に至っている。

――ゲバラの、そして私たちの」で書いた。カネックたちもこの段階に触れているが、ここの叙述の方法にも、深い親近感をおぼえる。とりわけ、彼らの結語が暗示しているところは、深い。「これ〔ゲバラがプラハで隠密生活を送り、南アメリカ革命の準備していたこと〕とは無関係なことだが、間もなくこの街プラハでは、ゲバラが目指したものとは正反対の革命が起こることになる」

これは、もちろん、ゲバラがプラハを離れて二年後の一九六八年に起こった「プラハの春」の動き――「人間の貌をした社会主義」を求める改革派政治指導部の登場と、それを支える大衆的な運動の高揚――のことを言っている。この高揚は、しかし、同年八月ソ連軍とワルシャワ条約軍がプラハに侵攻し、改革の動きを潰したことで頓挫する。フィデル・カストロはソ連のこの行動を、苦渋に満ちた論理によってではあったが、支持した。苦渋というのは、チェコスロバキアの主権を侵害する武力侵攻は正当化できないが、同国指導部が採用しようとしている新路線では帝国主義の手中に陥るだろうから、侵攻は止むを得なかったとする論理である。超大国＝米国の妨害と圧力にめげず、自律的な道を求めて苦闘していた小国＝キューバが、超大国＝ソ連が小国＝チェコスロバキアに対してとった政策を支持したことで、キューバ革命の少なからぬ支持者・共鳴者のあいだでは深刻な疑問と幻滅が沸き起こった。この事件は、したがって、カネックが本書で文学的に述べている、キューバ革命が孕む問題と密接に関係してくるのである。また、東欧社会主義圏の一国の首都であるということで出入国管理上の便宜を受けてプラハを隠れ蓑に使っていたチェ・ゲバラに、他ならぬその地の水面下で進行していた反官僚主義闘争・反スターリン主義的な動きの萌芽を感じ取ることができていたのであろうか、という問いも必然的に生まれざるを得ないのである。

こうしてみると、カネックらが編集した、ゲバラの『ボリビア日記』は、彼らが自負するように、従来の諸版に比べてその独自性を十分に主張できる内容になっている。

次いで、次の書物と雑誌インタビューをみていこう。

Jorge Masetti e Canek Sánchez Guevara, *Les Héritiers du Che*, Paris: Presses de la Cité, 2007.

“Crítica filial” en el semanario *Proceso* del 7 de octubre de 2007.

前者は、ホルヘ・マセッティとカネックの共著『チェの遺産』のフランス語訳である。スペイン語版（キューバ）からの翻訳と記されているが、スペイン語原書は入手できていない。

後者は、メキシコの週刊誌『プロセソ』二〇〇七年一〇月七日号に掲載された「系列からの批判」と題するメール・インタビューである。

まず、前者の共著者、ホルヘ・マセッティに触れておこう。彼は、カネックより二〇歳ほど年上だが、幼い頃からの生育環境がカネックに似たようなところがあり、その後たどることになる半生も、カネックのそれと重ね合わせると、キューバ革命が孕む問題をめぐって重要な論点が浮かび上がってくる。

ホルヘ・マセッティは、アルゼンチン人のジャーナリストにしてゲリラ兵士であったホルヘ・リカルド・マセッティ・ブランコ（一九二九～一九六四）を父親にして、一九五五年にアルゼンチンに生まれた。父親は、フィデル・カストロやチェ・ゲバラがキューバ東部のシエラ・マエストラを根拠地に革命戦争を展開していた一九五八年当時そこを訪れて、彼らに直接インタビューを行なった数少ないジャーナリストのひとりであった。その時の取材を元に著した著書 *Los que luchan y los que lloran*, Buenos Aires: Editorial Freeland, 1958.（『たたかう者と涙する者』）は、この時期の貴重な報告書である。キューバ革命が勝利したのちに、マセッティはそのままキューバに住み着いたので、三歳であった息子のホルヘ・マセッティらの家族もキューバに呼び寄せられた。国営通信社プレンサ・ラティーナの創設に関わり、その後は同郷のチェ・ゲバラとの協議の結果なのであろう、一九六四年にはアルゼンチン北部に反政府ゲリラ戦線を開くために、同国北部のサルタ州山岳部に入った。だが、組織は警察のスパイの潜入を許してしまい瓦解、マセッティ自身が病気にも罹って行方不明になったまま、遺体も見つかることはなかった。チェ・ゲバラの指示に基づいたボリビアにおける秘密工作活動（アルゼンチン系ドイツ人のタニア・ブンケが潜入し、政治・経済界の上層部への浸透を図る活動など）

は、マセッティらがゲリラ戦線を開こうとしたと同じ一九六四年に始まっている。チェ・ゲバラの構想の中では、近々にも自らが展開することになるボリビア東部におけるゲリラ戦線と、マセッティたちが先行して国境を接するアルゼンチン北部に開くゲリラ戦線とが、将来的には協働することを展望していたのであろう。

　後述するホルヘ・マセッティ自身の著書に拠れば、父親は、革命後のキューバ政治指導部で実権を持ち始める人民社会党*21（共産党）勢力によって、プレンサ・ラティーナから追われた、としている。フィデル・カストロらの「七・二六運動」*22は共産党とは無縁な地点から出発し、生成・発展を遂げて、一九五九年の革命勝利に到達する。だが、直後の米国との断絶、ソ連との接近を通して、ソ連共産党員の浸透も行なわれて、次第に人民社会党の勢力が台頭し始めたという事情を反映しているようだ。K・S・カロルは先に触れた著書の中で、ソ連共産党から派遣された工作者がキューバ革命指導部への影響力を強め、「怪しげな価値しかないソ連の文書」がキューバに行き渡りつつある状況に危惧を表明している。この段階での父マセッティの処遇についても、このような時代背景の中に据えると、重要な論点が浮かび上がると思われる。

　幼くして父親を失ったホルヘ・マセッティは、国際主義的な革命家の「遺児」として、そのままキューバに暮らした。当時のキューバは、大陸革命のためにたたかう意思を持つ他国のゲリラ志望者に軍事訓練を施す機会も提供すれば、不幸にして死亡した場合にはその遺児を他国の人びとであっても受け入れる態勢を整えていた。一五歳になるまでキューバに暮らしたホルヘ・マセッティには、青年期以降の自らの半生を振り返った、先行する単著がある。

　Jorge Masetti, *El furor y el delirio: Itinerario de un hijo de la Revolución cubana*, México: Tusquets Editores México, S.A. de C.V., 1999.

　『激情と妄想――キューバ革命のひとりの息子の旅程』と題されて、一九九九年にスペインとメキシコで出版されたものである。その内容に、ごく簡潔に触れておこう。幼児期からキューバに暮らしたマセッティは、一九七〇年、一五歳の時にいったんアルゼンチンへ戻り、以後革命運動の中でさまざまな活動に携わる。

基本的には、それは、キューバが水面下で支援する世界各地の革命運動との関わり合いにおいて生じる任務である。七〇年代から八〇年代半ばにかけては、彼自身も自分なりの確信に基づいて、職業革命家あるいは「世界革命浪人」ともいうべきその任務の遂行のために活動していた様子が描かれている。だが八〇年代後半になって、キューバの地下活動の司令塔である「赤髭」の異名をもつマヌエル・ピニェイロ[*23]から「金なくして革命なし」と言われ、自らの活動資金も自力で工面するよう命じられる。経済的苦境に立ったキューバでは、米国が扇動する経済封鎖によって合法的な経済・貿易活動を妨害されていることから、場合によっては非合法的な経済活動も許容されるという考え方が、公然とはではなくても、指導部の中に生まれていたことを窺わせる叙述もあらわれる。三〇歳代半ばの若さで骨粗鬆症に罹ったり、病気を抱えて戻ったキューバでまるで隠棲者のように年金を受けて暮らさざるを得なくなったりして、自分は地下工作活動以外のことを知らず、日常生活を生きる知恵に甚だしく欠けていることを自覚し始める。それでも、一九八九年には、キュー

＊21　キューバ共産党は一九二五年に創設されたが、四四年に人民社会党（ＰＳＰ）に改名した。革命勝利後の一九六一年には、七月二六日運動、革命学生幹部会と共に統一革命機構（ＯＲＩ）に参加したが、フィデル・カストロはＰＳＰのソ連傾斜を嫌い、これを解散させたうえで、六三年にキューバ社会主義革命統一党に改組した。これも、最終的には、六五年にキューバ共産党に改組されて、現在に至っている。

＊22　一九五三年七月二六日、フィデル・カストロら一六〇人の青年たちが、東部サンティアゴ・デ・クーバ市にあった重要な陸軍の要塞、モンカダ兵営を武力で攻撃した。襲撃は失敗し、仲間から死者が六一人も出たが、あとに続く革命運動の起爆剤になった。以後、この攻撃が行なわれた日付に因んで、「七月二六日運動」の名で革命運動は続けられた。

＊23　キューバ共産党のアメリカ局長であったマヌエル・ピニェイロ（一九三三〜九八）は、ラテンアメリカとアフリカを中心に据えつつも、すべての大陸の解放運動にキューバが関わる際の責任者で、その生涯は謎に満ちていた。一九九八年に交通事故死したが、自らが担った行動・作戦について折々に語ったものの一部は、以下の著書にまとめられた。'Barbarroja' Manuel Piñeiro, *Che Guevara and the Latin American Revolutionary Movements*, Melbourne: Ocean Press, 2001.

バ軍が介入し始めていたアフリカのアンゴラへ派遣されるという新たな任務も生まれ、新しい恋の成就もあって、彼は自分の居場所を再確認して、アンゴラを軸とする南部アフリカ諸国との通商関係を確立するという与えられた任務に励むのである。偽造旅券を持って地下活動にばかり携わってきたホルヘにしてみれば、今回は正式な旅券を持ち、商社を代表し、新妻イレアナ・デ・ラ・グアルディアも同行して——という意味では、こころ浮き立つ四ヵ月間のアンゴラ滞在だった。

暗転。それは、同じ年の一九八九年六月、キューバへの帰国直後に起こった。アンゴラ派遣キューバ軍のアルナルド・オチョア中将ら一四人の革命軍省と内務省の高官が逮捕されたのだ。ホルヘの地下活動は内務省で当該任務に当たるスタッフとの緊密な連絡の下でなされてきていたが、逮捕された者の中にはそのうちの幾人かと、ホルヘの新妻の父親アントニオ・デ・ラ・グアルディアも含まれていた。容疑は、麻薬取引への関与だった。オチョアは、ベネズエラ、エチオピア、ニカラグア、そしてアンゴラでの軍事行動に関わり、キューバ革命のいわば「国際主義的精神」を体現しているような「共和国英雄」だった。そのような人物が麻薬取引に加えて、象牙、ダイヤモンド、外貨の密輸に関わり、あまつさえ「私腹を肥やす」ような着服までをもやっていた——その「自白」がなされる裁判の模様が、夜八時になるとテレビを通して全国に放映される日々がしばらく続いた。フィデル・カストロはオチョアらの「裏切り」に怒ったが、ホルヘに言わせれば、この取引のことを最高司令のフィデルが知らないはずはなかった。カネックも、先に紹介した「僕は誰か?」と題する自伝的スケッチの末尾で、この事件に触れている。彼もまた、フィデルがこの件を知らないはずはなかったと誰もが考えている、と述べていた。だが、特別軍事法廷はオチョアら四人に死刑を、他の一〇人にも重刑判決を下し、フィデルが議長を務める国家評議会もこの判決を支持し、七月半ば、オチョアら四人は銃殺刑に処せられた。

刑が執行される直前、ホルヘ・マセッティは、ひとりの人物を訪ねる。当時ハバナに住んでいたコロンビアのノーベル文学賞受賞作家、ガルシア・マルケスを、である。ホルヘはマルケスと知り合いで、マルケスは、まさに処刑されようとしているアントニオ・デ・ラ・グアルディアの親友でもある。そして、知る人ぞ知る、フィデルとの親交厚い人間でもあることを思い出し、彼の家を訪ねて、処刑を行なわないようフィデルを説得するよう依頼したのだ。ホルヘの推測では、フィデルはその直前にマルケスを訪ねて、オチョア裁判の経緯を説明していたようだった。頼みの綱も、すでにして断ち切られていたのか。マルケスは翌日パリに向かって発った。ホルヘがのちに知ったところでは、それはフィデルの依頼を受けて、今回の問題に関して欧州各国でキューバ政府の意図を説明するためだった、というのだが……。[*24]

思い起こしてみれば——と、ホルヘは回顧する。それまで信じ込んでいたキューバ革命の揺るぎない路線やフィデル・カストロら最高指導部の在り方への疑念が頭をもたげてくる。軍事的訓練を欠いていた父親、ホルヘ・マセッティがアルゼンチンでのゲリラ闘争の前線に入り込んだ選択も含めて（そこに、父親の「主体的な」意志があったにしても、軍事論に長けたゲバラをはじめとするキューバ指導部との「協議」なくしてはあり得ない選択であって、その決断を行なった責任の所在は、どこに、誰にあるのかなど）、それまで封印してきた問題が次々と彼の心に溢れ出てくる。

その筆致から見て、彼はいきなり「反革命」側に転向したのではない。自由で解放的な「人間の貌をした社会主義」がキューバで、そしてラテンアメリカ全域で展開されるためには、キューバ革命からどんな教訓を得るべきか。ホルヘは、この問題意識を抱えて、立ち尽くしているかに見える。

＊24　ふたりの間の「伝説的な友情」を探った書として、アンヘル・エステバン、ステファニー・パニチェリ『絆と権力——ガルシア＝マルケスとカストロ』（野谷文昭訳、新潮社、二〇一〇年）がある。オチョア事件についても、ヨリ詳しい経緯の説明がそこではなされている。本書は、全体として、キューバ革命の内実、革命と文化、絶対的な権力者と作家の関係などの問題をめぐって、本解説における私の問題意識と深く交錯するところがあって、多くのことを学んだ。

このような問題意識を抱えていた二〇歳年上のホルヘ・マセッティと、カネック・サンチェス・ゲバラが、いつ、どこで知り合ったかは、詳らかではない。だが、以下に述べるカネックの立場を知れば、その出会いの必然性が分かるだろう。そこで、二冊目の本と、メキシコの週刊誌『プロセソ』のインタビューに戻ろう。二冊目の本は、別途翻訳されてもよいと思われるので、ここでは、考え方がより簡潔に表現されている後者に基づいて、カネックが行なっているチェ・ゲバラ論の要点をまとめてみる。[*25]

1、チェが人びとに喚起した魅力と言えば、その反抗性だろう。反逆者というのは、きっと、キューバに現存する政治的な抑圧に反対し得るものなのだが、残念ながら、必ずしもそうなってはいない。

2、チェはポップな聖画像（イコノ）と化し、そのように流通し消費されている。だが、この単純化は、この人物を商業主義的に利用することから始まったのではない。左翼が行なった革命的な人間の聖人化から始まったのである。キューバにおけるチェのイメージの利用は、基本的に二段階を経ている。一回目は、その死から一九八〇年代まで。チェはイデオロギー的なシンボルとして利用された。次は、キューバにおける資本主義の再登場と相俟って、商品として。これは逆らい難いシンボルであって、キューバ国家はそのことを知り尽くしている。

3、チェは、自らの思想、価値意識、生のスタイルと一体化した人間だった。思ってもみよ、若くしてラテンアメリカを駆けずり回り、メキシコでは常識を超えた発想をするフィデルたちと知り合いになり、自分が知りもしない国での革命を「やる」ために彼らと一緒にちっちゃな船に乗って行ってしまった。世界が驚いたことには、そんな革命が勝利してしまって、それをやった若者たちが今や政権の座にいて、チェも新しい国家の重鎮に収まった。ところが、間もなく、またしても自分の故国でもないところで戦うために、キューバでの任務を放棄してしまう。そして銃殺されてしまうんだ。膝をがたがた震わせながら銃の引き金を引いた兵士にね。ふつうの人間は、そんな生き方も死に方もしない。そんなイメージに、みんな、うっとりしちゃうんだよ。

4、どんな神話だって、具体的な現実から作られる。同時に、神話化された人間は、元来の「人間的な」人物ではあり得ない。左翼は、チェが常に「ヨリよき世界」――それが意味するものが何であれ――のためにたたかった、完璧で純粋な「英雄ゲリラ」であるとする。右翼は右翼で、彼を「ラ・カバーニャ要塞の殺戮者」[*26]と見做す。革命勝利の直後、あの古いラ・カバーニャ要塞で、数百人、否おそらくは数千人の銃殺刑が行なわれたこと（その多くは、しかるべき、だが煩雑な司法的な手続きを経ずして）、そして、その刑務所の軍事責任者がエルネスト・ゲバラであったことを仄めかせているのだ。どっちもどっちで、実際のチェの「全体像」を簡略化してしまっている。人間は神話という狭い宇宙には収まりきらない。そこでは、現実と異なることには、すべてが絶対善か、絶対悪でしかないからだ。にもかかわらず、もう一度言うが、チェの生と死には、神話を生み出すに必要な要素がすべて揃っている。現実に、そのようになったのだ。

5、チェが、ゲリラ戦争を発明したわけではない。国家の巨大な常備軍が現われる以前の戦争はすべて、多かれ少なかれ、「ゲリラ兵士」によるそれだったと断言できる。彼が強力に主張しボリビアで実践したのは、たとえ少数でも武装した前衛が存在すれば、偉大なる社会革命を生み出すことができる、とした

＊25　出典は、https://www.proceso.com.mx/393734/（最終アクセス2018/04/11）“Canek Sánchez, el nieto incómodo del Che Guevara”（「チェ・ゲバラの、居心地悪そうな孫」）という副題が付されたこのインタビューは、面談によってではなくメールのやり取りによって実現したと編集部は記している。

＊26　バティスタ独裁体制を打倒した直後の一九五九年一月二日、ハバナ市に入ったチェ・ゲバラはラ・カバーニャ要塞に向かった。旧独裁政府が刑務所として使っていたここでは、政治犯に対する拷問や処刑が行なわれていた。旧体制下で非人道的な重罪を犯していた官僚・軍人・警察官は拘禁されて、革命裁判にかけられることになっていて、フィデルはゲバラをその責任者に任命した。公開裁判で死刑を宣告された者たちは、その身柄をラ・カバーニャ要塞のチェ・ゲバラ司令官に引き渡された。ゲバラの命令で銃殺刑が行なわれた。その記録映像も残っていることから、チェ・ゲバラを「ラ・カバーニャの虐殺者」と呼ぶ人びとがいる。

革命的中核前衛主義（フォキスモ・レボルシオナリオ）だ。このテーゼは、他ならぬキューバ革命そのものの解釈から生まれた。[*27] その公認の歴史に拠れば、少数の男たちの集団が、独裁者のくびきからの解放を成し遂げたことになっているからだ。だが、現実は、神話や伝説よりもはるかに複雑なのだ。革命とは、所与の社会の発展の中で不可避的に起こる事態である。だが、いかなる前衛主義者の布告によっても起こるものではなく、「もう、たくさんだ」という声が社会を覆い尽くしてはじめて実現するものである。革命は、計画できない。複雑なフローチャートに添って起こるわけでもない。革命は、やるものではなく、参加するものなのだ。

6、「新しい人間」にしても、同じことが言える。[*28] 人間は設計図に基づいて構築される建築物ではない。チェが語ったような「展性のある粘土」でもない。もちろん、革命それ自体が変化しつつ、人間を変える――参加する人間を、参加しない人間を、留まる人間を、出てゆく人間を、たたかう人間を、革命なんて存在しないという振りをする人間を、革命を愛する人間を、革命を憎む人間を――。しかし、あらかじめ設定されたもろもろの価値に基づいて新しい人間を「創り出す」ために、この変化の過程そのものを指導し管理するということになると、話は別だ。世間知らずな考え方というほかなく、そればかりかあまりに専制主義的なふるまいである。

7、人間というものは、常に、自らが持ち堪えるために悲劇的な人物を必要としてきた。われわれが悲劇を必要としていることが、宗教やイデオロギーの源泉であった。それはまた、〈崇拝〉という現象や人びとの気晴らしの、ギリシャ悲劇からシェイクスピアにまで至る舞台の、イエス・キリストからチェまでの、テレノベラ[*29]からナルココリード[*30]までの、そしてどんな新聞でもよいがそこに登場するニュース項目をざっと見る行為の――源泉でもあった。われわれは、また、叙事詩も必要としている。純粋無垢の英雄主義と、人間には何か偉大なことをやり遂げる能力があるという物語を。エルネスト・ゲバラの生と死には、この双方の要素がふんだんにあった。

8、分かっていることは、革命とはチェにとって神聖不可侵なものだったということだ。彼は、内部で繰り返し再生産されている特定の欠陥や行動に――とりわけ社会的なそれに――批判的な地点にまでは行ったが、革命を問い質すこと自体が敵に武器を与えることだと考えていた。外部からキューバ政府を批判すること自体が、受け入れがたいと思っていたようだ。

＊27　この中核前衛主義（フォキスモ）を定式化したのは、フランス人哲学者、レジス・ドブレだった。彼は、キューバを訪れた一九六一年、フィデル・カストロやチェ・ゲバラと討論したり、ゲバラの論文「ゲリラ戦＝方法論」（一九六三年執筆、チェ・ゲバラ『国境を越える革命』世界革命運動情報部編訳、レボルト社、一九六八年に所収）を参照したりしながら、『革命の中の革命』（谷口侑訳、晶文社、一九六七年）を書いた。原著の刊行も一九六七年。それは「キューバ革命がラテンアメリカ大陸の歴史に刻みつけたすさまじい衝撃のあとの、緊急の必要に備える」意図を持つものだった。

＊28　ゲバラは一九六五年、ウルグアイの週刊誌『マルチャ』の編集者に宛てて「社会主義と人間」という論文を書いた（前掲『国境を超える革命』所収）。ゲバラはここで、社会主義建設の二本の柱として「新しい人間の教育」と「技術の発展」を挙げて、とりわけ前者について論じている。ゲバラがイメージしていた「新しい人間」像を、使われているいくつかの言葉で表してみる。「創造すべきは二一世紀の人間である」、「（現在の知識人がもつ原罪との比較でいえば）原罪を持たない新しい世代が出現するであろう」、「内面的な充実感を深め、強い責任感をもつようになった個人」、「義務完遂の充足感によって報われるのだと自覚し、地平線上にかすかに見える新しい人間を目指して」

＊29　「テレビ小説」を意味するスペイン語。主としてメキシコ、ベネズエラ、コロンビアなどで制作されており、だいたいは一〇〇話以上にもなる長編連続ドラマ。情熱、不信、嫉妬、裏切り、復讐などの感情が顕わに表現される、いわば定式化されたメロドラマであるが、その通俗性が大衆的な人気を博している。

＊30　「コリード」はバラード、物語歌。「ナルコ」は麻薬の密輸人を意味する。「ナルココリード」は、麻薬取引に従事するギャングたちがもつ独自の歌のジャンル。この裏社会に生きることはいかにも現代風との捉え方から、これを美化する歌詞も目立つ。カネックが住んだメキシコは、二〇世紀末以降、麻薬取引の最前線の国となり、したがって、ナルココリードの流行ぶりも並大抵なものではない。詳しくは、ヨアン・グリロ『メキシコ麻薬戦争』（山本昭代訳、現代企画室、二〇一四年）を参照。

9、同時に思い出すべきことは、フィデルは政治家で、チェは理想主義者だったということだ。チェは革命に憑りつかれていて、もう一つの革命を欲してキューバを去った。代わって、フィデルが憑りつかれてきた（いる）のは権力だ。この根本的な違いが、チェがアルジェで行った長い演説でソ連を批判したときに、二人の間の軋轢を生んだ。*31

以上が、チェ・ゲバラに関するカネックの主要な論点である。チェ・ゲバラには、「神格化」「神話化」される要素が、生の軌跡そのものに孕まれていたこと、理論的なテーゼには不十分なものがあること、専制主義的な立場からのもの言いが見られることなどをカネックは率直に指摘している。同時に、「神話化」「神格化」を図る側——それは、国家社会主義の道を進むフィデル・カストロを筆頭とするキューバ指導部に他ならない、と彼は考える——の意図も客観的に見抜いている。そして、ひとは、そのひとが生きた時代の制約性の中でしか生きられないことを知っている。それらをまとめて約めるなら、チェ・ゲバラに対するカネックの「心情」は、このインタビューと同じ時期に語られた、愛憎こもる次の言葉に表われていよう。

「僕は、自らの理念のために命を投げ出す用意のあるひとを敬愛する。チェは単なる美辞麗句の人ではなかった。批判はたくさんある。新しい人間という概念も、国家社会主義の考え方も、プロレタリア独裁概念も、気に食わない。同時に思うことは、別なかたちは不可能だったということだ。あの時代のひとだったんだ」（『マジョルカ新聞』二〇〇七年五月九日、パルマ、スペイン）*32

また「革命それ自体が変化しつつ、人間を変える」と述べている箇所で、「変わる」人間の中に、「参加しない人間、出てゆく人間、革命なんて存在しないという振りをする人間、革命を憎む人間」を入れていることが注目される。キューバ革命も含めて、旧来の社会革命の指導部は、これらの人びとに「反革命」「ルンペン」「蛆虫」などの言葉を浴びせかけて排斥した。革命というものは、理念的には、これらの立場に立つ人びとをも包摂しながら進行してゆく過程なのではないか、とカネックは言外に語っている。そして、これは極めて大事な視点だと思われる。

四　カネックが再審にかけたフィデル・カストロ

カネック・サンチェス・ゲバラが、祖父チェ・ゲバラに関して抱いていたイメージはかなり鮮明になった。では、キューバ革命全体に関して、およびそのカリスマ的な指導者、フィデル・カストロに関しては、どうだろう？　彼は、メキシコに住んでいたこともあって、同国の週刊誌などに政治的・社会的な評論を寄稿しており、先に紹介したインタビューはそのうちのひとつだった。またインターネット時代に入ってからはネット上に自分のブログを挙げてもいたので、いくつかの文章を読むことはできる。しかし、今のところ（企画はあるようだが）政治・社会評論が一冊の書物としてまとめられてはいない。以下においては、本書本文の、いわ

＊31　一九六五年二月二六日、アルジェリアのアルジェで開かれていたアジア・アフリカ連帯機構の経済会議で演説したゲバラは、解放途上にある低開発国との交易関係において帝国主義的搾取関係の共犯者である社会主義国家を批判した。名指しはしなかったが、解放闘争のための武器を低開発国に売りつけるソ連に対する批判であったことは、一目瞭然だった。各国歴訪で三ヵ月間キューバを離れていたゲバラは、このあと三月一四日に帰国した。空港にはフィデルが出迎えており、ふたりは四〇時間以上も人前から姿を消して、話し込んだとされている。四月一日、ゲバラは「別れの手紙」をフィデルに手渡し、翌二日、容貌を変え偽造旅券を携えて、キューバを出国した。

＊32　初出の原典に当たることはできなかった。http://www.procubalibre.org/nota.asp?id=4420 掲載の“El nieto del ʻCheʼ Guevara critica de Fidel Castro y dice que explota la imagen de su abuelo”（「チェ・ゲバラの孫、祖父のイメージを食い物にしているとして、フィデル・カストロのキューバを批判」）の記事の中から重引した。（最終アクセス2018/02/15）

ば文学的心象風景とでも言うべき内容とは異種の、カネックが抱いていたキューバ社会主義体制論やフィデル・カストロ論のエッセンスを紹介しておきたい。長い論文はなく、インタビューでの発言が多い。論点はいろいろと移るが、年代順に箇条書き的に並べてみる。

1、「正直言えば、かつてのフィデル・カストロのような反逆者が今日のキューバにいたならば、亡命の身を宣告されるどころか、直ちに銃殺されるだろう」(『プロセソ』誌、二〇〇四年、メキシコ)*33

2、カネックはあるインタビュアーから「あなたの批判は、キューバ革命に敵対する者たちを助けることにならないか」との質問を受けた。それに対して彼は答えた。「戦闘的な批判を差し控えることは、左翼にとっては有害なことだよ。批判なくしては、どんなところへも行けやしない。停滞し、最悪なものを再生産するだけだ。ぼくにとって左翼とは右翼に対峙することを意味するわけではない。権力に対峙するのだ。誰であれそれを行使する者に対してね。ぼくは、キューバで学んだことすべてから身を引き剥がすために、とても苦労した……。革命的な武装闘争の時代は終わったさ。でも、これはその種の闘いとは違うんだ」

さらに、「でも現実の社会の中でそれをやる手立てはあるの?」と問われて、「ないよ、創り出さなければね。社会的な組織や、非政府団体、レスビアンとゲイのコレクティブや、権力を求めない反軍事至上主義団体などがある」(『ドミンゴ』紙、二〇〇七年一二月一六日、バルセロナ、スペイン)*34

3、「フィデル・カストロとそのエピゴーネンたちを僕が批判するのは、絶対自由の理想から遠ざかるばかりで、キューバの民衆に対して犯した裏切り、〈民衆〉の上に立つ国家を維持するために確立された恐るべき監視体制などのせいだ。キューバ革命は民主主義的なものではなかった。なぜなら、自らの裡に、民主主義を阻害することを運命づけられた社会諸階級を生み出したからだ。革命はブルジョワジーを、そしてそれを人民から防御する抑圧機構と、人民から遊離した官僚たちを生み出した。だが、何よりも非民主的なものは、指導者の宗教的なまでの救世主主義(メシアニスモ)だ。祖国の救世主を任命することと、常にそうであろうとすることとは、別なことだ。フィデルは――その軍と市民社会の圧倒的な力をもって――悪辣なバティスタ独裁からキューバを解放した。だが、彼自身が頑迷なまでに居座り続けることで、彼自身が独裁者になってしまった。若き革命者から老いぼれ圧制者へ――そこには、救い難い溝がある。これがキューバで起こっていることなのだ。そこを支配しているのは社会主義でも共産主義でもない、フィデル主義の別名を持つ、俗悪な国家資本主義なのだ。ハバナの体制に対する僕の批判は、それが共産主義的だからではなく、共産主義ではないからだ」

「自由というのは、一人ひとりの個人が賃労働から解放されることだ……。そうだとも、一人の自由こそすべてのものの自由の絶対条件であり、逆もまた真なりだ」（『サンパウロ新聞』二〇一二年五月、サンパウロ、ブラジル）＊35

4、「反帝国主義闘争はいつだって存在した。だが、反帝国主義者は、長く、ひろい世界の中では、民族ブルジョワジーでもあって、労働者階級が〈外国勢力〉に搾取されるくらいなら自らの手で搾取する方がよいとも考えてきた。反帝国主義は、新たな帝国主義的行動を正当化するために奉仕もしたし（その最たる例は、歴史を単純化するつもりはないが、ヒトラーのそれだろう）、たとえばフィデル・カストロの反帝国主義はキューバ人の軍隊（ということは、政府軍ということだが）をアンゴラやエチオピアへ派遣することを妨げは

＊33　初出の原典には当たることができなかった。https://elpais.com/internacional/2017/10/09/actualidad/ 1507500623_205862.html掲載の“La familia mexicana del Che nunca creyóen el mito”（「チェのメキシコの家族は、神話を決して信じることはなかった」）の記事の中から重引した。（最終アクセス2018/04/18）

＊34　初出の『ドミンゴ』紙の記事には当たることができなかったので、以下の採録記事を参照した。https://elpais.com/diario/2007/12/16/cultura/1197759604_850215.html（最終アクセス2018/04/11）

＊35　出典はhttp://www.viriatoteles.com/web/livros/a-utopia-segundo-che-guevara/56-o-grito-de-guerra-dos-genes（最終アクセス2018/04/11）

しなかった。（中略）キューバ人としては、君たちがわれわれについて持っているイメージ——教養があって、教育を受けていて、健全でもある——を喜ばしく思う。だが残念ながら、保健衛生・教育・文化のサービスは、キューバの体制の危機の影響をもろに受けている。現実には、危機の渦中にある体制にあっては、かつてのもろもろの理想も計画も枯渇しており、その非効率性から生じる亀裂に絆創膏をあてがって日々やり過ごすのが精いっぱいなのだ。キューバはそれ自体が危機なのだ。かつては誇りであった医療・教育・文化・スポーツは、今日では、機能していない廃墟と化している。繰り返して言うが、それは、残念なことだ。（中略）キューバを支配しているのは、個人を絶対的に掌握している体制である。国家がすべてを、集団的にして個人的な日常生活のすべてをことごとく支配下に置くという、完璧な管理体制である」（『ベ・デ・ベルダー・ニュース』二〇一五年二月三日、「帝国主義とキューバの独裁」より）*36

このインタビューは、もともとは、***El Foro Anarquista***（『アナキスト・フォーラム』）のウェブ・マガジン上（http://elforo.edicionesanarquistas.net/）に掲載されたものらしい。末尾は、ロシアのアナキスト、ミハイル・アレクサンドロヴィッチ・バクーニン（一八一四〜七六）の一八六七年の言葉「社会主義なき自由は、特権であり不正であるが、自由なき社会主義は、隷従であり野蛮である」（「連合主義、社会主義、反神学主義」）の引用で締め括られている（興味深い史実なので敢えて触れておきたいが、帝政ロシア下でシベリアの終身流刑地を脱出したバクーニンがロシアの軍艦などを乗り継いで——もちろん、官憲の目を巧みに逃れながら——蝦夷地の箱館（函館）に上陸し、その後横浜へも現われたのは、この言葉が記される六年前の一八六一年のことであった。米国ペリー艦隊の浦賀来航から八年後のことである。バクーニンはこのとき一ヵ月半ほど滞日した。バクーニンが自覚的なアナキストになったのは一八六五年以降である）。

カネックは「キューバ絶対自由主義運動（モビミエント・リベルタリオ・クバーノ）」（ＭＬＣ）の名でこのインタビューに答えており、編集部もカネックを「キューバ—メキシコ系アナキスト。知らぬ者とてないチェ・ゲバラの孫で、キューバ体制への徹底した批判者である」と紹介している。確かに、ここでのカネックは、引用はしなかったが、アナキストとしての立場を明確にして語っている。先に引用したバクーニンの文言もそうであるが、「私は共産主義者を憎む。なぜなら、共産主義はすべての社会的諸力を国家の利益のために集中し、呑み込むからであり、また、不可避的に国家の手中に財産を集中させるからである」とする一八六八年の「平和と自由同盟第二回大会の演説」を読んでも、すでに引用したカネックの立場＝「キューバ国家資本主義論」がこれに酷似していることが知れよう。カネックはバクーニンの思想に深く影響を受けていると思われる。

5、「ラテンアメリカの左翼はまだ城壁に囲まれていて、見たくないものをもっている。僕の考えでは、古典的な左翼の価値のひとつは国際主義であり、現在の左翼のそれは民族主義である。後者は、右翼ファシストのそれと重なる。左翼の内部には、強烈な矛盾が渦巻いている。例えば、先住民族主義左翼は明らかに反ナチだが、先住民族の人種的な純粋さを復権しようとする。[*37] ラテンアメリカの左翼は、きわめて権威主義的で、国家主義的でもある。国家の解体などという命題は、彼らの裡にあっては完全に忘却の彼方にあって、国家こそがすべてであるというファシズムの前提を採用しているくらいである。キューバは世襲王政社会主義だ。

＊36　出典はhttp://www.vdeverdadnews.com/articulo/canek=s%C3%A1nchez-guevara-imperialismo-y-dictadura-en-cuba（最終アクセス2018/01/25）

＊37　ワンカール『先住民族インカの抵抗五百年史――タワンティンスーユの闘い』（吉田秀穂訳、新泉社、一九九三年）は、その立場を鮮明にした代表的なものだろう。ワンカールは法律上の名ラミーロ・レイナガ（一九三七〜）の本名。ボリビアのケチュア民族の出身で、チェ・ゲバラのゲリラ部隊に参加する直前に逮捕、拘留された。獄中で、マルクス主義の土着化を企図するも、先住民族主義に帰着した。私はワンカールとの架空の対話を意識して、「近代への懐疑、先住民族集団の理想化」を書いた（太田『［極私的］60年代追憶』インパクト出版会、二〇一四年に所収）。＊1で触れたボリビアのウカマウ集団の映画は、スペインによる植民地支配以降の過程で一貫してその諸価値を剥奪されてきた先住民族の復権を試みているが、同時に、白人とメスティーソの価値を全面的に否定する先住民族の言動が実在することにも自覚的で、前掲一九九五年制作の『鳥の歌』には、そのテーマも含まれている。

（中略）誤解されたくないので、敢えて言うが、ラテンアメリカの左翼政権が先頭に立って行なった変革のすべては、それぞれの社会で何かしらの積極的な成果を遺した。チャベス政権（チャビスモ）*38が必要不可欠な変革を成したことは事実だし、それは、ボリビア、アルゼンチン、ニカラグアの諸政府に関しても言えることだ。同時に、新たな不正義が生まれたことも事実だ」*39

「ホセ・ムヒカ*40は例外的な存在だね。古典的な左翼の恐竜が、こんな形で循環利用されているなんて、ふつうに見られることではない。この大陸の他の地域に同時代に存在していたゲリラと比しても、ウルグアイのゲリラは例外的だったのだろうね。ホセ・ムヒカが行なってきた諸改革はリベラルな路線であって、社会主義的なものではない。麻薬や同性愛の解禁は、リベラルな改革だ。思い出してみても、社会主義者は麻薬も同性愛も残忍に弾圧した。ウルグアイのそれは、大いなる、真実のリベラリズムの表われだ。完璧なものではないとしてもね。発展にも民主主義にも解放にも障害になるものがなければ、そういうことになる。毎日のように、自由になりたいという新たな願望、願いが生まれる。いつだって、もっと先のものを願うのさ」

「どこの世界でも独自の〈ユートピア〉を創出すべきだ。そうありたいという願い、大いなる夢、所与の社会にあって、大きな矛盾や社会的な対立が解決されてゆくという意味での〈ユートピア〉が――。夢をもって、それを追求することは必要だ。チェの中からもっとも救いとることができるものがあるとすれば、彼を駆り立てたこの生き生きとした首尾一貫性だろう。それが彼の死をもたらしたのだが。つまり、大いなる夢を追求して、死を迎えることになったのだが。チェの範例とは、彼が追求した理想に一体化して、何から何まですべてがこの一貫性の下でなされたことだ。ある〈ユートピア〉を追い求めるという冒険に賭けた大いなる情熱の持ち主だった」（『スプリームン・ニュース』二〇一五年一月二一日）*41

6、「信念それ自体が（イデオロギーや宗教も、それ自体が）危険なわけではない。危険なのはただひとつ、それの『絶対化』、狂信的な熱狂、他者の全否定なのだ」（『ディアリオ・ロス・アメリカス』二〇一五年一月二四日、マイアミ）*42

＊38　ウゴ・チャベス（一九五四〜二〇一三）は、一九九九年から二〇一三年までベネスエラの大統領を務めた。複数政党制と自由選挙制度に基づく「二一世紀型社会主義」を掲げて、貧富の差が著しい社会にあって、豊富な石油収入を基盤に経済的な格差の是正に努めたので、貧困層からの支持を圧倒的に集めた。ラテンアメリカ地域では、同時代的に、新自由主義経済秩序に抵抗する動きが、政府の政策と大衆運動の双方で際立ったが、チャベスはその強力な担い手だった。

＊39　ボリビアでは、二〇〇六年の大統領選挙で、先住民族出身で左派のエボ・モラレス（一九五九〜）が当選した。アルゼンチンでは、ネストル・キルチネル（一九五〇〜二〇一〇）が二〇〇三年から二〇〇七年まで、妻のクリスティーナ・フェルナンデス・デ・キルチネル（一九五一〜）が二〇〇七年から二〇一五年まで大統領を務めた。左派とは言えない政治的な立場にありながら、ふたりは、前任者の新自由主義に屈伏した政策路線を改め、これに批判的な政策を推進した。ニカラグアでは、一時は下野していた、左派のサンディニスタ民族解放戦線のダニエル・オルテガ（一九四五〜）が二〇〇六年の大統領選挙で復活し、翌年から大統領を務めている。カネックは、新自由主義に代えて地域内での相互扶助・連帯・協働を基盤とした経済政策、社会的な格差の是正などに努めるこれらの諸国の左派政権の政策を大枠で歓迎しつつ、ここでも現われつつある「独裁化」傾向などを批判的に捉えていたのであろう。

＊40　ホセ・ムヒカ（一九三五〜）はウルグアイの社会運動家・政治家。二〇一〇年から二〇一五年まで大統領を務めた。一九六〇〜七〇年代の若いころは、同国の都市ゲリラ・トゥパマロスに所属して、何度も投獄・脱獄・拘留を経験した。カネックが言うように、トゥパマロスは、的確な政治分析・高い道義性・鮮やかな作戦行動などで際立ったゲリラ組織だった。軍事政権が倒れて以降は合法的な政治運動に転向し、国会議員を経て、ついに大統領選挙で勝利するという稀有な経歴で注目を集めた（ただし、「武装ゲリラから政治家」への転身は、現代ラテンアメリカでは珍しくはない出来事である）。大統領就任後は、市場原理主義を批判し、反自由主義の立場を鮮明にした。また、同性結婚、大麻の栽培と購入、妊娠初期の中絶を合法化する政策を実施し注目を集めた。

＊41　出典はhttp://spleenjournal.com/spleen-news/canek-sanchez-guevara-ateo-musico-escritor-y-（最終アクセス2018/04/15）

＊42　出典はhttps://www.diariolasamericas.com/muere-los-40-anos-canek-sanchez-guevara-nieto-del-che-n2891342（最終アクセス2018/04/11）

ここで紹介できた発言はいずれも断片的なものではあるが、カネックが追い求めていたものがどのようなものであったかは、理解できると思う。自らが依拠する左翼性を、既存の社会主義国家至上主義からも、党派性からも、権威主義からも解放し、社会革命の目標として国家権力の奪取を求めることのない、限りなくアナキズムに接近した地点で措定すること。それは、自分を取り囲み、押し付けられてきた左翼教条主義が、「正しい自己の全肯定」と「政治的・思想的に誤っている他者の全否定」という絶対命題から成り立っていることの自覚から来ている。その意味でも、とりわけこの最後の発言には、二〇世紀型社会主義の思想と運動に内在する病理についての重要な論点が秘められていると思われる。

この論点を深めるために、ここでひとりの先達に触れよう。ジャック・ロッシ（一九〇九～二〇〇四）という忘れ難い人物がいる。フランスに生まれたロッシは、家庭環境もあって、ヨーロッパ各地を転々としながら幼少期を送った。一六歳で非合法のポーランド共産党に入党、以後各国の学校でさまざまな学問や語学を学んだ。二九年ソ連に入り、以後はコミンテルン（第三インターナショナル）に配属され赤軍大学で講義したり、一〇ヵ国語を操るという才能を見込まれて、ヨーロッパ各国、中国、アフリカ諸国へ派遣されたりした。「スパイとして地下活動に従事していた」と、本人自らいう。間に四〇年ほどの時代差はあるが、すでに引用したアルゼンチンのホルヘ・マセッティの回顧録を思い出す。三七年一〇月、内戦下のスペインに共和国派のために送信機を持ち込んだロッシは、突然モスクワに召喚され、そのまま監獄に収監された。いわれなき罪に問われ、以後二四年間に及ぶラーゲリ生活を余儀なくされた。六二年に釈放され、六四年にはポーランドへの帰国を許された。ポーランドの大学で教鞭をとりながら、ラーゲリの実態を明らかにすることを彼はライフワークと定めた。

「フランスの若いコミュニストである」自分は、ロシアのコミュニストこそが「世界のいたるところにマルクス・レーニン主義の炎をもたらす、『純粋で』、『ほんものの』コミュニスト」だと思い、「光栄あるこの事業に参加することをとても誇りにしていた。」だが、他ならぬその「友」こそが、「虚偽、不公正、失望、屈辱、挑発、傲慢、堕落、偽善、そして飢えと寒さと恐怖に満ち、垢にまみれた」生を、自らに課したのだ。

ジャック・ロッシの思想とその生涯が日本にまで紹介されるに至ったことに関しては、別な説明が必要だ。ラーゲリでの生活が二二年を経たころ、監獄のコミッサールは「『東洋の猿』と一緒に閉じ込めることで、（フランス人である）ロッシを侮辱し、罰したつもりだった。」一九四九年、ロッシは、シベリア抑留者の日本人、内村剛介らと出会った。その出会いが、およそ半世紀後、次のようにロッシの著作が翻訳・刊行されたり、講演のために来日したりすることなどにつながった。

『さまざまな生の断片――ソ連強制収容所の20年』（成文社、一九九六年）
『ラーゲリ（強制収容所）註解事典』（恵雅堂出版、一九九七年）
『ラーゲリのフランス人――収容所群島・漂流24年』（恵雅堂出版、二〇〇四年）

ソ連体制の崩壊から六年後の一九九七年、ロッシが来日し、公開の講演会を行なった。その段階で、前者二冊の彼の本を熟読していた私は、過酷な体験を語りながらやさしさとユーモアを包摂している『生の断片』と、ごまかしを許さぬ精緻な『事典』の著者に、基本的な信頼感を抱いていた。〈絶望の〉書なのに、読む者にどこか〈希望〉を残してくれるのはなぜか。同時に、それが二〇世紀型共産主義運動を顧みるうえで決定的に重要なものだと考えていた私は、その語り口を聴きたいと思い、講演会場へ行った。講演の内容そのものは著作の範囲を出るものではなかったが、表情や話しぶりには、本から受けていた印象を裏切られなかった。彼曰く「スターリン主義にも共産主義にも異議は申し立てぬ」「〈人類を救う〉という初心、いま思えばその過剰な自意識を持った自分自身を顧みること」が肝要であり、「社会的公正を求めるというユートピア主義者の魅惑的な夢が、人間の本性はあるがままのものでしかないがゆえに、失敗した」過程を考え抜きたい――と。質問する機会が私には回ってこなかったが、私と同じ問題意識の人が質問した。「ロッシさんが実際の体験に照らして行なってこられた共産主義の現実に対する批判には深く共感する。同時に、共産主義の廃墟の上で勝ち誇り、世界を制覇したと豪語する資本主義体制が孕む矛盾も、変わることなく、大きい。

過去の革命運動と現存した社会主義社会の在り方を批判し、同時に眼前の資本主義体制の矛盾とのたたかいの場からも離れるつもりのない人間に対して、なにか伝えたいことは？」という問いかけだった。ロッシは答えた。「力弱き者の立場に立ち、体制を批判することは、確かに必要なことだ。いかなる体制であれ、その悪に対して暴力をもって立ち向かうな」

社会革命の失敗の根拠を求めて、「人間の本性」論に立ち返ってしまうところが物足らない。また、暴力を絶対悪とするロッシの立場が、いかなる状況の下であっても、貫かれるべきか――という問いの前に、正直、私はたじろぐ。だが、「個人的な体験」をこのような形で普遍化して提起したいというロッシの意図は、その経験に照らしてわかる。そして、ロッシが言う「〈人類を救う〉という初心、いま思えばその過剰な自意識」という言葉と、カネックが言う「フィデルの宗教的なまでの救世主主義（メシアニスモ）」という言葉が共鳴し合っていることも感じる。七〇年近い年齢の開きがあるふたりは、それぞれが経験した二〇世紀型革命の中から、同じ教訓を引き出しているように思える。私たちもまた、この問いかけを無視して前に進むことはできない。

五　フィデル・カストロの弁明

本書でカネックによる審判の場に立たされているフィデル・カストロについては、参照すべき文献に事欠くことはない。読者もそれぞれ大事にされている関連書がおありだろう。

私も、一九五九年一月、まだ頁数の少なかった新聞で「カリブ海のキューバで政変？」に類した見出しを眺めたのは中学三年の時だったが、それ以降瞬く間に「叙事詩的」にして躍動的な展開を遂げてゆくキューバ革命に大いなる関心を掻き立てられてきた。現在と違って、情報量が圧倒的に少ない時代だったが、私にとってそれは、一〇代後半から二〇代前半にかけての若い頃だったから、ロシア革命と向き合った内村剛介流に言うならば、「わが身を吹き抜けたキューバ革命」と言ってよいくらいの体験だった。*43 私と同世代の中からは、一九六〇年代末から七〇年代初頭にかけて、キューバの主要産業であるサトウキビの収穫期に、その刈り入れを手伝うボランティア労働に駆けつける人びとが、少なからずいたくらいだ。サトウキビの収穫を意味するスペイン語zafraを使って、それは「サフラ・ボランティア」と呼ばれた。フィデル・カストロが一千万トンのサトウキビ収穫量を目標に掲げた一九七〇年を頂点としたころのことである（結果は、六〇〇万トンに終わった）。

映画監督の黒木和雄（一九三〇〜二〇〇六）は、一九六八年、〈革命的な熱気〉にあふれるキューバで一本の映画を撮った。もともとは、前年来日したＩＣＡＩＣの関係者が買い付けた日本映画の中に、『座頭市』シリーズ（これが、キューバでは大人気となる）に加えて、黒木の旧作『とべない沈黙』（一九六六年作）があり、この作品が気に入ったキューバ側から、黒木に「キューバ革命一〇周年記念映画」の制作依頼があったことから始まった話である。私がこのエピソードを知ったのは何年も過ぎてからだったが、『とべない沈黙』は、そのあまりの前衛性ゆえにお蔵入りになった曰くつきの作品で、私にとっては青春時代の忘れ難い映画のベスト五に入る作品だった。「革命国家」なるものが、芸術・文学分野においても陥りがちな政治至上主義からすれば、決して選ばれないような作品だけに、これを評価したというキューバ側は、なかなか懐が深いものだと感心した。キューバ・日本合作で出来上がった映画は『キューバの恋人』だった。黒木監督は、生前、東京での試写会を終えたあと全共闘系らしい女子学生に、「反革命！」という弾劾の言葉と共に唾をひっかけられた、と語っていた。躍動するキューバ革命の鼓動をこそ映画に期待した彼女は、日本人漁業指導員を演じ

*43　内村剛介は一九九〇年一月、上智大学の最終講義を「わが身を吹きぬけたロシア革命」と題して行なった。また、後年、同名の評論集を出版した（五月書房、二〇〇〇年）。

る津川雅彦が「女たらし」よろしく若いキューバ女性民兵のあとを追いかけて「疑似的な」恋愛物語としても展開してゆく映画に「裏切り」を感じ取ったのだろう。逆に言えば、キューバをめぐっては、どんな場合にも「革命的姿勢」だけをひたすら求める雰囲気が、遠い日本の一部にすら充満していたということである。「外部から」のこのような過剰な期待がかけられたキューバ革命（映画監督オルランド・ロハスに対して語ったように、私自身もそのどこかにいたことは否定できない）が、「叙事詩」的な段階を終えて、いざ世界の現実と相渉るようになったのは、先にも触れた一九六八年八月の、ソ連軍とワルシャワ条約軍がチェコスロバキアに軍事侵攻した事態をめぐって、フィデル・カストロがこれを支持して以降である。これ以降の半世紀にわたるキューバ革命の過程に関しては、別途詳細な批判的な分析が必要であるが、ここでは、カネックが行なっているフィデル批判との関連で、いくつかのことに触れておきたい。フィデル・カストロにも、当然のことながら、自己主張と弁明の機会は与えられるべきであるから。

この作業のための最小限の必読文献は、私の判断では、以下のものである。

一、後藤政子『キューバ現代史——革命から対米関係改善まで』（明石書店、二〇一六年）——まもなく、一九五九年のバティスタ独裁体制打倒の時から六〇年を迎えようとしている。この六〇年間の過程については、時代ごとに、またテーマごとに、内外で夥しい数の書物が刊行されてきており、年数を重ねてきただけに、その歩みを簡潔にたどることは容易な作業ではない。その困難な役割を果たしているのが本書である。本書における著者の最初の問いは、「なぜキューバ革命は生きながらえることができたのか」である。著者は基本的には、この革命が生きながらえることを当初から希望してきた人だと思うが、本書における叙述方法は公平である。革命の流れに関して本書を通して把握したうえで、カネック・サンチェス・ゲバラが、文学的に、感覚的に、さらに政治思想的にはアナキズムの立場から表現したキューバ革命指導部への違和感と批判を読むなら、問題の核心に迫るうえで私たちにとって大きな助けになると思う。

二、イグナシオ・ラモネ『フィデル・カストロ――みずから語る革命家人生』上・下（伊高浩昭訳、岩波書店、二〇一一年）――イオグナシオ・ラモネはスペイン出身のジャーナリストである。青年期以降、フランスでの生活が長く、月刊紙『ルモンド・ディプロマティック』の編集長を務めた時期も長くあった。[*44]

一〇〇時間を費やしたインタビューの記録だけに、幼年時代に始まり、独裁体制の打倒後に起こった重要な政治・社会・文化・外交の諸問題をフィデルがどう捉えているかが、つぶさに語られている。過不足なく付された原注と訳注も、理解を大いに助けてくれる。フィデルは話体で話しているだけに、その個性や価値観が身体的に滲み出ているのではないかと思える点も興味深い。その意味では、本書はまるごと、カネックによるカストロ批判への応答だと言えなくもない。ある問題に関するカネックの批判の妥当性如何を知るために、そのときカストロたち指導部はどんな問題を抱え、何を考えていたのかということも視野に収めるなら、その時の状況が重層的に見えてこよう。

カネックによる具体的な批判との関連では、例えば、オチョア将軍裁判と死刑執行の問題について、正反対の立場からの説明がなされている。相異なる二つの立場からの言い分を読み込み、どちらに「信」を置くかは、読者ひとり一人に委ねられている、と言えよう。

カストロ批判を展開するなかでカネックが触れていない問題に、軍隊のそれがある。キューバの場合は、独裁体制打倒の上で軍事力の中軸をなした部隊がそのまま編成替えになったので、革命軍と呼ばれている。革命初期には、米国による武器援助と資金提供を受けた反革命勢力の軍事的な策動も続き、これとたたかううえで革命軍は（民兵ともども）重要な役割を果たした。いかなる立場に立とうとも、この事実を否定するこ

＊44　イグナシオ・ラモネには、後出するメキシコのサパティスタ民族解放軍（ＥＺＬＮ）の副指令マルコスとの対話本『マルコスここは世界の片隅なのか――グローバリゼーションをめぐる対話』（湯川順夫訳、現代企画室、二〇〇二年）がある。

とはできない。フィデル・カストロにせよ、後継者であるラウル・カストロにせよ、そしてもちろん、チェ・ゲバラにせよ、戦闘服姿で人前に登場することが圧倒的に多かった。その意味で、キューバの圧倒的多数の民衆の心において、「革命軍」と「戦闘服」は疑う余地もなく受容するという態度があり得たのだと思う。フィデル・カストロは、ラモネの書で、この服を着るのは「何よりも実用性の問題」からだと答えている。普段着で、すっかり習慣づいており、楽だ、と。或る社会において「軍事的なもの」の突出に「慣れる」心性が、その社会に重大な問題を引き起こすのではないかという点については、あとで触れる。

私の考えでは、カネックが問題としている、キューバにおける言論の画一的統制は、軍隊の存在によって規定されているところが大きいと思われるので、まずはその点に触れておきたい。ことが言論・表現の自由に関わる事柄である以上、もちろん、一般の住民が日常生活の中でその思うところを自由闊達に口にすることができるという状態を前提としたうえで、作家・芸術家の問題としても切実である。この問題を考えていく過程で、革命が同性愛者にいかに向かい合ってきたかというテーマにも触れることになるだろう。カネックは先に見たように、キューバ社会の変革をもたらしてゆくであろう、けっして多くはないNGO的な社会組織として「レスビアンとゲイのコレクティブ」を挙げていたから、これに触れること自体がカネックの問題意識との交錯をもたらすことになるだろう。「叙事詩的な」時代にすでに起こっていて、この時代が終わりを告げてまもなくヨリいっそう深刻な事態として展開していった言論弾圧の事実を、以下にスケッチしておきたい。

私たち（現代企画室）は、フィデル・カストロ自身による著書を翻訳・刊行することはなかったが、チェ・ゲバラに関わる書物は七冊刊行してきた。加えて、キューバに関わる文学書をいくつか刊行してきた。以下に挙げてみる。

レイナルド・アレナス『ハバナへの旅』（安藤哲行訳、二〇〇一年）

ホルヘ・エドワーズ『ペルソナ・ノン・グラータ――カストロにキューバを追われたチリ人作家』（松本健二訳、二〇一三年）

ギジェルモ・カブレラ・インファンテ『TTT――トラのトリオのトラウマトロジー』（寺尾隆吉訳、二〇一四年）

これらの編集作業の過程で、未邦訳の関連書にもいくつも目を通してきた。中でももっとも重要な書物は、Heberto Padilla, *La Mala Memoria*, Barcelona: Plaza & Janes Editores, S.A., 1989.（エベルト・パディージャ『不快なる記憶』）だと思うが、それらに基づいて以下を書いてみる。ホルヘ・エドワーズ（一九三一～）はチリの作家なので、のちに必要な限りにおいて触れるが、いずれもキューバ人作家であるギジェルモ・カブレラ・インファンテ（一九二九～二〇〇五）も、エベルト・パディージャ（一九三二～二〇〇〇）も、レイナルド・アレナス（一九四三～九〇）も、革命初期の「叙事詩的な」段階ではそれぞれ革命を歓迎して、独自の参加方法を選択していたことに、まず注目したい。カブレラ・インファンテは、革命直後から『革命（レボルシオン）』紙の文芸欄「革命の月曜日」の編集長を務めていた。独裁者バティスタが逃亡したときは米国に住んでいたパディージャは、キューバに打ち建てられるであろう新体制に輝かしい未来を夢見て帰国した。アレナスは、革命が勝利する前年に独裁者に抵抗するゲリラ部隊に参加し、革命後は農業会計士の資格を得て農場で働いていた。*45

だが、一九六一年、事態は早くも変化する。カブレラ・インファンテの弟、サバが共同監督を担った短編映画『P・M』が上映禁止処分を受けた。ハバナのナイトクラブに集う若者たちの様子を記録しただけのドキュメンタリー作品で、新政府を批判しているわけでもないのだが、その「ブルジョワ的な享楽性」が問題と

*45　この問題に関しては、前出の『絆と権力――ガルシア＝マルケスとカストロ』の他に、山辺弦「カストロ体制とラテンアメリカの作家たち」、同「独裁vs.性と笑い――レイナルド・アレナスの挑戦」（寺尾隆吉編『抵抗と亡命のスペイン語作家たち』洛北出版、二〇一三年に所収）、小倉英敬『ラテンアメリカ1968年論』（新泉社、二〇一五年）が詳しい。

されたのである。*46 この処分に抗議する二〇〇人の芸術家たちの声明が「革命の月曜日」に掲載された。事態を重視した政府は知識人との対話を行なうが、フィデル・カストロはここで「知識人への言葉」として記憶される演説を行なった。その後キューバの分析を行なう多くの人びとが引用することになる有名な文言がそこにはあった。「革命の内部でならすべてが許される。革命の外はだめなのだ」私も何度も指摘してきたが、或る言動が革命の「内」にあるのか「外」にはみ出たのかを判定するのは誰なのか、個人ではなく機関なのか、だとすればいかなる機関なのか、それが間違いを犯したときに大衆がそれをリコールする権利はいかに保障されているのか――それが同時に語られていないならば、この言葉は絶対的権力者のそれとして独り歩きするほかはなくなる。「革命の月曜日」は紙不足を理由に廃刊に追い込まれた。カブレラ・インファンテはその後、一九六三年から六五年まで在ベルギーのキューバ大使館文化担当官として勤務してのち帰国したが、情報局に逮捕・勾留された。これを機に彼は出国の決意を固め、亡命した。

一九六一年には、やがてレイナルド・アレナスを巻き込むことになる事件も起こった。「3Pの夜」である。prostitutas, poderastas, proxenetasすなわち「売春婦、ホモセクシュアル、ひも」と呼ばれる者たちが一網打尽に逮捕されたのである。「ホモセクシュアルへの目覚めは八歳のころに始まった」と後年自ら語ることになるアレナスには、一八歳で迎えたこの出来事は心騒ぐものであったに違いない。六三年ころから短編やエッセイを書き始めるが、長編を書いても国内での出版は制限され、外国での出版と共に次第に注目を集めるようになる。反政府的な言動やホモセクシュアルであることを理由に逮捕されたのは七三年。七六年に釈放されるまで収容された刑務所での体験は『夜になるまえに』（安藤哲行訳、国書刊行会、一九九七年。原著は一九九二年刊）に描かれている。

刑務所において服役囚たちが強いられた過酷な体験については、関心のある方には実際に作品に当たっていただくとして、作品の中でとりわけ印象的な表現を引いてみる。「六〇年代ほどキューバでセックスが盛んだった時代はないと思う。（中略）フィデル・カストロに拍手を送りながら革命広場の前をパレードするあの若者たちのほとんどが、ライフルを手に軍人らしい顔をして行進するあの兵士たちのほとんどが、パレードのあとぼくたちの部屋に来て体を丸め、裸になって自分の本当の姿をさらけ出した。（中略）二人の男が到達する悦びは一種の陰謀みたいなものだった。暗がりでも真っ昼間でも構わないが、秘密裏になされるものだった。一つの視線、一つの瞬き、一つの仕種、一つの合図、そうしたものがすっかり満足するためのきっかけとなった。その冒険そのものが、たとえ望んだ肉体で絶頂に達しなかったとしても、すでに一つの悦びであり、一つの神秘、一つの驚きだった」

アレナスのこの描写で浮かび上がることは、何だろうか？　カリブ海のちっぽけな島国が、隣接する超大国米国に立ち向かっているという政治・社会革命は、その渦中にあった若者たちにとっては、同性愛も含めたアナーキーな性的高揚をも促すものでもあり、そこにおいて、大杉栄風に言うならば「生の拡充」[*47]が得られたということではないだろうか。人類史においてよく見られることだが、一九六〇年代初頭のここキューバにおいても、祝祭的な〈政治的解放〉と〈性の解放〉は手を携えて進行したのである。このアナーキーさに官僚的な統制主義者たちは恐怖を覚えたのだろう。そのことを裏づける言葉をフィデル・カストロは残している。五九年革命以降十数回にわたってキューバを取材し、カストロとのインタビューも重ねた米国のジャーナリスト、リー・ロックウッドは、一九六七年に刊行した著書『カストロのキューバ、キューバのフィデル』[*48]にカス

*46　"P.M." de Sabá Cabrera Infante y Orlando Jiménez Leal は一四分程度の短編で、この通りに入力すると、YouTubeで見ることができる。（最終アクセス2018/03/25）

*47　一九一三年に発表された「生の拡充」において、大杉栄は次のように述べている。「生の拡充の中に生の至上の美を見る僕は、この反逆とこの破壊との中にのみ、今日性の至上の美を見る。征服の事業がその頂上に達した今日においては、階調はもはや美ではない。美はただ乱調にある。階調は偽りである。真はただ乱調にある。今や生の拡充はただ反逆によってのみ達せられる。新生活の創造、新社会の創造はただ反逆によるのみである」

*48　Lee Lockwood, *Castro's Cuba, Cuba's Fidel*, Random House, 1969.

トロの言葉を記録している。「〔同性愛は微妙な問題だが〕少なくとも子どもと若者に直接的な影響を与えうる地位に同性愛者は就けないこと」「真の革命家と考え得るふるまいに必要な条件を、同性愛者が具現していると信じるわけにはいかない」「この種の逸脱は、われわれが戦闘的共産主義者というものを考えるときのイメージと衝突するのだ」一九六一年の「3Pの夜」は、最高指導者のこの考えと不可分な形で実施されたのだと言えよう。

だが、カストロもまた、徐々にだが変化する。一九九二年に刊行された本――フィデル・カストロの数少ない対談本のひとつで、ニカラグア革命の指導部にいたトマス・ボルへとの共著『一粒のトウモロコシ』――では、同性愛に関して次のように語る。「私自身はホモに対しどんな恐怖心も抱いていないし、この問題を堕落現象とは見ない。もっと理性的なアプローチを必要とする自然な人間的側面である。侮辱や冷笑や差別には反対である」[*49]

二〇〇三年から〇五年にかけて行なわれた、前出イグナシオ・ラモネによるインタビュー本『フィデル・カストロ――みずから語る革命家人生』では、同性愛者への抑圧や収容所問題を問われて、気色ばむ。答えて曰く「同性愛者への迫害などまったくなかったし、収容所もなかった。これを保証する」と断言している。社会一般に同性愛者への偏見と差別があったことは認めつつも、それを制度的に迫害したことはない、とする立場を貫いている。

注目すべきは、二〇一〇年八月のメキシコの『ホルナダ』紙とのインタビューである。ここで、フィデル・カストロは次のような自己批判を行なった。「〔性的少数者に対する処遇は〕大変な不正であった。一九六〇年代、七〇年代には一〇月危機問題、[*50]米国の封鎖や武力侵略などの問題に対処しなければならず、そこまで考えが至らなかった。しかし、誰が行なったのであれ、責任は私にある」[*51]

カストロがここまでの変貌を遂げるまでに、およそ五〇年、半世紀の歳月が流れた。長く時間がかかろうとも、それは、人間の認識の仕方が変化し得る確かな指標ではあるに違いない。同時に、彼の場合はその問、さまざまな人物や表現・現象を捉えて、それが「革命の内部にあるのか、それとも外へ出たものか」を判断し得る絶対的な存在であったことは留意しなければならないだろう。また、この変貌は次のことも意味す

*49　この発言は、ニカラグア革命の指導部のひとり、トマス・ボルヘとの対談本『一粒のトウモロコシ』の中でなされている。Tomás Borge y Fidel Castro, *Un grano de maíz*, La Habana: Oficina de Publicaciones del Consejo de Estado, 1992. ニカラグア革命の指導部であったサンディニスタもまた、一九七九年革命の直後は「同性愛はイデオロギー的偏向」だとして攻撃した。だが、折からのエイズ（後天性免疫不全症候群）の流行が大きな転機となった。同性愛者がエイズに罹りやすいという説を聞いたニカラグアの同性愛者たちがエイズ予防キャンペーンの先頭に立ち、各地域を巡回してはエイズについて説明し、コンドームを住民に配布したのだ。「スペイン人が来る前、先住民の世界では同性愛者はもっと自由に、おおらかに生きていた」「キューバでも実現していない同性愛者解放をニカラグアで成し遂げるのだ」と彼（女）らは語った。その様子は、映画『セックス・アンド・ザ・サンディニスタ（*Sex and the Sandinistas*）』（ルシンダ・ブロードベント監督、イギリス、一九九一年）で描かれている。この映画は、一九九〇年代初頭の日本でも「第一回ゲイ&レズビアン・フィルム・フェスティバル」で上映されており、私も観て深い感銘を受けた。

*50　一九六二年、米国による度重なるキューバ侵攻の軍事作戦を前に、当時のソ連首相フルシチョフは、キューバを守るためには中距離ミサイル発射基地を建設するしかないと決意した。キューバ政府は「核の導入はモラルに反する」と反対し、せめて公開設置を要求したが、ソ連は秘密裏に設置作業を開始した。同年一〇月、この動きを察知した米国のケネディ大統領はキューバに対する海上封鎖措置で対抗すると発表した。以後、米ソ両国がミサイル撤去で合意するまでの七日間、世界は核戦争勃発の瀬戸際の日々を生きた。これを「一〇月危機」「キューバ危機」「ミサイル危機」などと呼ぶ。米国では、ここに至る以前から、国防省、国務省、ＣＩＡが協力しながら傭兵軍ではなく米軍自体のキューバ侵攻が検討されていたことを視野に入れた「危機」の総体的な検証が不可欠だろう。

*51　この記事の原文は、http://www.jornada.unam.mx/2010/08/31/mundo/026e1munで読むことができる。（最終アクセス2018/06/07）"Soy el responsable de la persecución a homosexuales que hubo en Cuba: Fidel Castro", 31 de Agosto de 2010 del Periódico *La Jornada* de México. メキシコ『ホルナダ』紙二〇一〇年八月三一日、「私は、キューバで起こった同性愛者に対する抑圧の責任者である――フィデル・カストロ」

る。あらゆる問題に関して語り尽くしたかに思える浩瀚なラモネの前掲書で語ったこととは正反対のことを、フィデル・カストロは五年後にメキシコの記者に語ったのだ、と。それは、『ホルナダ』紙の女性記者が、キューバ革命が成し遂げてきた社会的変革の大きな意義を認めつつも、それだけに同性愛者への弾圧は解せないとする粘り強い質問の結果だった。ラモネの書の重要性が、これで減じることはないにせよ、同書の読み方にも細心の注意が必要なのだろう。

残るはパディージャである。六〇年代前半東欧諸国や欧州での数年間にわたる任務を終えたパディージャは六七年に帰国するが、そのときハバナの街に見たものは「諦めと恐怖に支配されているということ」だった。スペインに留学していたキューバ人学生が米国のスパイに篭絡されてフィデル暗殺を企てたという事件の影響もあったが、隣人にも警戒の目を向ける「疑心暗鬼」の心にすべての人が支配されているようだった。それでもパディージャは執筆活動を続けていたが、一九六八年に発表した詩集『ゲームの外で』が文学賞を受賞したことが、状況急変の転機となった。この作品をどこよりも先駆けて批判したのが、革命軍の機関誌『緑のオリーブ（ベルデ・オリーボ）』だったからである。受賞発表が六八年一〇月、軍による批判が同一一月一〇日付の同誌であったこと、つまりそのスピーディな対応に注目したい。同論文は、パディージャの表現の一部が「疑いなく評価すべき詩的水準を満たしている」と言いつつも、「革命に対して挑発」し「帝国主義に対する闘争において、世界の敵と同盟することを選択した」と断定した。執筆者の名はレオポルド・アビラだが、この人物が当時書いていた文章は、すべてではないが、以下のウェブ・アーカイブに保存されつつある。文学者の表現弾圧の口火を切った人物として、批判派からの注目も高く、実在した人物の誰がこの筆名を使ったのかの検証も続けられている。

http://www.habanaelegante.com/Archivo_Revolucion/Revolucion_Avila_Intro.html（最終アクセス2018/04/01）

http://www.annaillustration.com/archivodeconnie/verde-olivo-17-de-noviembre-1968anton-se-va-a-la-guerra-pp-

16-18comentario-de-leopoldo-avila/（最終アクセス2018/04/01）

これを通して読んでみても、革命軍の機関誌『緑のオリーブ』が、この時期、「反革命的な」文学作品の摘発・非難に全力を挙げていたという事実がわかる。革命軍のこの意向に沿うかのように、UNEAC（キューバ作家・芸術家協会）は、パディージャの受賞作品を出版はするが、同指導部は「その作品がイデオロギー的に革命に反対するものである」がゆえに、著作に同意できないという但し書きを付すと決定した。当時も、米国はキューバ革命を潰すためのさまざまな活動を公然かつ非公然に行なっていた。キューバ国内にあって、この米国の策動に加担する者がいないかという観点から「治安」と「監視」を強めることは、国家治安局やその後ろ盾としての軍にとっては、最大の課題であっただろう。だが、作家や芸術家が、文学の評価にまで介入してきた革命軍の言い分にそのまま従うとは、何を意味するだろう。

これまでの多くの社会革命は、武装闘争――その担い手の名づけが「解放ゲリラ」であろうと、「革命軍」であろうと、「赤軍」であろうと、「人民軍」であろうと――のみによって勝利したわけではないが、武装した者たちが、革命後の社会において持った存在感は他を圧倒していた。当事者はそれを、革命を成就した軍の「威光」によって、当たり前のことだと思い込んできたのだろう。基盤を成す大衆も、それを当たり前のように受け入れてきたのだろう。それが、二〇世紀型社会革命が例外なく辿った道筋だった。キューバ革命もまた、この段階で、革命軍が先頭に立って、文学や芸術のあるべき内容と形式について、指導し監視する道に踏み込んだのだと言える。ここで、ふたつの問題が生じる。武装していることで、非武装の一般民衆に対して「優位」に立つ軍が、自己抑制を利かせることなく社会のあらゆる領域に露出することは、何を意味するか、という問題である。答えは、おのずと明らかであろう。ふたつ目は、文学・芸術論の本質に関わることである。文学や芸術は、ひとの心に広がりと深みを与えてくれる可能性はもちつつも、実人生において目にみえて役立つものではない。むしろ、無用というべきものであろう。言葉を換えるなら、「効用」の観点からは、それを理解することも感受することもできないということである。

この本質を理解する者がいたならば、事態は異なる展開を遂げていただろう。事実はそうではなかったから、パディージャをめぐる事態は行き着くところまで行ってしまった。一九七一年三月、パディージャは国家公安局に逮捕された。新作の原稿コピーを、後述するチリの代理公使で、作家でもあるホルヘ・エドワーズに渡したことがきっかけだったといわれている。五週間後に釈放されたパディージャが、UNEACで行なった「自己批判」はさらに衝撃的だった。自らの「反革命的活動」を厳しく自己批判したうえで、自分と同じ過ちを犯した者たちをも「潜在的な革命の敵」として実名を挙げて告発したからである。この問題については詳しく論じた他の論者の著書[*52]に譲るが、キューバにおける政治的な抑圧システムの実態をこの一件は明るみに出したと言えるだろう。結局、パディージャは出国を当局に認められて、一九八〇年にキューバを去る。その際に興味深いエピソードが残っている。フィデル・カストロは、逮捕されたパディージャが病に倒れて入院したときに見舞いに行って会話を交わしているのだが、パディージャの八〇年の出国直前にも彼に会っている。別れの言葉は、九年前の病気見舞いの時とほぼ同じなのだが、次のようなものだった。「国じゅうで行なわれている労働の直接的な経験を、君にも積んで欲しかったという気持ちはあるさ。悪く思うなよ、一般的にいって、知識人は革命の社会的事業には関心がないんだよ。何かっていえば、自由だ！　どんな自由のことなのか、さっぱり分からん。そして、革命に敵対しておしまいになる。いつだって、そうさ。まるで専門家のように、われわれが抱える諸問題についておしゃべりをして、時間が過ぎていくんだよ」（エベルト・パディージャの前掲書 *La Mala Memoria* より。邦訳はない）

チリの作家、ホルヘ・エドワーズは、チリに誕生したアジェンデ社会主義政権が一九七〇年にキューバに派遣した代理公使だった。パディージャが逮捕される直前の赴任で、しかもパディージャら「反体制的な」立場の知識人たちとの付き合いが目立って、キューバ政府から「外交上好ましからざる人物（ペルソナ・ノン・グラタ）」に近い処遇を受け、滞在わずか四ヵ月にしてキューバを去る。ホルヘ・エドワーズが出国する前夜にも、フィデル・カストロは彼を仕事場に招いて、長い会話を交わす（ホルヘ・エドワーズの前掲書『ペルソナ・ノン・グラータ』）。エベルト・パディージャおよびホルヘ・エドワーズとの対話の中で語られる「革命と反革命」、「革命と文学」、「労働と創作活動」、「労働者と知識人」――あとの二つの課題は、肉体労働と精神労働の分裂もしくは結合のそれと言えようが――などの問題群に関して、フィデル・カストロは断固たる教条主義者として語っているように見える。だが、相手の受け方、話題の展開の仕方次第では、教条を離れる微かな〈揺らぎ〉を見せるときがないではない。ホルヘ・エドワーズの言葉に倣えば、「革命というものは、当たり前のことだが、反革命よりも常に善意に解釈される」私の考えでは、だからこそ「反革命」の表現は、「革命」にまつわる善意の解釈に浸された者にとっては禁断の味がして、けっして不快なものではなく、むしろ「革命」をいっそう豊かにするための素材を提供してくれるものと考えることができる。だが、「救世主的な」指導者の立場に自らを置くことに疑念のかけらも抱かなかったらしいフィデル・カストロは、時に垣間見せるその〈揺らぎ〉を、意志の力によって抑え込んだのだろうか。そのようにする〈大義名分〉を彼はもっていた。その演説や語りに常に登場する「わずか数百キロ先の帝国主義による反革命攻撃にさらされている低開発国の厳しい状況」という理由が。

総じて、キューバ革命も含めて二〇世紀型社会革命にあっては、「革命的暴力」の発動を当然とする軍事至上主義から派生する〈革命軍を重用〉する考え方と、文学・芸術の自律性を理解することなくそれらもまた〈政治〉に奉仕すべきものと捉える見方が優位を占めていたと言える。

自ら武装蜂起しつつも、そのことを哀しみ、武装しなくてもよい日の到来を希望し、人を殺す兵士ではなく、ほんとうは建設的な仕事に就きたいと語る社会運動が登場するには、ソ連社会主義体制が崩壊し、二〇世紀も終わりに近づいた一九九四年一月一日まで待たなければならなかった。この日、メキシコ南東部チアパス州で、中央政府と地方行政府には日常的な要求項目を、世界を制覇しつつあったグローバリゼーション

*52 *45参照

の趨勢には反新自由主義・反グローバリズムのスローガンを掲げるサパティスタ民族解放軍に属する先住民族が武装蜂起した。彼ら／彼女らは、来るべき「武器よ、さらば」の時代を展望して、次のように語った。

一九九四年二月、メキシコ政府との和平交渉の場においてだった。――「私たちサパティスタ民族解放軍は、この年の最初の日に来た時と同じ希望をもって、今日ここに来ました。権力がほしいという希望でもなければ、ほんの一握りの人びとの利益を叶えるという希望でもありません。正義と尊厳と民主主義と自由を伴った平和への希望です。その希望のために、私たちは兵士になったのです。未来のある日、もう兵士など必要ではなくなる日のために、この世から消滅することが目的であるかのような、この自殺的な仕事を私たちは選んだのです。兵士、それは、もはや誰一人として兵士とならなくてよい未来の日のための兵士なのです」*53

六　カネック「われわれは死ぬために生まれてくるのだ」

カネック・サンチェス・ゲバラがキューバを去ったのは、一九九六年のことだった。母の死後、一年後のことである。その経緯を、彼は次のように語っている。「一九九〇年代のキューバの状況はとても悪かった。この全体的な状況に、僕の個人的な危機と働き口の危機も重なった。生活そのものが成り立たなくなったのだ。しかも、反文化的な環境の中で動き回っていた。要するに、危機というのは、まずは食うことをめぐって、次に詩をめぐって、現われたのだ」（『エル・パイース』紙、二〇〇七年一二月一六日、スペイン）*54

九〇年代のキューバを覆っていた全体状況の過酷さは、次の出来事に象徴的に現れている。一九九四年に、フィデル・カストロ体制の土台を揺るがす大事件がキューバでは起こっていた。カリブの海を隔ててわずか一五〇キロメートルしか離れていない米国へ向かって、「アメリカの夢」を追い求めて三万五千人以上の人びとが脱出したのである。古タイヤ、木板、ドラム缶、破れたシーツで作った帆——それらでいかだを組み立て、ほとんど無一物で乗り込み、フロリダ海峡の耐えがたいまでの旋風の中に漕ぎ出すのである。一九五九年革命直後とは違って、旧体制下で甘い汁を吸うことができた富裕層や専門技術者が米国へ出ようとしていたのではない。フィデル・カストロたちが独裁政権を打倒し革命を成し遂げようとしたのは、無一物の貧しい人びとが強いられている社会・経済状況への憤激が理由のひとつであった。まさにその人びとが、粗末ないかだを組んで、カリブの海へ漕ぎ出ようとしていた。思いを果たすことなく、海の藻くずとなってしまう者もいる。浜辺では、島に残ろうと決意しているひとも、いつの日か脱出者の後を追おうと思っているひとも、好奇心をもって見つめている。

同年八月五日には「ハバナ騒擾事件」と呼ばれた出来事も起きた。ハバナ湾の艀に集まった群衆と治安部隊の間で衝突が起こり、「革命後初の反政府暴動」と報道したメディアもあった。米国から流されている反カストロの宣伝を行なう「マルティ放送」*55が、キューバからの出国を希望する者を乗せる船をキューバに送り

＊53　この解説で考察している「二〇世紀型社会主義」の経験から学ぼうとする者にとって、メキシコのサパティスタ民族解放軍の思想と行動は深い示唆を与え続けている。サパティスタ民族解放軍『もうたくさんだ！——メキシコ・サパティスタ民族解放軍文書集（1）』（太田昌国、小林致広編訳、現代企画室、一九九五年）。太田昌国『〈異世界・同時代〉乱反射』（現代企画室、一九九六年）所収の「メキシコから遠く離れて——日付のあるチアパス蜂起論」「国家の中のもうひとつの〈くに〉への旅」の各章。マルコス、イボン・ル・ボ『サパティスタの夢——たくさんの世界から成る世界を求めて』（佐々木真一訳、現代企画室、二〇〇五年）。

＊54　出典はhttps://elpais.com/diario/2007/12/16/cultura/1197759604_850215.html（最終アクセス2018/04/11）

＊55　米国がキューバに向けて発信するために設立した反キューバの宣伝放送。ラジオはレーガン大統領時代の一九八五年五月に、テレビはブッシュ（父）大統領時代の九〇年三月に設置された。現代キューバで敬われている独立の貢献者、ホセ・マルティ（＊12参照）の名がことさらに付けられている。

込むと放送したので、多くの者がハバナ港の艀で待ち受けた。だが、船が一向に来なかったので、群衆が投石や破壊行為を始めたのだ。現場に駆け付けた後で記者会見を行なったフィデル・カストロは、「騒擾事件を起こしたルンペン、反社会的分子」を非難した。「ルンペン」をフィデルは「革命体制から脱落した根無し草」の意味で用いていると、前出のラモネの書『フィデル・カストロ』の訳註は記している。革命後から一九八〇年代半ばころまでは、キューバを去りゆく者に対して「蛆虫（グサーノ）」という言葉が投げつけられた。フィデル・カストロ自身が使ったこともある。これもまた、六〇年代にすでにフィデルが語っていた「革命の内部でならすべてが許される。革命の外はだめなのだ」の延長上の言葉なのであろう。だが、価値観が異なる者に対して、絶対的な立場にある指導者が使う言葉としてどうか？　という疑問が当然にも起こり得よう。フィデルを絶対的に信頼する民衆の支持は、この呼び捨てによっても得られようが、光り輝く革命の「叙事詩的な」時代が終わりを告げてのちの苦難の時期を共に生き抜いて、逡巡の果てに外へ出ようとする底辺の人びとに対して、フィデルほどの「偉大な」人間が口にしてよい言葉であったかどうか——は、今後なお問われ続けよう。

カネックが母を亡くし、キューバに留まる必然性を喪った頃の時代的な背景として、どうしても、このことに触れておきたかった。先に見たように、カネックはキューバを愛し、同時にキューバを憎んでいた。読み得た限りの彼の文章で、特にこの時期の「エクソダス」に触れたものはなかった。だが、「33レヴォリューションズ」をすでに読まれた読者は、この作品の背後には、粗末な物理的手段でキューバを出国する人びとや「ハバナ騒擾事件」があることにお気づきだろう。この一連の事態は、彼の心中においては、従来から痛感してきた「人民」と「絶対的な指導者」の乖離を絶望的なまでに思わせられる事態ではなかったか。その年、カネックは二〇（はたち）歳だった。

キューバを出国したカネックは、まずメキシコはオアハカ州に身を置いた。その後どんな日々を送っていたかは、冒頭で紹介した「自伝的な」書き物の末尾に簡潔に書かれている。メールでのやり取りを続けていた父親アルベルトの証言によれば、本書の「33レヴォリューションズ」の草稿を書き始めたのは、オアハカにおいてであった。*56

オアハカでの生活が一〇年有余になって間もなく、彼はよく旅をするようになったようだ。その旅の間に記した書き物に"Diario sin motocicleta"と名づけた。文字通り、「モーターサイクルのない日記」である。若き日の祖父、チェ・ゲバラが行なった南米放浪の記録が『モーターサイクル南米旅行日記』(棚橋加奈江訳、現代企画室、一九九七年。増補新版、二〇〇四年)と命名されて、全世界でベストセラーになったことを意識したものだろう。これは、スペインの「カボチャの種」(Pepitas de Calabaza)社から、二〇一六年以降順次刊行されつつある。構成は以下のようになっている。第一巻『欧州篇(フランス、イタリア、ポルトガル、スペイン)』(二〇〇八年一月一〇日~二〇〇九年一〇月二八日)、第二巻『メキシコ・グアテマラ篇』(二〇〇九年一一月一四日~二〇一〇年八月二六日)、第三巻『エルサルバドル・ホンジュラス・ニカラグア・コスタリカ・パナマ篇』(二〇一〇年九月二日~二〇一一年九月二九日)、第四巻『エクアドル・ペルー・パナマ・メキシコ篇』(二〇一一年一〇月五日~二〇一二年八月一七日)。

入手できた第一巻を卒読すると、過ごした場所や日時を特定して、日々の出来事を記録した「日記」ではなく、気の向いたときに自由に綴られた思索的なエッセイといった趣きがある。本書からも感受できるカネックの文学的な感性は、ここにもあふれている。日記第一巻の冒頭に「旅に出たのは、書き物に専念するためだった」と書いているが、オアハカで書き始めた本書の骨格を成す短編集のそれぞれの作品の推敲も、旅先で随時なされたものらしい。

*56 Jesús R. Anaya Rosique, "Algunas notas a modo de breve presentación", en Volumen uno de *Diario sin motocicleta* de Canek Sánchez Guevara, Madrid: Pepitas de calabaza ed., 2016.(カネックの『モーターサイクルのない日記』第一巻に、ヘスス・R・アナヤ・ロシケが寄せた「簡潔な紹介を兼ねた覚書」から)

前記の日記第一巻に序文を寄せているカネックの友人、ヘスス・R・アナヤ・ロシーケによれば、カネックはバルセロナから次のようなメールを送ってきたという。「物語の骨格は、冬の間に、フランスの片田舎〔ボルドーに近いサディラック〕にある石造りの小屋で書く。細部と末尾は、夏の間にバルセロナの、二つの大通りが交差するところにある家で書くんだ。こんなことをする影響はどこから来るのかと考えると、最初は直感的なものだと思ったのだが、のちには物語に一定の『ロシア的なトーン』をもって誇張したいと思うようになった（だから、最後はドラマチックになるんだ）。ドストエフスキーはいつだってよいお仲間さ。ブルガーコフと彼の堂々たる反ソヴィエト主義も、もちろん（作家ではないが）エイゼンシュテインもね。映像的な「筆遣い」はすべてエイゼンシュテインからの影響かな。もうひとつ、僕にとっては最良のキューバ映画であるグティエレス・アレア監督[*57]の『低開発の記憶』[*58]の影響も少なからずあるんだけどね……。こんな風に回想していくと思い出されるのは、僕はいつだってアルベルト・カミュを読んできたということだ。奇妙なことだが、この昔のアルジェリア人の影響なんてことは、ふだんは考えることもないのに、いつもそこにいるということを否定することもできないんだ。青春期には魅了された。少し長じてからは、彼の政治的な文章に耽溺した。とりわけ、コミュニストからアナキストへの進化の過程に（それは、進化さ。東ゴートのスターリン主義者がどう言おうとね）。そうとも、カミュは、とりわけ〈内面のドラマ〉に直面するときの、僕のもっとも偉大なる先達の一人なんだ」

一九九五年、母を亡くしたカネックはこう書いた。「死は、人間のもっとも古くからのお伴だ。常変わることなく付き添って、けっして見放すことのない唯一のものだ。それは、われわれが手にしている、ただひとつの確実なものであり、日々の生活の一歩ごとに、われわれはそれに近づいてゆく。だからこそ、それがもたらす恐れや行きずりに残す哀しみを表現して、われわれは死を詩化するのだ。結局、これが唯一の絶対的な真実なのだ――ニヒリズムを許してもらえるなら、われわれは死ぬために生まれてくるのだ」[*59]と。

後年二〇一二年には、ブラジルの『サンパウロ新聞』のインタビューで、アフォリズム風の自己分析を行なっている。

「僕は職業的ともいえる放浪者、国際的な観察者、都会の文化人類学者、スーパーマーケットの哲学者、関心もない物事の記録者、具体性と何ら関係のないことを書く作家なんだよ」

チェ・ゲバラからの影響に関しては「その国境を超えた国際主義と冒険主義を憧憬する。僕はそこから養分を摂ったことには疑いもない。チェは生きたように死んだ。正しいと考えたことのために、正しいと考えた方法で、たたかった」

改めて自己分析すると——「アナキスト、絶対自由主義者、超過激なリベラル、地下の民主主義者、個人

＊57　一九二八年ハバナ生まれの映画監督（〜九六）。大学卒業後ローマにわたり、本格的に映画監督を目指すようになった。バティスタ独裁打倒闘争が進行中の段階から、革命に併走しながらドキュメンタリー映画を制作した。以後、劇映画に転じ、『低開発の記憶』（一九六八年）、『最後の晩餐』（一九七七年）、『天国の晩餐』（一九七八年）、『苺とチョコレート』（共同監督作品、一九九三年）などの問題作を制作した。

＊58　革命の勝利から二年後の一九六一年のハバナを舞台に、特権を奪われた多くの富裕層が出国するなかで、亡命を選ばなかった資産家の男を主人公に描いた作品。自らが属するブルジョア階級にも、進行中の革命にも居心地の悪さを感じながら、無為な日々をおくる姿が、ミサイル危機などの緊張感を孕んだ現実を背景に描かれる。原作は、エドゥムンド・デスノエスが一九六五年に書いた同名の小説。ＤＶＤ『低開発の記憶』（アップリンク／アクション、二〇〇八年）が発売されている。また、ウェブサイト「MARYSOL のキューバ映画修行」（https://ameblo.jp/rincon-del-cine-cubano/entry-12200573106.html）には、映画『低開発の記憶』とグティエレス・アレア監督およびキューバ映画全般についての情報が豊富に上げられている。（最終アクセス 2018/04/15）

＊59　出典は http://www.yaconic.com/canek-sanchez-guevara-sin-motocicleta/ 内の "Canek Sánchez Guevara: La ideología como ausencia de ideología", por Scarlett Lindero（スカーレット・リンデロ「カネック・サンチェス・ゲバラ——イデオロギーの不在としてのイデオロギー」）の中で引用されている。（最終アクセス 2018/04/18）

主義的共産主義者、エゴ―社会主義者。要するに、僕に押しつけられたものでなければ何でもありで、他の人に押しつけるものでもないということさ……。〈左翼〉には違いないさ。それはつまり、左翼それ自体の首尾一貫性のなさやでたらめさを徹底して問題にするということさ」[*60]

チェ・ゲバラによる拘束性から解放されたカネック・サンチェス・ゲバラが、ここに立っている。その短い生涯の中で、彼が書き残した文章ときれぎれに語った言葉は、旧来の社会変革運動と社会革命の試みを〈再審〉にかけるうえでの重要な素材として私たちに託されている。

＊60　＊56と同じ「覚書」の中で紹介されている。

翻訳メモ――あとがきにかえて

各作品を訳すにあたって感じたこと、強く印象に残ったことなどを、率直なメモとして残しておきたいと思います。

本書は、「33 Revoluciones」というタイトルで二〇一六年に出版された一冊と、「掌編集」のタイトルで集められた五つの作品から成っています。一冊にまとめることを著者自身が意図していたものではありませんし、各作品の完成度もまちまちです。「33 Revoluciones」は一〇年ほどの時間をかけて推敲を重ね、仕上げられた作品だそうで、表現から構成までよく練られているのが分かります。他の作品も、「33 Revoluciones」ほどではないものの、短くまとめられ、あるていどの完成をみたもののようです。いっぽう「愛のない恋愛物語」は、途中に文章の欠落があるとされているうえ、おそらく最終的にはそぎ落とされる運命にあったのではと思われるような箇所もあり、ややまとまりに欠ける印象です。

著者の作品としては、メキシコの雑誌に連載した文章を集めた*Diario sin motocicleta*（『モーターサイクルなしの日記』）も二〇一六年に出版されていますが、こちらはたくさんの国々を巡った著者が雑感をつづったものです。本書に収められた作品はすべてフィクションですが、いろいろな場所を舞台に多様な人生を描いており、四〇年という短い人生の中で著者が見聞きしたこと、体験したことの濃密さを、十分感じ取ることができると思います。

「33レヴォリューションズ」

ここ数年で、米国の対キューバ政策が大きく転換し、キューバ革命の立役者であったカストロが亡くなり、またゲバラの没後半世紀を迎えて、革命とそのあとの時代が、当事者以外の人びとの意識のなかで歴史上のできごと、過去のできごとになりつつあります。それでも、キューバといえば、やはり真っ先に脳裏に浮かぶのはキューバ革命であり、キューバについて書かれたもので「33 Revoluciones」というタイトルであれば、「Revolución」＝「革命」だろうとはなから決めて読み始めました。

この作品は、三三の短い文章で構成されています。一大叙事詩がひと段落ついたあとの、どこへ行きつくのか分からない革命を護っていくための日々、同じことの繰り返しに見えるそんな毎日を、表面の傷のせいで針が飛んで先へ進めず、無意味な音を奏で続けるレコード盤になぞらえています。思えばそこに十分なヒントがあるのですが、まったく気が付いていなかった私は、最終章の最後の一文を読んだとき、思わず「あっ」と声を上げてしまいました。そういえば、「Revolución」には「革命」だけでなく「回転」という意味がありました。LP版レコード全盛期の世代なら、もっと早く気付かれるかもしれません。

米国の歴史学者、ティモシー・スナイダーの『暴政』は、圧政に抵抗するための教訓を歴史から得ようとする本ですが、「忖度による服従はするな」という印象的なタイトルの章から始まります。「忖度による服従」とは、市民の側が、抑圧的な政府はこのぐらいのことを求めるであろうと勝手に「忖度」し、求められる前から自らそう行動することで、権力によってなにが可能かを、権力者に教えてしまうことです。「33レヴォリューションズ」では、革命の行く末に疑念を抱き始めた人が少なからずいるかたわら、かたくなに「裏切り者」の徹底弾圧を叫び続けて体制を護ろうとしている人びとがいます。たくさんの人が、なけなしの給料と、どうにか命をつなぐだけの意味しか持たないまずい食事、何も伝えない薄い新聞に甘んじています。主人公も、ついこのあいだまでは同じで、新聞で隠して仕事中にクンデラを読むていどのささやかな抵抗はしつつも、表向きには従順な「同志」としてふるまっていました。その主人公がついに意を決して亡命を企てるのですが、大きく口をあけた怪物のような渦が、彼を呑み込んでしまいます。この怪物はサイクロンであり自然現象ですが、服従の結果として何が待っているのかを暗示しているような重い結末です。革命後のキューバを舞台にしていますが、今の世相に照らしてみれば、さまざまな問題提起がされている作品だと思います。

「ガロンヌ川」

ガロンヌ川、自転車、石橋……ときたら、南仏トゥールーズあたりの美しい景色が思い浮かびます。ですが、詩人になるためにはるばるハイチからやってきたのに、挫折して、末端の大麻の売人として生計を立てているトンボーには、ガロンヌ川はよどんだ灰色の流れでしかありません。

また、「スト」「フランス」「落書き」といったキーワードは、五月革命を想起させるのですが、トンボーと、ピーサンローヴというヒッピーとが中心になって企てているストといい、別の革命家ガリバーが率いる「庭の小人解放戦線」といい、この物語の中では、どこか荒唐無稽な絵空事として革命が描かれます。（ピーサンローヴの名前はなかなか凝っていて、Peace and loveをフランス語風に綴っています。こういう遊びがどの作品にもたびたび登場します。）著者はアナーキストを自負していましたが、次の「シエテアニョス」でも同じように、革命にも政府にも何も期待しない姿勢が見て取れます。

「シエテアニョス」

著者のフォルダーには「サン・フアン」のタイトルで保存されている、との注意書きがあり、舞台はその描写からも、ニカラグアのリゾート地、サン・フアン・デル・スールのようです。先述した*Diario sin motocicleta*は、一年一冊のペースで四巻まで出版予定とされていますが、第三巻は「エルサルバドル・ホンジュラス・ニカラグア・コスタリカ」にあてられており、著者が実際に訪れたときのことはそちらで読むことができると思われます。

ドラッグにまつわるエピソードは複数の作品に登場しますが、この作品は全編にわたってドラッグまみれです。複雑なパズルのようで、読むのに骨が折れました。とくに、ドラッグの影響を受けた頭であれこれと考えたと思われるくだりは理解に苦しみ、ずいぶん悩みました。現実と幻覚の世界を行ったり来たりしているような感覚を理解する助けになったのは、バロウズの『裸のランチ』でした。はじめは、読めば読むほど頭が混乱する気がしましたが、この世界はここに書いてあることの枠内だけで成立していると割り切って読むと、これはこれで筋が通っているのだと思うようになりました。

言語の面でもこの作品は独特です。英語とスペイン語を混ぜて話すゴルドという人物が出てきますが、スペイン語なまりの英語を発音したまま文字にしているところもあり、そんな箇所は当然、文字からは意味が理解できず、意味のある英語に聞こえてくるまで繰り返し声に出して読んでみたりしました。各登場人物のネーミングも面白く、著者のいろいろな引き出しをこれでもかと開けて見せられたような気がする、仕掛けの多い作品です。

「素晴らしき一日」

主人公の名前「タルサン」は、「ターザン」のスペイン語読みです。彼の地元であるスラムの通称「セルバ」は熱帯のジャングルを意味するので、どこかあか抜けない、素朴で正直な、お人よしの青年をイメージして訳しました。他の作品の登場人物たちが、自分の属している社会で強い疎外感を感じ、とても孤独で小さく見えるのに対し、彼はひどい侮辱を受け打ちのめされても、また立ち上がり、胸を張って髪を整え、ターザンらしく堂々と歩き出す姿が印象的です。とくに地元の「セルバ」ではそうで、拠って立つところのある人にはしたたかな強さがあると、言われているような気がする作品です。人間の尊厳は制度によって保証されなければなりませんが、ひとりひとりが諦めないことも大切だと感じられます。ちなみに、タイトルは皮肉も込めて「素晴らしき一日」としましたが、原題は「今日もクソみてえな日」です。

「グアカルナコの螺旋」

トロピカル・マフィアを気取っている主人公の名前、「グアカルナコ」には、「愚かな」という意味があります。年齢や性別をはじめなにもかもが雑多な人びとが寄り集まって、奇妙なやりかたで支え合い、社会の最も暗い片隅で、もがきながら生きている様子が描かれます。語られるのはたった一晩、数時間のできごとなのですが、過去の思い出などが効果的に織り交ぜられ、グアカルナコがこの夜に抱いているやるせない心境がよく伝わってきます。彼には革命などどうでもよく、ただただ、羽振りの良かった、植民地主義的な時代に戻ってほしいと願っています。著者は雑誌のインタビューの中で、「新しい人間」という概念を、「設計図を引いて建物を建てるように、予定されたとおりに人間を作るなどという考えは、全体主義的ですらある」と批判しています。「33レヴォリューションズ」でも、シャワーを浴びて排泄を済ませた主人公が、「これで俺も『新しい人間』だ」とつぶやく場面があります。革命によって、すべての人が等しく変わるはずもないし、隅々まで変化を行き渡らせるのは容易ではないでしょう。グアカルナコが黒人の客に投げつけた、「早くあっちへ行け、景観を損ねているのが分からないのか」という言葉が重く響きます。革命を美化する立場から見れば、「景観を損ねている」のはおそらくグアカルナコも同じです。彼や、彼と徒党を組んでいる人びとのように、革命とはまったく別のところで、単純に自分の人生を生きている「愚かな」人びとの居場所は、どこにあるのでしょうか。「チェ・ゲバラの孫」として立ち居振る舞いにまで注文を付けられ、窮屈な思いをした挙句、傷ついてキューバを去った著者の、そんな問いかけが聞こえてくるようです。

「愛のない恋愛物語」

本書に収められた中ではいちばん長い作品ですが、まだ整理されていないというのが本当のところかもしれません。出だしの二、三〇ページはともかく、おそらく全体としては未完成ではないでしょうか。著者が会いを描いています。

「魅惑的な巨大都市」だと言ったメキシコシティを舞台に、若いブルジョワ女性と、しがない中年編集者の出会いを描いています。

彼らは当初、お互いのことを差別主義者だと罵っていますが、彼女のほうは自分以外に関心の対象を持たないので、そもそもほかの人を差別しようがなさそうです。彼のほうはというと、社会のそこかしこで目にする格差に苛立ちを覚えながら、かといって自分のささやかな身分を脅かしてまで何かを発信する勇気はない、というジレンマに苦しめられています。「他人のために作るものは制作者自身とはいっさい関係ない」などと割り切っているふりをしていますが、白昼夢のようにも思える交通事故に遭遇したときの彼の激しい動揺は、潜在意識の中でどれほど大きな後ろめたさを感じているかを物語っています。不思議と、彼女が出てくるシーンや彼女の目を通して描かれる情景は、とくべつメキシコらしくはありません。かたや、彼の目の前にあるのは紛れもなくメキシコシティです。外の世界と関わる姿勢の違いが、彼らの視点によく表れていると思います。

また、彼は彼女と話をするとき、それほどメキシコなまりではないのですが、編集者仲間のブーロ・ミランダとその胸の内を話すときは、小気味よいテンポでスラングが飛び出し、まるでメキシコ映画を観ているようです。二人のやり取りには思わず身を乗り出して聞きたくなるようなところがあり、この続きを読めないことがとても残念に思えます。解説で紹介されている「僕は誰か」という記事の中で、この話の「彼」が書いている本と同じ題名の「小説」を書いている、と著者が述べていますが、当時の著者が考えていたことを「彼」がありのまま代弁しているようで、それゆえの臨場感かもしれません。

複数の作品に著者を髣髴とさせる登場人物が出てきますが、「愛のない恋愛物語」の「彼」と、「シエテアニョス」の主人公には、特に強くそんな印象を持ちました。「シエテアニョス」と同じく、この物語にも難解な箇所が出てきます。どちらの作品でも、そうしたくだりは読む人それぞれの解釈があると思うので、できる限り原文に忠実に、自分の解釈で意味を曲げないようにと心がけながら、日本語にしました。

著者には未発表の作品がたくさんあるようですが、今後それらが日本語になることはないかもしれません。長いブランクのある私に、このような貴重な作品を翻訳する機会を与えてくださった、現代企画室の太田昌国さんに心からお礼を申し上げたいと思います。

棚橋加奈江

訳者略歴

棚橋加奈江（たなはし　かなえ）
1971年岐阜県大垣市に生まれる。ラテンアメリカ地域研究・開発経済学を専攻した。
1995～96年、メキシコに留学。
訳書『チェ・ゲバラ モーターサイクル南米旅行日記』（1997年、増補新版2004年）、『チェ・ゲバラ AMERICA放浪書簡集』（2001年）『チェ・ゲバラ ふたたび旅へ』（2004年、すべて現代企画室）

インディアス群書 17

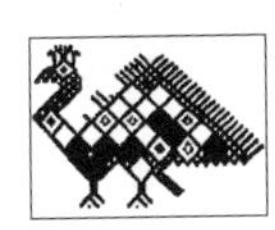

チェ・ゲバラの影の下で　インディアス群書第十七巻

発行日――二〇一八年七月一五日　初版第一刷　一〇〇〇部
定価――三〇〇〇円＋税
著者――カネック・サンチェス・ゲバラ
訳者――棚橋加奈江
装幀者――粟津潔
装幀協力――本永惠子
発行者――北川フラム
発行所――現代企画室
住所――東京都渋谷区桜丘町一五―八　高木ビル二〇四
電話――〇三―三四六一―五〇八二
ファクス――〇三―三四六一―五〇八三
E-mail: gendai@jca.apc.org
http://www.jca.apc.org/gendai/
振替――〇〇一二〇―一―一一六〇一七
印刷・製本――中央精版印刷株式会社
Printed in Japan
ISBN978-4-7738-1807-9 C0036 Y3000E

⑭ **子どもと共に生きる**　ペルーの「解放の神学」者が歩んだ道
アレハンドロ・クシアノビッチ著　五十川大輔編訳　2016年刊　定価2800円

⑯ **インディアスと西洋の狭間で**　マリアテギ政治・文化論集
ホセ・カルロス・マリアテギ著　辻豊治／小林致広編訳　1999年刊　定価3800円

⑰ **チェ・ゲバラの影の下で**　孫・カネックのキューバ革命論
カネック・サンチェス・ゲバラ著　棚橋加奈江訳　2018年刊　定価3000円

⑱ **神の下僕かインディオの主人か**　アマゾニアのカプチン宣教会
ビクトル・ダニエル・ボニーヤ著　太田昌国訳　1987年刊　定価2600円

⑲ **禁じられた歴史の証言**　中米に映る世界の影
ロケ・ダルトンほか著　飯島みどり編訳　1996年刊　定価3300円

⑳ **記憶と近代**　ラテンアメリカの民衆文化
ウィリアム・ロウ／ヴィヴィアン・シェリング著　澤田眞治／向山恭一訳　1999年刊　定価3900円

[続刊予定]

❼ **ナンビクワラ**　その家族・社会生活
クロード・レヴィ・ストロース著　山崎カヲル訳　2020年刊行予定

⓫ **ワロチリの神々と人びと**　アンデスの神話と伝説
ホセ・アリア・アルゲダス著　唐澤秀子訳　2019年刊行予定

⓬ **キャリバン**　ラテンアメリカ文化論
ロベルト・フェルナンデス・レタマル著　古屋哲訳　2019年刊行予定

⓯ **無名兵士の追憶**　ゲリラから人類学者へ
ルルヒオ・ガビラン著　黒宮亜紀訳　2020年刊行予定

A5判／上製　装幀：粟津潔　発行：現代企画室　（価格税抜表示）

インディアス群書

［全20巻／既刊16巻］

1492年、薄明の彼方の大陸にヨーロッパが荒々しく踏み込むことによって
幕開かれた「大航海時代」。この歴史の一大転換期から
五〇〇有余年を経た現在、時代はさらに混迷を深め、
羅針盤なき航海を続けている。「いま私たちは何処にいるのか」を
自らに問いかけるために、五世紀の歴史と文化の中に分け入る書がここに群れ集う。

① **私にも話させて**　アンデスの鉱山に生きる人々の物語
ドミティーラ／モエマ・ヴィーゼル著　唐澤秀子訳　1984年刊　定価2800円

② **コーラを聖なる水に変えた人々**　メキシコ・インディオの証言
リカルド・ポサス／清水透著　1984年刊　定価2800円

③ **ティナ・モドッティ**　そのあえかなる生涯
ミルドレッド・コンスタンチン著　グループLAF訳　1985年刊　定価2800円

④ **白い平和**　少数民族絶滅に関する序論
ロベール・ジョラン著　和田信明訳　1985年刊　定価2400円

⑤ **サパティスタの夢**　たくさんの世界から成る世界を求めて
マルコス／イボン・ル・ボ著　佐々木真一訳　2005年刊　定価3500円

⑥ **インディアス破壊を弾劾する簡略なる陳述**
ラス・カサス著　石原保徳訳　1987年刊　定価2800円

⑧ **人生よありがとう**　十行詩による自伝
ビオレッタ・パラ著　水野るり子訳　1987年刊　定価3000円

⑨ **奇跡の犠牲者たち**　ブラジルの開発とインディオ
シェルトン・デービス著　関西ラテンアメリカ研究会訳　1985年刊　定価2600円

⑩ **メキシコ万歳！**　未完の映画シンフォニー
セルゲイ・エイゼンシュテイン著　中本信幸訳　1986年刊　定価2400円

⑬ **グアヤキ年代記**　遊動狩人アチェの世界
ピエール・クラストル著　毬藻充訳　2007年刊　定価4800円

チェ・ゲバラ／キューバ革命を「読む」

チェ・ゲバラ モーターサイクル南米旅行日記 ［増補新版］
エルネスト・チェ・ゲバラ著　棚橋加奈江訳　2004年刊　定価2200円

チェ・ゲバラ AMERICA放浪書簡集 ふるさとへ 1953−56
エルネスト・ゲバラ・リンチ編　棚橋加奈江訳　2001年刊　定価2200円

チェ・ゲバラ ふたたび旅へ 第2回AMERICA放浪日記
エルネスト・チェ・ゲバラ著　棚橋加奈江訳　2004年刊　定価2200円

マルクス＝エンゲルス素描
エルネスト・チェ・ゲバラ著　太田昌国訳・解説　2010年刊　定価1000円

チェ・ゲバラ プレイバック 『ゲバラを脱神話化する』改題・増補
太田昌国著　2009年刊　定価1600円

ゲバラ コンゴ戦記1965
パコ・イグナシオ・タイボII ほか著　神崎牧子／太田昌国訳　1999年刊　定価3000円

エルネスト・チェ・ゲバラとその時代 コルダ写真集
ハイメ・サルスキー／太田昌国＝文　1998年刊　定価2800円

［セルバンテス賞コレクション13］
TTT トラのトリオのトラウマトロジー
ギジェルモ・カブレラ・インファンテ著　寺尾隆吉訳　2014年刊　定価3600円

［セルバンテス賞コレクション12］
ペルソナ・ノン・グラータ カストロにキューバを追われたチリ人作家
ホルヘ・エドワーズ著　松本健二訳　2013年刊　定価3200円

ハバナへの旅
レイナルド・アレナス著　安藤哲行訳　2001年刊　定価2200円

発行：現代企画室　（価格税抜表示）